Emilia Doyle
Ein Highlander in Bedrängnis
Roman

FSC
www.fsc.org
MIX
Papier aus ver-
antwortungsvollen
Quellen
Paper from
responsible sources
FSC® C105338

Emilia Doyle

Ein Highlander
in
Bedrängnis

Roman

Bibliografische Information der Deutschen Nationalbibliothek:

Die Deutsche Nationalbibliothek verzeichnet diese Publikation in der Deutschen Nationalbibliografie; detaillierte bibliografische Daten sind im Internet über http://dnb.dnb.de abrufbar.

Impressum:
© 2024 by Emilia Doyle
All rights reserved
Coverfoto:
Floyd 2,
periodimages.com
Hintergrundbilder:
Karen Chalmers,
Owen Wahl,
Arthur Pawlak,
pixabay.com
Covergestaltung:
Tom Jay: www.tomjay.de

Lektorat: Elsa Rieger:
https://www.elsarieger.at/lektorin/

Herstellung und Verlag: BoD – Books on Demand, Norderstedt

ISBN: 978-3-759735690

Ein Highlander in Bedrängnis

Die Tür vom Arbeitszimmer krachte hinter Kieran MacTavish ins Schloss.

»Und? Hast du Vater von seinem verrückten Einfall abbringen können?« Mit diesen Worten empfing ihn sein jüngerer Bruder Caleb, der wie zufällig am Ende des Ganges stand.

»Vermittle ich etwa den Eindruck?« Kieran knurrte und ballte die Hände zu Fäusten, ohne sie zu heben. Die Andeutung, die sein Vater Laird Aodh MacTavish einige Tage zuvor nach mehreren Bechern Whisky fallen ließ, bestätigte sich heute als ernstes Vorhaben. Er konnte sein Entsetzen nicht in Worte fassen.

»Wenn ich ehrlich sein soll ... nein!«, antwortete Caleb. Er wirkte tatsächlich überrascht und starrte ihn mit aufgerissenen Augen an.

»Also, dann frag nicht so dämlich.« Kieran schob sich an ihm vorbei, durchmaß mit verzerrter Miene und riesigen Schritten den Eingangsbereich von Dòrnaidh Castle und hielt auf die Treppe zu.

Caleb tänzelte händeringend neben ihm her, während er versuchte, mit ihm Schritt zu halten. »Willst du damit andeuten, er hat das neulich nicht im Scherz geäußert? Er will ernsthaft, dass du ... Herrgott, Kieran, jetzt warte doch mal!«

Kieran hörte ihn hinter seinem Rücken aufstöhnen, ehe sein Bruder fortfuhr: »Er fordert in der Tat, dass du diese Frau zu deiner Gemahlin machst? Ich habe wirklich gedacht ... Aye, das ist ein harter Schlag, aber vielleicht solltest du sie dir erst mal ansehen, bevor du voreilige Schlüsse ziehst, und ...«

»Voreilige Schlüsse?«, äffte Kieran ihm nach und stoppte so abrupt, dass Caleb um ein Haar in ihn hineingelaufen wäre. »Für mich ist diese Dinah MacMurray keine Unbekannte. Sie ist eine rotzfreche, unerzogene und unansehnliche Göre und ich werde einen Teufel tun, mir dieses abstoßende Geschöpf ans Bein zu binden.« Zu seinem Ärger lachte sein Bruder. Kieran starrte auf einen imaginären Punkt und biss die Zähne zusammen, um sich davon abzuhalten, Caleb eine zu verpassen.

»Kieran, du hast Dinah wie lange nicht gesehen, fünf Jahre? Sechs? Sie war noch ein Kind. Menschen verändern sich.«

»Ach ja? Aber eine hässliche Kröte ist und bleibt eine hässliche Kröte.« Er krallte seine Hand um das Treppengeländer, bis seine Knöchel weiß hervortraten, als er sich an ihre letzte Begegnung erinnerte. »Sie war bereits fünfzehn Jahre alt, lief in knielangen Hosen herum und war von Kopf bis Fuß verdreckt wie ein Bauernjunge, der sich gerade geprügelt hat.« Angeekelt zog er einen Mundwinkel nach oben, als er sich an sie erinnerte.

Offenbar war sie gerade versucht gewesen, sich heimlich und unbemerkt in die Burg zu schleichen, als sie plötzlich vor ihm stand. Ihre erschrocken aufgerissenen Augen blickten ihn geradewegs an. Er hatte die Nase gerümpft, sich lustig gemacht und sie mit einem im Morast wühlenden Hausschwein verglichen. Zu dem Zeitpunkt wusste er nicht, wer sie war, vielleicht hätte er sich sonst den Nachsatz verkniffen, dass man sie mindestens eine Woche in den Badezuber stecken müsse, um ihr wieder ein menschliches Aussehen zu verleihen.

»Wenn du der Ansicht bist, diese Person verteidigen zu müssen, bitte sehr, es steht dir frei, sie selbst zu deiner Angetrauten zu nehmen. Ich habe weiß Gott nichts dagegen einzuwenden.« Er ließ Caleb stehen und hastete die Treppe hinauf zu seinen Privaträumen.

Zum Wohle des Clans, wie sich sein Vater unmissverständlich ausgedrückt hatte, legte er ihm nahe, Dinah MacMurray zu ehelichen. Warum musste es von allen Laird-Töchtern der Highlands ausgerechnet dieses Frauenzimmer sein? Wie konnte Vater ein derartiges Opfer von ihm verlangen? Es war ihm klar, dass er eines Tages heiraten und für einen Erben sorgen müsste, aber bis vor einer Stunde glaubte er noch, damit reichlich Zeit zu haben. Immerhin erfreute sich sein Vater, Laird Aodh MacTavish, bislang bester Gesundheit.

Aufgebracht marschierte er in seiner Kammer auf und ab. Vaters Gründe waren einleuchtend, das stritt er gar nicht ab, dennoch musste es eine andere Lösung geben, als diese Person zu heiraten. Wieder tauchte das Bild des Dreckspatzes vor seinem inneren Auge auf und er schüttelte sich. Seine kleine Schwester Ceana feierte vor drei Monaten ihren fünfzehnten Geburtstag, und wenn er sie mit der damals fünfzehnjährigen Dinah verglich, so lagen Welten dazwischen. Ceana war anmutig, elegant und mit ihren langen, fast schwarzen Haaren äußerst attraktiv. Die weiblichen Formen ihres Körpers zeichneten sich bereits deutlich unter ihrer Kleidung ab, was man von Dinah nicht behaupten konnte. Sie sah aus wie ein Junge, schlaksig und mit kurzer Zottelmähne.

Es musste einfach eine andere Möglichkeit geben, um die Interessen des MacTavish Clans zu sichern, als eine Eheschließung, die ihn zwangsläufig ins Unglück stürzen würde. Das Leben war zu kurz, um alle Freuden auszukosten, die es bot, und zu lang, um bis ans Ende seiner Tage an ein Weib gekettet zu sein, das er verabscheute.

Kieran brauchte einen klaren Kopf, um eine Strategie zu entwickeln, die auch seinem Vater zusagen würde. Momentan war er viel zu aufgebracht, als dass er konstruktiv darüber nachdenken konnte. Durch tiefe Atemzüge zwang er sich zur innerlichen Ruhe, noch war schließlich nichts verloren.

Als er sich zwei Stunden später zum Lunch in die Große Halle begab, hatte er sich so weit beruhigt, dass man ihm die Anspannung nicht anmerkte.

Sein Vater unterbrach die Unterhaltung bei Tisch und sah ihm aufmerksam musternd entgegen. Kieran hoffte, dass er das leidige Thema nicht mehr ansprechen würde, bis er eine andere Idee anbieten könnte. Er hätte es besser wissen müssen.

»Nun, mein Sohn? Hast du dir die Sache in Ruhe durch den Kopf gehen lassen und eingesehen, dass es die bestmögliche Lösung unserer Probleme ist?« Sein intensiver Blick ruhte auf ihn.

»Aye, habe ich.« Er setzte sich, griff nach dem Becher Ale, nahm zwei kräftige Schlucke und stellte ihn kraftvoll zurück auf den Tisch. »Und meine Antwort hat sich nicht geändert: Nein!«

Laird Aodh MacTavish ließ den Kopf sinken und seufzte schwer. Einige Sekunden herrschte bedrücktes Schweigen. Nur seine beiden kleinen Schwestern Ceana und Kayla schnatterten ausgelassen am Ende des Tisches.

»Deine Mutter und ich kannten uns ganze drei Tage, bevor wir miteinander verheiratet wurden. Glaub mir, ich kann nachvollziehen, was du fühlst, und verstehen, dass du wütend bist, aber eine Ehe bedeutet nicht das Ende deines Lebens.« Liebevoll schaute er seine Gemahlin an und tätschelte ihre Hand, bevor er sich wieder ihm zuwandte. »Trotz der Umstände habe ich diese Verbindung niemals bereut und bin sehr dankbar, dass es so gekommen ist.«

Kieran stieß einen Schwall Luft aus den Lungen. Er bemerkte Mutters besorgten Ausdruck. Zweifellos hatte Vater sie ausführlich über seine heftige Reaktion in Kenntnis gesetzt. Vielleicht sollte er sich an sie wenden und sie bitten, zu seinen Gunsten auf ihren Gemahl einzuwirken. Ihre sanftmütige Art konnte ihn womöglich zur Einsicht bringen, wie abstrus sein Plan war. Andererseits würde sie nie eine Entscheidung ihres Mannes infrage stellen, aber hier ging es nicht ausschließlich um Clanangelegenheiten, sondern auch um Familiäres.

»Nur weil du seinerzeit Glück hattest mit der Auswahl, die Großvater für dich getroffen hat, muss es nicht bedeuten, dass mir dasselbe Heil beschieden ist, Vater«, sagte Kieran im schroffen Tonfall, der keine Entgegnung zuließ.

Die Mägde trugen Platten mit gedünstetem Fisch und allerlei Beilagen auf, sodass das heikle Thema für den Moment ruhte. Schließlich wollte niemand den Bediensteten Anlass für Spekulationen und Tratsch liefern. Ein paar Familienmitglieder ließen sich zuvor eine Schale mit Fischsuppe servieren, während andere sogleich zum Hauptgericht übergingen.

Laird MacTavish war kein Freund von Suppen und Eintöpfen, so bediente er sich mit lobenden Worten als Erster an den Platten.

Kieran war beim Essen weniger eigen und wählte ebenfalls die Vorspeise. Allerdings war seine Entscheidung nicht ohne Eigennutz und sollte ihn einer Reaktion auf weitere Plädoyers seines Vaters entheben.

Zu seiner Erleichterung schnitt sein Erzeuger die Angelegenheit bei Tisch nicht mehr an, was ihm Zeit gab, über Auswege aus dem Dilemma zu grübeln.

Im Grunde wurde von ihm verlangt, seine Freiheit für eine Horde Rinder zu opfern. Es war grotesk, Kieran konnte ein zynisches Schnauben gerade so unterdrücken. Rinder, die auf der Insel Skye aufgezogen, dann über die Meerenge bei Glenelg auf das Festland getrieben und dort auf diversen Märkten verkauft wurden. Die Ländereien, über die diese Route verlief, gehörte dem Clan MacRay. Ein äußerst lukratives Geschäft für Laird MacRay, der sich großzügig das Wegegeld sicherte und maßgeblich am Umsatz der begehrten und einzigartigen Rinder von Skye beteiligt war. Der Hauptumschlagplatz für den Handel lag am Glen Garry, im Grenzgebiet zum MacMurray Clan, von dort aus wurden die Tiere in den Norden und Nordosten, ebenso wie bis in die Lowlands veräußert.

Ein MacRay war kein besonders umgänglicher Zeitgenosse. Zwar wurde Laird Colin MacRay, der vor zwei Jahren die Nachfolge seines Vaters als Clanchief antrat, als weniger bedrohlich und gefährlich eingestuft als sein Erzeuger, dennoch galt auch er als sturer Hund. Eine Eigenschaft, die den MacRays offenbar in die Wiege gelegt worden war. Auch Colin MacRay war in keiner Hinsicht kompromissbereit, wenn es um seine Interessen ging. Ebenso unternahm er nichts, um jene Feindseligkeiten zu bereinigen, die der Alte mit anderen Clans ausgefochten hatte.

So gehörte auch der Clan MacTavish zu jenen, die ständig mit den MacRays Ärger hatten. Oftmals handelte es sich um Kleinigkeiten, die sich mehr und mehr bündelten und irgendwann zu einem großen Konflikt geworden waren.

Kieran warf einen Seitenblick auf seinen Vater, der gerade laut auflachte und dem Clanmann, der vor ihrer Tafel stand, begeistert beipflichtete. Er hatte keine Ahnung, worum es gegangen war, und es war ihm auch egal. Ihm war derzeit nicht nach Scherzen zumute, sein Leben war im Begriff, in einem Albtraum zu münden, wenn ihm keine vernünftige Lösung einfiele.

Deprimiert zerlegte er seinen Fisch in mundgerechte Stücke und schob sich eins nach dem anderen in den Mund. Kauend starrte er auf die Männer und Frauen, die in der Großen Halle an zahlreichen Tischen und Bänken saßen und sich lebhaft unterhielten, während sie ihre Mahlzeit vertilgten.

Colin MacRay war etwa fünf Jahre älter als er. Kieran mochte ihn nicht, aber er würde nicht drumherum kommen, mit ihm zu verhandeln, wenn er seinem Schicksal entgehen wollte. Doch wie sollte er das bewerkstelligen, ohne seinen Vater zu hintergehen, denn immerhin war er der Laird dieses Clans und traf die Entscheidungen. Und Vaters Bestreben sah vor, dass er Dinah MacMurray zu seiner Gemahlin machte. Es sah finster für ihn aus.

Der alte Laird MacMurray hatte es kurz vor seinem Ableben geschickt eingefädelt und seinen Sohn Myles mit MacRays Schwester verheiratet. Durch dieses nun familiäre Band zwischen den beiden Familien genoss der MacMurray Clan diverse Vorzüge, doch für den MacTavish Clan verkomplizierte es die angespannte Lage mit den MacRays. Konnten ihre Rinder zuvor über die kürzere Strecke von Glenelg problemlos über MacMurrays Land getrieben werden, mischte jetzt MacRay mit.

Würde Laird MacTavish der Laune von MacRay nachgeben, wären sie gezwungen, meilenweite Umwege in Kauf zu nehmen oder die Tiere von einem anderen Markt zu weitaus ungünstigeren Bedingungen zu erwerben. Die Rinder sicherten das Überleben ihres Clans auch in schlechteren Zeiten und harten Wintern. Nur mit dem Fischbestand und dem kargen Großwild würde es der Clan schwer haben.

»Hast du mir überhaupt zugehört?« Caleb stieß ihn mit dem Ellenbogen in die Seite.

»Was?« Verwirrt starrte Kieran seinen Bruder an, woraufhin der stöhnend mit den Augen rollte.

»Ich sagte gerade, vielleicht solltest du dich unter

einem Vorwand an Myles MacMurray wenden, um herauszufinden, wie er über eine Verbindung zwischen dir und seiner Schwester denkt.«

»Und was soll das bitte schön bringen?«

»Aye, immerhin ist er inzwischen Laird des Clans, er müsste ohnehin seine Einwilligung geben.« Caleb beugte sich näher zu ihm herüber, um sicherzugehen, dass niemand sie belauschen konnte. »Womöglich verfolgt er andere Pläne, das Mädchen an den Mann zu bringen. Eine Allianz, die ihm nützlicher erscheint, dann wärst du raus aus der Sache.«

Kieran dachte kurz über den Vorschlag nach, ehe er antwortete. »Ich soll ihm indirekt zu verstehen geben, dass ich nicht an seiner kleinen Schwester interessiert bin? Das könnte er als Beleidigung auffassen, und damit wäre niemandem geholfen.«

»Wo bleibt dein Charme, Bruderherz?«, flachste Caleb.

Kieran zog die Augenbrauen hoch. »Mein *Charme* bezieht sich einzig und allein auf das weibliche Geschlecht, mein Lieber.« Er setzte seinen halbvollen Becher Ale an und leerte ihn in einem Zug, bevor er ihn abstellte, sich mit dem Ärmel die Tropfen von den Mundwinkeln wischte und seinen Bruder wieder anblickte. »Wenn du also keine bessere Lösung anzubieten hast, dann vergiss es.«

»Deine Laune ist unerträglich!« Caleb lehnte sich maulend und mit vor der Brust verschränkten Armen in seinem Stuhl zurück, während sein Blick weiterhin auf ihm ruhte.

Kieran kommentierte die Äußerung lediglich mit einem Grunzen.

An den Argumenten seines Vaters gab es strategisch nichts auszusetzen, würde es nicht ihn selbst betreffen, wäre er sogar mit ihm einer Meinung gewesen. Das machte die ganze Angelegenheit so schwierig. Durch eine Heirat mit Dinah MacMurray würde Laird Colin MacRay zu einem entfernten Schwager werden.

Gedanklich ging Kieran eine Liste möglicher Ehekandidaten durch, die als Gemahl für diese Dinah infrage kommen könnten. Die einzigen Namen unverheirateter Anwärter, die ihm einfielen, überzeugten nicht. Der eine war zu jung, der andere ein Witwer in den Vierzigern mit drei Kindern. Obwohl es ihm natürlich herzlich egal war, sollte ihr Zukünftiger doppelt so alt und bereits mit Nachwuchs gesegnet sein, doch er konnte keinerlei Nutzen für Laird Myles MacMurray in einer solchen Verbindung erkennen.

Denn im Grunde gab es für den Laird keinen Grund, ihn, Kieran MacTavish, als Bräutigam für seine Schwester abzulehnen. Myles war ein angenehmer und umgänglicher Mensch und ein gerechter Laird, der die Bedürfnisse seines Clans ebenso respektierte, wie es die MacTavishs taten. Ihre guten Beziehungen durch einen Ehebund zu festigen, lag also durchaus nahe. Zumal ihm die Schwierigkeiten zwischen den Clans MacTavishs und MacRays bekannt waren und Myles MacMurray es sich sicherlich nicht mit den MacTavishs verscherzen wollte. Somit zog auch er einen positiven Aspekt aus der Sache, wenn er seine Schwester Dinah Kieran zur Frau gab.

Wie Kieran es auch drehte und wendete, seine Aussichten, dieser Ehefessel zu entkommen, verdüsterten sich, je intensiver er darüber nachdachte, und das trug nicht dazu bei, seine Laune zu heben.

»Bring mir Whisky!«, herrschte er die junge Magd, die die leeren Platten abräumte, schärfer als beabsichtigt an.

»Glaubst du, das bringt die Lösung deiner Probleme?«, tadelte sein Bruder ihn.

»Halt einfach die Klappe, Caleb!« Aus dem Augenwinkel bemerkte er, dass er die Aufmerksamkeit seines Vaters auf sich gelenkt hatte, doch er vermied es, in seine Richtung zu schauen.

Er wusste selbst, dass es nichts brachte, seinen Frust im Whisky zu ertränken, doch es lähmte die Gewissheit, welch trostlosen Verlauf sein Leben nehmen würde, sollte kein Wunder geschehen.

Ungefragt bediente sich auch Caleb am Whisky und hielt ihm den Becher zum Anstoßen entgegen. »Auf die Nichtsnutzigkeit eines Eheweibes!«

Kieran nahm die Aufforderung an und wiederholte den Spruch. Dem ersten Becher folgten weitere. Mittlerweile waren er und Caleb die letzten an der Tafel, die Große Halle hatte sich weitgehend geleert.

*

»Hat deine Frau dir diesen Floh ins Ohr gesetzt?« Dinah MacMurray schäumte vor Entrüstung und wies anklagend hinter sich zur Tür, die in die Vorhalle führte. Dort war sie wenige Augenblicke zuvor ihrer Schwägerin Carmen über den Weg gelaufen, als diese von einem Ausritt zurückkehrte. »Sie will mich loswerden, ist es nicht so?«

»Carmen hat nichts mit der Sache zu tun, das versichere ich dir.« Beschwichtigend hob Myles die Arme. »Laird MacTavish hatte mich diesbezüglich aufgesucht und ich sehe keinen Grund, warum ich diesem Arrangement nicht zustimmen sollte.«

»Du siehst keinen Grund?«, wiederholte Dinah fassungslos. Mit großen Augen und geöffnetem Mund starrte sie ihren Bruder an. »Wie wäre es damit: Ich bin noch nicht bereit für eine Ehe, schon gar nicht mit einem so selbstgerechten und arroganten Kerl wie Kieran MacTavish.« Kampfbereit stemmte sie die Hände an die Hüfte und reckte ihr Kinn.

»Bedaure, aber das hast nicht du zu entscheiden!« Auch er stellte sich aufrechter hin, wich aber ihrem durchdringenden Blick aus.

Dinah musterte ihn eine Weile verständnislos. »Gerade du solltest nachvollziehen können, wie es sich anfühlt, in eine Verbindung gedrängt zu werden, die lediglich auf einer geschäftlichen Grundlage basiert. Oder willst du entgegen dem Offensichtlichen behaupten, dass deine Ehe mit Carmen von leidenschaftlichen Gefühlen geprägt ist?«

Ihr entging nicht, dass ihr Bruder sich versteifte und seine Lippen zu einer schmalen Linie zusammenpresste. Sie hatte ihn nicht verletzen wollen, aber ihr war nichts anderes übrig geblieben, als ihn an die Fakten zu erinnern.

Seit Myles Carmen MacRay geheiratet hatte, war auf Morvich Castle nichts mehr wie früher. Diese Ehe beruhte auf Vaters eifrigem Bestreben, als er bereits zu schwach gewesen war, um sich von seinem Krankenlager zu erheben, und wusste, dass ihm nicht mehr viel Zeit blieb.

An Myles Stelle hätte Dinah sich vermutlich auch nicht lange gesträubt, um ihrem Vater seinen letzten Willen zu erfüllen. Nur zwei Wochen nach der überstürzten Hochzeit war Vater friedlich eingeschlafen. Dinah biss die Zähne zusammen, um die Traurigkeit über seinen Tod nicht die Oberhand gewinnen zu lassen.

Für den Clan war diese Allianz mit den MacRays von großem Vorteil, das hatte Vater klug vorausgesehen. Doch ob er auch in Betracht gezogen hatte, dass er mit dieser Entscheidung jede Aussicht auf ein bisschen Glück im Leben seines Sohnes zunichtemachte? Diese Frage würde für immer unbeantwortet bleiben.

»Es steht dir nicht zu, dich nach Gutdünken über meine Ehe auszulassen«, maulte Myles und verschränkte die Arme vor seiner Brust. »Und im Übrigen, was weißt du schon von derartigen Dingen?«

Dinah war kurz davor, mit dem Fuß aufzustampfen, riss sich aber zusammen, indem sie tief Luft holte. »Wie jeder andere habe ich Augen im Kopf. Ihr habt euch nichts zu sagen. Was wahrscheinlich der Grund ist, dass du jede fadenscheinige Ausrede gebrauchst, um dem Bett deiner Frau fernzubleiben.«

»Dinah!«, rief er und schüttelte den Kopf. »Was erlaubst du dir!«

»Sie ist eine hinterhältige Schlange, und das weißt du nur zu gut«, setzte Dinah nach.

Außer, dass ihr Bruder empört schnaubte und sich mit gespreizten Fingern durchs Haar fuhr, blieb er stumm.

Sie wusste, dass sie ins Schwarze getroffen hatte, und sein hartes Los tat ihr zutiefst leid. Am liebsten wäre sie jetzt zu ihm gegangen und hätte ihn umarmt, aber sie musste zuerst an das eigene, drohende Schicksal denken. »Du kannst nicht ernsthaft wollen, dass ich gegen meinen Willen eine MacTavish werde?«

»Dinah ...« Seine Stimme war milder geworden, enthielt jedoch eine unterschwellige Warnung. Erneut richtete er den Blick auf sie. »Es ist meine Bestimmung, zum Wohle unseres Clans zu handeln. Persönliche Befindlichkeiten sind fehl am Platz und nicht von Bedeutung. Es ist und bleibt meine Angelegenheit, wie ich mit Carmen verfahre. Diese Verbindung haben wir beide nicht gewollt, aber niemanden interessiert das. Uns bleibt nur die Möglichkeit, uns damit zu arrangieren, irgendwie. Ich habe getan, was getan werden musste, und für dich gelten dieselben Regeln. Du wirst Kieran MacTavish ehelichen, ob es dir gefällt oder nicht.«

Dinah schnappte nach Luft wie ein Fisch auf dem Trockenen. Fassungslos starrte sie ihren Bruder an. War es schon so weit gekommen, dass sein eigenes Unglück ihn blind gemacht hatte für das Glück anderer?

Als wäre sie nicht mehr anwesend, setzte er sich an den massiven Arbeitstisch und steckte seinen Kopf in eines der dort liegenden Geschäftsbücher.

»Zum Teufel mit diesem MacTavish«, zischte Dinah und ballte die Hände zu Fäusten. »Ich will ihn nicht! Es wird sich bestimmt ein Herausforderer finden lassen, der ihm die Stirn bieten kann. Ein angenehmer Mann, der es wert ist, dass ich ihm meine Gunst erweise.«

Myles tat, als habe er sie nicht wahrgenommen und begann scheinbar konzentriert, eine Reihe an Zahlen in eine Spalte einzutragen.

Laut aufstöhnend rollte sie mit den Augen, ihr Bruder hatte mal wieder auf stur geschaltet. Eine Eigenschaft, die er mitunter sehr ausdauernd beherrschte. Verärgert stürmte Dinah aus dem Raum und in Richtung ihres Zimmers, wobei sie fast mit zwei Mägden zusammengestoßen wäre, die ihren Weg kreuzten.

Sie musste irgendwie erreichen, dass Myles von dieser irrsinnigen Idee Abstand nahm. Nicht, dass es irgendein Mannsbild gab, für das sie romantische Gefühle hegte und den sie gern gegen MacTavish austauschen würde. Doch wusste sie mit Gewissheit, dass sie auf gar keinen Fall Kieran MacTavishs Gemahlin werden wollte.

Deprimiert über den Verlauf des heutigen Tages, ließ sie sich in den Polstersessel am Fenster plumpsen, während die harschen Worte ihres Bruders in ihren Ohren nachhallten.

Lange hatte Dinah nicht mehr an den Mann gedacht, doch sie erinnerte sich nur zu gut an ihre letzte Begegnung und die Art, wie er sie angewidert angesehen hatte. Zugegeben, sie war zu dem Zeitpunkt keineswegs respektabel gewesen, aber er hatte sich auch nicht die Mühe gemacht, nachzuhaken, warum sie so verdreckt gewesen war. Für ihn zählten einzig Äußerlichkeiten, wie es bei vielen Männern der Fall zu sein schien, wie sie inzwischen wusste. Hätte MacTavish sich seinerzeit lediglich über ihr Erscheinungsbild amüsiert und sie aufgezogen, hätte sie ihm verzeihen können. Aber in seinen Augen lag nichts als

Verachtung und Abscheu und damit hatte er sie tief verletzt.

Dinah wusste, dass Kieran und sein Vater an jenem Tag zu Gast auf Morvich Castle sein würden, deshalb war sie ganz aufgeregt gewesen. Kieran MacTavish war der Mann, von dem sie heimlich schwärmte. Sie hatte sich extra ihr bestes Kleid zurechtgelegt, um einen nachhaltigen Eindruck bei ihm zu hinterlassen.

Doch dann tauchten Shawn und die anderen Jungen auf und flehten sie um Hilfe bei der Rettung eines kleinen Welpen an, der in ein Erdloch gefallen war und entsetzlich winselte. Natürlich ließ Dinah sich nicht zweimal bitten und sicherte ihnen sofort ihre Unterstützung zu. Sie kannte den Wurf und mochte jeden einzelnen der kleinen, niedlichen Streuner. Das Erdloch, das sich unter dem Wurzelgeflecht eines Baumes befand, erwies sich als Eingang zu einer verlassenen Fuchshöhle und war dementsprechend klein und eng. Diverse Schaufeln und eine Axt lagen im Umkreis, mit denen die anderen bereits erfolglos versucht hatten, sich Zugang zu verschaffen. Die Wurzelstränge machten das Bestreben, Höhleneingang und Tunnelschacht zu vergrößern, beinahe unmöglich. Es blieb nur die Möglichkeit, sich selbst hineinzuzwängen und zu versuchen, das verängstigte Tier zu greifen. Dem Aussehen nach hatte es einer der größeren Jungen bereits versucht, war aber wegen seiner zu breiten Schulter gescheitert, und die zwei kleineren Kinder, die von ihrer Statur hineingepasst hätten, hatten zu große Angst. Tränen liefen dem etwa Sechsjährigen über das schmutzige Gesicht, während er wie erstarrt dastand und auf den Eingang stierte.

Dinah galt als furchtlos, das wussten sie, was vermutlich den Ausschlag gab, dass Shawn sie zu Hilfe holte. Sie wäre von ihnen die Einzige, der sie das Wagnis zutrauten und die zierlich genug war, sich dort drinnen vorwärts zu bewegen. Mit einem Seil, das um ihre Knöchel geschlungen war, wurde sie von den älteren Jungen, unter ihnen der vierzehnjährige Shawn, gesichert, während sie in dem engen, dunklen Tunnel vorwärts robbte.

Es war ein Abenteuer gewesen, das Dinah mehr Überwindung abverlangte, als sie den anderen gegenüber jemals zugegeben hätte, aber es war ihr gelungen, den verängstigten Welpen zu befreien, und das war die Hauptsache.

Diese Rettungsaktion hatte ihr großen Respekt bei den Clanmitgliedern ihres Alters eingebracht, während ihre Familie sie wegen ihres Leichtsinns und der Gefahren gescholten hatte.

Dinah spürte eine Bewegung an ihrer Seite und streckte die Hand aus. Sie lächelte, als sie in die Augen des treuen Gefährten blickte, dessen Kopf nun auf ihrem Oberschenkel ruhte, als wüsste er, dass sie gerade an seine bewegte Rettung zurückdachte. Zwei Wochen, nachdem sie das Tier gerettet hatte, war der Welpe ihr als Geschenk überreicht worden, seitdem wich er ihr kaum von der Seite. Sie hatte ihn Mòlan getauft, was so viel wie Maulwurf bedeutete, ein passender Name, wie sie fand.

Vater war anfangs wenig begeistert gewesen, einen Hund als Burgbewohner zu haben, doch Mòlan erfreute sich rasch großer Beliebtheit. Er lernte schnell, sich bei den Mahlzeiten in der Großen Halle durchzuschnorren, und wusste sehr genau, bei welchen Personen regelmäßig etwas für ihn abfiel und bei welchen eher nicht.

Mit einem Seufzen lehnte sie sich zurück und schloss die Augen. Um nichts in der Welt würde sie Mòlan missen wollen.

Nachdem es ihr geglückt war, den Welpen aus seiner Bredouille zu befreien, hatte sie sich schleunigst zurück auf ihr Zimmer schleichen wollen, um sich zu waschen und hübsch zu machen, doch der Plan war gründlich danebengegangen, denn sie war Kieran MacTavish direkt in die Arme gelaufen. Erniedrigender hätte ihre Begegnung nicht ablaufen können. Doch es hatte ihr auch schmerzlich die Augen geöffnet. Hinter seiner schönen Fassade steckte ein widerwärtiger Charakter. Mòlans Rettung war es dennoch wert gewesen, dass ihr Mädchentraum zerbrochen war.

Seit jenem Tag vermied sie es, Kierans Weg zu kreuzen. Jedes Mal, wenn sie wusste, dass er auf Morvich Castle zu Gast war, benutzte sie Ausflüchte, um der Tafel in der Großen Halle fernzubleiben. In den folgenden Monaten war es die einzige Möglichkeit, ihren Stolz zu bewahren und die Wunde ihrer verletzten Kindheitsseele heilen zu lassen. Irgendwann war es zur reinen Routine geworden, diesem Mann aus dem Weg zu gehen.

Dann erkrankte Vater schwer und ihr Bruder Myles heiratete Carmen MacRay. Mit dieser Ehe und dem Tod ihres Vaters kamen neue Herausforderungen auf alle Bewohner von Morvich Castle zu, und auch Dinahs gewohntes Leben änderte sich schlagartig.

Kieran MacTavish war längst weit in den Schatten gerückt und existierte nur noch in den hintersten Winkeln ihrer Erinnerung – bis jetzt.

Alle Erinnerungen waren wieder da, als wäre es gestern gewesen. Inzwischen waren einige Jahre vergangen, sie war reifer geworden und hatte an weiblicher Ausstrahlung gewonnen. Natürlich war ihr bewusst, dass sie den damaligen Vorfall nicht als Maß aller Dinge werten durfte, sie war schließlich ein unbeschwerter und kindischer Wildfang gewesen. Und doch hatte sich ihre Meinung über Kieran MacTavish nicht geändert, was sich damit erklärte, dass ihr über die Zeit allerlei Gerüchte über ihn zu Ohren gekommen waren.

*

Schweißgebadet und außer Atem ließ Kieran das Breitschwert sinken und wandte dem Übungsplatz den Rücken zu.

»So verbissen, wie du kämpfst, bin ich froh, dir niemals in einem echten Kampf gegenüberstehen zu müssen«, hörte er den unterlegenen Clanmann Emiljan hinter sich sagen.

»Du warst auch nicht übel«, entgegnete er anerkennend. Er bückte sich, um sein Hemd vom Boden aufzuklauben, das er während des Trainings achtlos zur Seite geworfen hatte.

»Gibt es ein Problem, Kieran?« Emiljan war ernst geworden.

»Was meinst du?« Kieran musterte ihn irritiert, während er das Kleidungsstück wie ein Handtuch nutzte, um sich Gesicht und Arme trocken zu reiben.

»Aye, du wirkst in letzter Zeit ziemlich angespannt, das ist nicht nur mir aufgefallen. Caleb wollte mir nichts sagen, doch er wirkte bekümmert. Also, was ist los?«

Kieran stieß ein Grunzen aus und starrte zu der Stelle, an der sein Bruder und dessen Gegner gerade ihr Training beendeten und sich freundschaftlich auf die Schulter klopften.

»Ihr werdet es früh genug erfahren«, brummte er und marschierte auf den Durchgang zu, der den Übungsplatz vom Burghof trennte.

Kieran hatte gehofft, indem er sich körperlich verausgabte, auf andere Gedanken zu kommen, um das drohende Unheil für eine Weile vergessen zu können. Doch wie er nun erkannte, holte ihn die Realität schneller ein, als ihm lieb war. Innerlich verfluchte er sämtliche MacMurrays, allen voran dieses vermaledeite Weibsbild Dinah, der man die Position als seine Gemahlin zugedachte. Sämtliche Versuche, Vater von der irrsinnigen Idee abzubringen, waren gescheitert, dabei wäre sein ausgearbeiteter Vorschlag, die Angelegenheit auf andere Art beizulegen, durchaus realisierbar gewesen. Er sah ein Abkommen zwischen seinem Clan mit den MacRays und MacMurrays vor, bei dem letztlich alle von dem Handel profitieren würden. Ob sich allerdings Laird MacRay auf den Deal eingelassen hätte, wäre zu klären gewesen, da es ihm die alleinige Kontrolle entzogen hätte. Der Mann war nicht bekannt dafür, Kompromisse einzugehen.

Wenigstens hatte Vater sich die Zeit genommen, seine Ausarbeitung einer detaillierten Prüfung zu unterziehen, dann jedoch mit den Worten abgetan, dass familiäre Bande auf Dauer einen höheren und obendrein dauerhaften Stellenwert beinhalte.

Der Clan MacTavish wäre zwar in Kierans Plan eine Verpflichtung eingegangen, die dem MacRay in die Hände gespielt und seine Taschen gefüllt hätte, aber die Vorteile, die sich für ihren Clan ergeben hätten, wären dennoch alle Male besser als das derzeitige Tauziehen, das sich zwischen den MacRays und den MacTavishs in die Länge zog.

Stattdessen wurde von ihm erwartet, allein den Kopf hinzuhalten und sich eine lebenslange Geißel in Form eines unerträglichen Weibes ans Bein zu binden. MacRays Schwester würde durch diese Eheschließung seine Schwägerin werden. Kieran fand dieses Band ebenso wenig erstrebenswert, wie die Ehe mit dieser Dinah.

Der einzige Lichtpunkt am Horizont war Myles MacMurray, Laird des Clans und Dinahs Bruder, mit dem Kieran eine gute Freundschaft verband. Aber er würde schließlich nicht seinen Freund Myles, sondern dessen Schwester heiraten. Kieran konnte Myles keinen Vorwurf machen, dass er mit der Verbindung mehr als einverstanden war, sie war schließlich seine kleine Schwester. Würde es in seiner Verantwortung liegen, für seine Schwestern Ceana und Kayla einen Gemahl zu suchen, wäre er vermutlich ebenso glücklich, könnte er sie einem guten Freund anvertrauen.

Er war so in seinem Frust vertieft, dass er die Reitpferde, die gerade von einem Clanmann in den Stall geführt wurden, zuerst gar nicht bemerkte. Doch als er aufblickte, erkannte er die Fuchsstute sofort, sie war Gillians Pferd. Sie begleitete ihren Vater oft, wenn er einen Abstecher nach Dòrnaidh Castle unternahm. Kierans Laune hellte sich auf. Wahrscheinlich langweilte sie sich gerade, während ihr Vater mit seinem bei einem Becher Whisky über alte Zeiten schwadronierte.

Es wunderte ihn daher nicht sonderlich, als ihm Gillian allein im Eingangsbereich der Burg entgegen geschlendert kam.

»Kieran«, rief sie erfreut, als sie ihn erblickte, und eilte freudestrahlend auf ihn zu.

»Gillian, meine Liebe. Es freut mich, dich zu sehen.« Er strahlte ebenso angetan. »Gibt es einen besonderen Anlass für euren Besuch?«, fragte er, nachdem die üblichen Höflichkeitsfloskeln absolviert waren.

Gillians Vater, Brian MacMurray, war der jüngere Bruder des verstorbenen Laird Arailt MacMurray, dem Vater von Myles und Dinah. Er besaß durch Erbe ein eigenes kleines Anwesen und ein bisschen Land, auf dem eine Handvoll Pächter lebten, für die er verantwortlich war. Das Land grenzte im Nordwesten an die Gebiete des MacTavish Clans und war nicht mit den eigentlichen Ländereien des MacMurray Clans verbunden.

»Nein, so weit mir bekannt ist, ist alles in bester Ordnung«, versicherte Gillian ihm und schwenkte aufreizend die Hüften. »Wir besuchten eine Pächterfamilie und überbrachten unsere Glückwünsche zu ihrem Nachwuchs. Ich konnte Vater überzeugen, auf dem Heimweg einen Abstecher nach Dòrnaidh Castle zu unternehmen.«

»Wie überaus geistvoll.« Kieran zog verwegen einen

Mundwinkel nach oben.

»Nun, ich musste Vater nicht wirklich überreden ...« Sie kam so nah an ihn heran, dass sich ihre Körper beinahe berührten. »Ich denke, die Aussicht auf ein oder zwei Becher eures hervorragenden Whiskys hat ihm die Entscheidung leicht gemacht.« Gillian neigte den Kopf und blickte ihn unter dichten schwarzen Wimpern verführerisch an.

Kieran ließ seine Hände an ihrer Hüfte ruhen, vermied es aber, sie näher an sich heranzuziehen.

»Hast du dich gerade beim Training verausgabt?«, gurrte sie und fuhr mit dem Zeigefinger über die ausgeprägten Muskeln seiner nackten Brust, die unter ihrer Berührung zuckten.

Gillian hatte schon oft versucht, ihn zu verführen, aber mehr als leidenschaftliche Küsse hatte es zwischen ihnen nie gegeben. Sie war schön und reizvoll, aber auch die Tochter eines ehrbaren Mannes. Daher gehörte sie eindeutig nicht zur Kategorie jener Frauen, mit denen er seine männlichen Bedürfnisse ausleben durfte.

Obwohl er ahnte, dass sie ihm keinen Einhalt gebieten würde, sollte er es darauf anlegen. Vielleicht war das sogar ihr Wunsch, doch etwas tief in seinem Unterbewusstsein warnte ihn vor den deutlichen Annäherungen dieser Frau, die sich nicht scheute, ihr gutes Aussehen und ihren Körper gezielt einzusetzen. Bis zu einem gewissen Grad war er bereit, das Getändel mitzuspielen, doch würde es ihm nicht noch einmal passieren, dass er sich im Eifer der Leidenschaft vergaß. Zum Glück waren sie damals gestört worden, als er ihr bereits das Kleid über die Schultern gestreift hatte und im Begriff gewesen war, ihre Brust mit Küssen zu verwöhnen.

Jeder anderen Frau wäre bei einer solchen Entdeckung vermutlich eine verlegene Röte ins Gesicht geschossen. Sie hätte eiligst versucht, sich zu bedecken, und wäre von tiefer Scham ergriffen worden.

Doch während er das abrupte Ende im ersten Moment lediglich bedauerte, wurde sie wütend und beschimpfte wüst den armen Stallburschen, dem die Angelegenheit ohnehin schon mehr als peinlich gewesen war.

Diese Frau wusste eindeutig, was sie wollte. Eine Eigenschaft, die er im Grunde bewunderte, die aber andererseits auch eine erhöhte Wachsamkeit erforderte.

»Aye, wie du richtig erkannt hast, war ich auf dem Übungsplatz«, grinste Kieran. »Daher würde ich mich jetzt gern etwas frisch machen wollen. Soll ich dir Ceana oder Kayla schicken, damit du dich inzwischen nicht langweilst?« Er sah bereits an ihrem Gesichtsausdruck, dass sie keine Lust verspürte, sich mit seinen Schwestern zu unterhalten, aber er ließ sich die Erkenntnis nicht anmerken.

»Ich denke, ich werde mich so lange zu meinem Vater gesellen.« Sie klimperte mit den Wimpern und zog einen Schmollmund.

Kieran konnte sich ein Lachen nicht verkneifen. »Sei nicht enttäuscht, *mo ghràdh*, wir sehen uns an der Tafel. Ihr bleibt doch zum Mittagsmahl?« Er wartete lediglich ihre Bestätigung ab und schob sich dann mit einem Augenzwinkern an ihr vorbei, ohne auf ihr weiteres Geplapper zu achten.

Gillian schien hartnäckig, wenn es darum ging, ihn zu umgarnen. Er konnte nicht abstreiten, dass ihm ihre Bemühungen schmeichelten, trotzdem würden sie niemals von Erfolg gekrönt sein. Sie war schön und anmutig, mit einer betörenden Figur und honigblondem Haar, das von Natur aus glatt fiel, was sie persönlich als Makel empfand, wie sie ihm einmal verraten hatte. Die Männer drehten sich nach ihr um, wo immer sie auftauchte, und sie machte keinen Hehl daraus, dass sie die Aufmerksamkeit um ihre Person genoss. Sie wusste, wie sie auf das andere Geschlecht wirkte.

Kieran war natürlich weder blind noch aus Eis, aber sie war nun mal Brian MacMurrays Tochter und somit war alles, was über eine Tändelei hinausging, tabu, wenn er keine unangenehmen Konsequenzen tragen wollte.

Seine Muskeln brannten von den kräftezehrenden Kampfübungen, dennoch begrüßte er den Schmerz. Die Konzentration auf dem Übungsplatz hatte ihn für eine Weile vergessen lassen, welches Schicksal auf ihn zukam. War es nicht paradox? Wenn nicht noch ein Wunder geschah, würde er bald mit Gillians Cousine vermählt sein. Eine Weile sinnierte er, wie es sein würde, wäre sie die Frau aus der Linie des Lairds. Er musste einräumen, dass er Gillian gern in sein Bett geholt und sich mit ihr vergnügt hätte, aber wollte er auch mit ihr vermählt sein? Ein abgrundtiefes Grunzen entwich ihm. Die Vorstellung war ebenso lachhaft, wie an diese Dinah gebunden zu sein.

Er wusch sich den Schweiß vom Körper, schlüpfte anschließend in ein sauberes Leinenhemd und legte einen sauberen *Breacan feile* [Plaid] an.

Eine Stunde später erschien er in der Großen Halle, wo seine Familie bereits vollständig an der Tafel versammelt war.

Die Mägde waren eifrig damit beschäftigt, Platten mit köstlich duftenden Leckereien auf dem Tisch zu verteilen. Sein Vater und Brian hatten die Köpfe zusammengesteckt und schienen in einem ernsthaften Austausch vertieft zu sein. Ceana, die ältere seiner Schwestern, saß erzählend neben Gillian, ohne wahrzunehmen, dass ihre Gesprächspartnerin ihr offenbar gar nicht zuhörte.

Doch Kieran sah genau, dass Gillian eine äußerst säuerliche Miene zog, während sie stur geradeaus auf die Burgbewohner starrte, die sich an den Tischen niedergelassen hatten.

Für einen Moment stutzte er angesichts dessen, doch dann bemerkte sie sein Erscheinen und begegnete ihm mit einem aufgesetzten, strahlenden Lächeln, das ihre Augen jedoch nicht erreichte.

Er nickte lediglich höflich und wandte sich der Begrüßung ihres Vaters zu, bevor er sich auf den einzig freien Platz zwischen ihnen niederließ.

»Ist es wahr?«, zischte sie, kaum dass er saß. »Du willst dieses Miststück Dinah ehelichen?«

»Von wollen kann nicht die Rede sein«, brummte Kieran. Seine eigene Laune schoss ins Bodenlose. Er griff nach dem Becher Ale, der gerade vor ihm abgestellt wurde, und leerte ihn in einem Zug.

»Das darfst du nicht zulassen! Kieran!« Sie zerrte am Ärmel seines Hemdes.

»Gillian!«, erklang die Stimme ihres Vaters in einem Tonfall, der eine unmissverständliche Warnung enthielt.

Gillian bog trotzig den Rücken durch und schob ihr Näschen in die Höhe.

Kieran hätte laut aufgelacht, wäre das Thema weniger dramatisch gewesen. Aus dem Augenwinkel bemerkte er, dass auch sein Vater ihn im Visier hatte. Scheinbar unbeteiligt bediente er sich daher an der Platte mit dem Gebratenem.

Nach einem verbissenen Schweigen, das ihm wie Minuten vorkam, nahmen die beiden Väter ihr Gespräch wieder auf, während Kieran sich mit nicht vorhandenem Appetit seiner Mahlzeit widmete.

»Sie ist nicht ganz richtig im Kopf, musst du wissen«, flüsterte Gillian ihm nach einer Weile zu und lächelte dabei. Kieran vermutete, dass sie den Eindruck einer normalen Unterhaltung erwecken wollte. »Der gute Myles muss erleichtert sein, die Verantwortung für sie abtreten zu können.«

Obwohl Kieran nicht der Sinn nach ihren Spielchen stand, fragte er nach. Statt einer Antwort bat sie ihn lauter als erforderlich und anscheinend gut gelaunt, ihren leeren Becher nachzufüllen.

Als er der Bitte nachkam und sich zu ihr hinüberbeugte, sagte sie: »Ist es dir nicht seltsam erschienen, dass du sie nie zu Gesicht bekommen hast, wenn ihr auf Morvich Castle zu Gast wart?«

Kieran hätte beinahe den Becher über den Rand hinaus vollgegossen. »Was meinst du damit?« Eine Anspannung baute sich in ihm auf. Er konnte sich tatsächlich an keine Begegnung erinnern, nicht nach ihrem verhängnisvollen Aufeinandertreffen, das ihm im Gedächtnis geblieben war. Zufall oder nicht, er hatte sich nie die Mühe gemacht, darüber nachzudenken.

Gillian warf einen Blick zu seinen Schwestern. »Dinah musste den Mahlzeiten fernbleiben, sobald Gäste an der Tafel speisten, damit sie keine Schande über die Familie bringen konnte.«

Er wusste nicht recht, was er von ihren Worten halten sollte, andererseits war ihm nicht entgangen, mit welcher Abscheu sie ihre Cousine als *Miststück* betitelt hatte, da war eindeutig Hass im Spiel. Familieninterne Angelegenheiten der MacMurrays gingen ihn nichts an, und normalerweise war er für derartigen Tratsch auch nicht zu haben, jedoch diesmal überwog die Neugier. Es konnte nicht schaden, von Gerüchten Kenntnis zu haben, die sich um die Frau rankten, die ihm aufgezwungen werden sollte.

So zeigte er sich belustigt, tat es mit einem Scherz und einer wegwerfenden Handbewegung ab, um sein wahres Interesse zu verschleiern und sie dennoch zu animieren, mit ihrer Geschichte fortzufahren. Sie schnappte mit empörter Miene nach Luft. Sein Plan funktionierte, manchmal waren Frauen eben sehr berechenbar. Er grinste, und dieses Mal war seine Belustigung echt, während er nun seinen Becher mit Ale nachfüllte.

»Dinah ist ein Wildfang«, legte sie sogleich los, »redet, wie ihr der Schnabel gewachsen ist, ohne Rücksicht auf die Gefühle anderer. Ich will nichts Schlechtes gegen meinen verstorbenen Onkel sagen, aber er hat ihr zu viel durchgehen lassen.« Gillian nippte genüsslich an ihrem Ale und warf Kieran einen unschuldigen Augenaufschlag zu. »Ich meine es gut, glaube mir. Aber das Wichtigste, was du wissen solltest, ist, dass sie eine heimliche Liebschaft mit dem Stallburschen Shawn unterhält. Also, wenn du sie zu deinem Weib machen willst, wovon ich dir als gute Freundin dringend abraten möchte, solltest du darauf achten, dass sie dir keinen Bastard unterschiebt.«

Er hätte sich beinahe am Ale verschluckt. »Du nimmst kein Blatt vor den Mund.« Er stieß einen unwilligen Laut aus und setzte den Becher erneut an die Lippen.

Ihre Hand landete auf seinem Unterarm, kaum dass sein Becher wieder den Tisch berührte.

»Wie gesagt, du liegst mir am Herzen, mein Lieber.« Sie brachte ihn dazu, sie anzuschauen. »Wie könnte ich schweigen und dich blind ins Verderben laufen lassen? Ich bin ebenso eine MacMurray wie Dinah, nur hat sie den Vorteil, die Tochter eines Lairds zu sein, während ich lediglich das unbedeutende Kind seines jüngeren Bruders bin.« Sie senkte theatralisch die Lider und deutete ein Schniefen an.

»Du bist keineswegs unbedeutend, und das weißt du«, fühlte er sich genötigt, zu betonen. Mit einem aufmunternden Lächeln tätschelte er die Hand auf seinem Arm, während sie ihn verheißungsvoll anhimmelte.

»Ach, Kieran, wenn es eine Möglichkeit gäbe ...« Sie seufzte schwer. »Ich würde dir die beste Ehefrau sein, die du dir vorstellen kannst. Es wäre meine Lebensaufgabe, dir eine angemessene Gefährtin zu sein und dich stolz zu machen. Und was unsere Stunden zu zweit beträfe ...« Sie benetzte die Lippen mit der Zunge und fuhr mit den Fingerspitzen verstohlen seinen Oberschenkel entlang. »Ich verspreche dir, du hättest nie einen Grund zur Klage.«

Kieran hob aufgrund der unmissverständlichen Geste überrascht die Augenbrauen. »Ist das ein Angebot, meine Liebe?«, reizte er die Situation aus.

»Mach dich nicht lustig!« Reflexartig zog sie ihre Hand zurück und starrte in die Menge der versammelten Highlander in der Halle.

Kieran verschlang den letzten Rest seiner Mahlzeit und schob den Teller mit einem Stöhnen von sich. »Du hast kaum einen Bissen angerührt, Gillian. Schmeckt dir das Essen auf Dòrnaidh Castle nicht?«, wandte er sich an sie, nachdem er sie eine Weile von der Seite gemustert hatte.

»Du weißt, dass das nicht der Grund ist.« Kränkung stand in ihren Augen. »Ich offenbarte dir meine Gefühle und du amüsierst dich auf meine Kosten. Keine Frau schätzt es, so missachtet zu werden.«

»Aye, wohl wahr. Ich bitte untertänigst um Verzeihung.« Die Hand auf sein Herz pressend, deutete er eine Verbeugung an. »Aber du musst verstehen, dass das Thema *Ehe* derzeit nicht zu meinen bevorzugten Gesprächsthemen zählt.«

Ohne eine Reaktion von ihr abzuwarten, erhob er sich, wobei er geräuschvoll seinen Stuhl nach hinten schob.

Brian MacMurray drehte sich um und schaute zu ihm auf. »Verlässt du uns schon?«, fragte er überrascht.

Bedauernd nickte Kieran und entschuldigte sich mit

unaufschiebbaren Angelegenheiten.

»Aye, du bist ein pflichtbewusster Mann.« Brian erhob sich und klopfte ihm anerkennend auf die Schulter. »Ich habe heute erfahren, dass du bald meine Nichte Dinah zur Frau nehmen wirst, ich gratuliere dir aus vollem Herzen. Dein Vater hat eine hervorragende Wahl getroffen, sie ist ein gutes Mädchen.«

Der Mann zeigte sich wahrlich erfreut. Kieran lächelte lediglich gezwungen, wobei ihn der forschende Blick seines Vaters traf.

Nie zuvor war er so erleichtert gewesen, der Großen Halle zu entfliehen. Seine Schritte beschleunigten sich wie von selbst, während er sich mehrmals mit gespreizten Fingern durch die Haare fuhr.

*

Myles hatte Laird MacTavish sowie die gesamte Familie zu einem Besuch auf Morvich Castle eingeladen. Dinah wusste, das Kieran MacTavish einen jüngeren Bruder und zwei Schwestern besaß, doch warum sollte sie das interessieren? Sie wollte ihn ohnehin nicht zum Manne. Dinah kochte vor Wut, seit ihr Bruder ihr seine Pläne am Morgen eröffnet hatte. Dieses Mal würde sie keine Ausrede der Welt davon befreien, an der Tafel mit ihrer Anwesenheit zu glänzen. Ihr graute davor, sich wie eine Zuchtstute vorführen zu lassen.

Das Treffen sollte in knapp zwei Wochen stattfinden und dem besseren Kennenlernen der Familienmitglieder dienen, bevor im Monat darauf die Eheschließung anstand.

»Kindlicher Widerwille, geboren aus der Furcht vor dem Verlust der Jungfräulichkeit«, so hatte Myles ihre Weigerung lachend betitelt, obendrein vor mehreren trunkenen Clanmitgliedern. Oh, sie hätte ihn für diese Äußerung ohrfeigen können.

Ihre Schwägerin Carmen mimte seit Bekanntwerden des Bündnisses die liebenswerte und verständnisvolle Verwandte. Pah! Dabei war diese falsche Schlange lediglich froh, sie endlich loszuwerden. Sie verstanden einander nicht.

Seit Mutters Tod hatte Dinah die Haushaltsführung innegehabt und es gab niemals Anlass zur Klage. Doch nach der Heirat von Myles und Carmen stand ihr als Lairdess diese Aufgabe zu, dessen war sich Dinah bewusst. Normalerweise hätte sie sich gefügt und sich zurückgezogen, doch Carmens striktes Regiment und die Art, wie sie das Burgpersonal umher scheuchte, konnte sie nicht tatenlos hinnehmen, und so war es fortwährend zu handfesten Streitigkeiten zwischen ihnen gekommen. Außerdem zählten für Carmen nur ihre eigenen Bedürfnisse und Befindlichkeiten. Herzlichkeit oder Einfühlungsvermögen gegenüber den hart arbeitenden Mitgliedern des Clans zeigte sie nie.

Der ersten Köchin, die mütterliche Beitiris, die schon vor Dinahs Geburt in der Küche von Morvich Castle beschäftigt war, trieb es jedes Mal die Tränen in die Augen, wenn die »holde Dame«, wie Beitiris sie abschätzig nannte, wieder mal etwas Unmögliches verlangte. Zum Beispiel, wenn Carmen es sich in den Kopf gesetzt hatte, Fasan zu servieren, dann hatte die Küche Fasan aufzutreiben, egal, wie sie das bewerkstelligte.

Des Öfteren hatte sich Dinah bei ihrem Bruder über die herrische Art seiner Ehefrau beklagt, doch er hatte ihr nie zuhören wollen. Er könne sich als Laird des Clans nicht auch noch mit Angelegenheiten befassen, die nicht seinen Aufgaben entsprächen. Meistens folgte daraufhin eine Auflistung seiner Pflichten mit dem scharfen Vermerk, sich nicht in Dinge einzumischen, die nicht mehr ihrer Zuständigkeit unterlägen.

Bestimmt war es auf Carmens Mist gewachsen, dass Myles sie plötzlich mit solcher Vehemenz verheiraten wollte. Dinah konnte sich sehr wohl vorstellen, dass Myles die Klagelieder seiner Gemahlin leid waren und er deshalb mit einer baldigen Vermählung einverstanden war. So gesehen, war Laird MacTavish zur rechten Zeit erschienen.

Tiefe Traurigkeit und Enttäuschung bohrten sich in ihr Herz. Es schmerzte sie, dass ihr Bruder sie derart hängen ließ, dabei waren sie einander immer sehr nah gewesen.

Dinah saß grübelnd auf dem Rand des Ziehbrunnens, der sich in der Mitte des Burghofes befand, und beobachtete das geschäftige Treiben der Clanmitglieder, die ihre täglichen Pflichten erledigten. Ihr treuer Gefährte Mòlan ruhte zu ihren Füßen und schien eher desinteressiert an seiner Umgebung. Sie seufzte, sie konnte sich nicht vorstellen, Morvich Castle zu verlassen und künftig nur als Gast in diesen Mauern zu verweilen.

»Ich hoffe, du hast nicht vor, dich hineinzustürzen«, erklang hinter ihr Carmens Stimme.

Sie rollte mit den Augen, bevor sie sich ihr zuwandte. »Entschuldige, den Gefallen werde ich euch nicht tun.«

»Herrje, wie scharfzüngig du sein kannst.« Sie zog geziert ihre Reithandschuhe an. »Ist es immer noch wegen der anstehenden Vermählung?« Als Dinah schwieg, fuhr sie fort. »Ich war auch nicht begeistert, deinen Bruder zu ehelichen, aber ich habe nicht so ein Drama aus der Sache gemacht wie du. Ich habe mich gefügt, und das wirst du ebenfalls tun. Du hast ohnehin keine Wahl, das wird Myles dir sicherlich erklärt haben.«

»Was mischst du dich ein?«, fuhr Dinah sie an. »Du kennst mich nicht! Ich bin nicht wie du!«

»Wohl wahr, du bist eine störrische und aufmüpfige Göre, die glaubt, ihren eigenen Kopf durchsetzen zu müssen. Aber lass dir gesagt sein, kein Mann schätzt es, wenn sein Weib nicht zahm und gefügig ist.«

Dinah entfuhr ein höhnisches Lachen. »Tatsächlich? Oh, ich vergaß, du und Myles seid ja so ein harmonisches, herzallerliebstes Paar, und du bist so untertänig, dass du ihm jeden Wunsch von den Augen abliest.«

Mòlan hob den Kopf und schaute wachsam zwischen den beiden Frauen hin und her.

»Sei nicht albern!«, schnaubte Carmen. »Ich sorge in seinem Hausstand für Ordnung und Disziplin, was auf Morvich Castle in den letzten Jahren ziemlich vernachlässigt wurde. Mein Gemahl hat keinen Grund zur Klage.«

»Wenn du meinst«, brummte Dinah und wandte den Blick ab. Es machte keinen Sinn, mit ihr über das Thema zu diskutieren, es würde nur wieder eskalieren.

»Als MacTavishs Gemahlin wirst du dem Haushalt von Dòrnaidh Castle vorstehen und wieder Gelegenheit haben, eigene Entscheidungen zu treffen, das liebst du doch so. Also sieh es als Geschenk.«

Geschenk? Kopfschüttelnd starrte Dinah über den Burghof. Als ob es darauf ankäme, eine gewisse Position zu bekleiden, für sie waren andere Dinge im Leben weitaus wichtiger. So konnte sie sich nicht vorstellen, den Rest ihres Lebens an einen Mann gebunden zu sein, mit dem sie nichts als Verachtung verband.

»Falls ich dich daran erinnern muss, ist Kieran MacTavish nicht der Laird des Clans, sondern sein Vater und da seine Frau sich ebenfalls bester Gesundheit erfreut, obliegt ihr die Führung des Burghaushaltes.«

Carmen vollführte eine wegwerfende Handbewegung. »Aye, wie praktisch. Dann wirst du sehr viel Gelegenheit haben, dich um eure Nachkommen zu kümmern.« Sie warf einen geringschätzigen Blick auf den Vierbeiner. »Zumindest eine sinnvollere Aufgabe, als sich den ganzen Tag mit einem stinkenden Köter zu beschäftigen.« Sie rümpfte die Nase.

Dinah ignorierte ihre Beleidigung und gab kontra: »Da fällt mir ein, wann darf ich damit rechnen, Tante zu werden?«

Die aufgesetzte Heiterkeit im Gesicht der Schwägerin erstarb augenblicklich. »Das geht dich nichts an!« Sie wandte sich abrupt zum Gehen.

»Wo willst du eigentlich hin?«

»Was für eine dumme Frage. Ich werde ausreiten,

das sieht man doch«, rief Carmen über ihre Schulter und hielt, ohne sich umzudrehen, auf die Stallungen zu.

Dinah stieß die Luft aus und sah ihr gedankenvoll nach. Auf keinen Fall wollte sie so ein Leben führen wie ihr Bruder mit dieser Frau. Langsam schritt sie Richtung Burgeingang, um zu vermeiden, Carmen erneut zu begegnen, wenn sie auf ihrer Fuchsstute an ihr vorbeiritt. Mòlan erhob sich gähnend und trottete neben ihr her. Sie tätschelte ihm den Kopf und seufzte. Wenn sie nur wüsste, wie sie ihrem Schicksal entgehen könnte.

Zu ihrem Trost hatte sie am Morgen die Nachricht erhalten, dass ihre Cousine Gillian für ein paar Tage Morvich Castle zu besuchen gedachte. Vielleicht könnte sie ihr einen Rat geben, wie sie sich verhalten sollte. Gillian war wenige Jahre älter und ihr immer eine Vertraute gewesen, wie eine Schwester, die sie nie hatte. Sie war die Einzige, der Dinah damals ihre Schwärmerei für den jungen Lairdsohn und das anschließende Desaster gestanden hatte.

Dinah schätzte die offene und direkte Art ihrer Cousine, die sich niemals den Mund verbieten ließ. Deshalb wartete sie mit gewisser Anspannung auf ihr Erscheinen, auch wenn sie über ihren plötzlichen Besuchswunsch etwas irritiert war.

*

»Zieh nicht so ein Gesicht, als würde ich dich zur Schlachtbank führen«, rief Aodh MacTavish seinem Sohn zu, als sie mit ihrem Gefolge das Burgtor von

Morvich Castle passierten.

»Es kommt dem aber verdammt nahe! Also gestehe mir zu, dass ich nicht in Begeisterungsstürme ausbreche«, gab Kieran zurück und warf ihm einen verkniffenen Blick zu.

Der Laird lachte schallend auf. »Du siehst das Ganze viel zu dramatisch, mein Junge.«

Die ersten MacMurrays kamen, um die Ankömmlinge zu begrüßen, was Kieran von einem bissigen Kommentar abhielt. Er lenkte sein Pferd neben das Gefährt und sprang geschmeidig aus dem Sattel, um seiner Mutter und den beiden Schwestern vom Wagen herunterzuhelfen.

Sein Bruder Caleb tat es ihm gleich, während Stallburschen heraneilten, um das Zugpferd von seinem Geschirr zu befreien.

Im Hintergrund hörte Kieran, wie Grobhan dem Burschen gezielte Anweisungen gab, wobei er den Namen Shawn aufschnappte. Er ignorierte das aufgeregte Geplapper seiner kleinen Schwester Kayla und wandte sich der Quelle zu.

»Aye, du bist also besagter Shawn.« Er musterte den jungen Mann, der zwar groß war, aber nicht besonders kräftig wirkte. Eine Strähne seiner braunen Haare fiel ihm ins Gesicht, was ihm etwas Lässiges verlieh.

»Aye, der bin ich, Sir.« Stolz straffte er sich und grinste breit, als sei er gelobt worden.

Das war also der heimliche Liebhaber seiner zugedachten Braut. Er konnte sich gerade noch ein abfälliges Schnauben verkneifen. Keine Konkurrenz, wenn er es darauf anlegte. Er hätte der Laird-Schwester einen besseren Geschmack zugetraut als einen Jüngling, der gerade den Kinderschuhen entschlüpft war.

»Wünscht Ihr, dass ich mich um Euer Pferd kümmere, Sir?« Er wandte sich um und begutachtete Kierans schwarzbraunen Rappen. »Ein schönes und kräftiges Tier, ich werde ...« »Finger weg von meinem Pferd!«, fuhr er ihn scharf an. »Du wirst ihn nicht anrühren, haben wir uns verstanden?«

Shawns Grinsen wechselte zu einem dümmlich verwirrten Ausdruck, während er ihn mit offen stehendem Mund anstarrte.

Ein etwa vierzigjähriger Mann kam geschäftig neben dem Gefährt hervor, Kieran winkte ihn zu sich und beauftragte ihn mit der Betreuung seines Reittieres. Wortlos nickte der und führte sein Pferd am Zügel Richtung Stall.

»Habt Ihr ein Problem mit mir?«, fragte Shawn mit unterdrücktem Groll.

Kieran musterte ihn erneut. Die Verärgerung ließ den Burschen älter und reifer wirken.

»Das werden wir sehen!« Ohne ihn weiter zu beachten, folgte er den anderen Familienmitgliedern, die vorausgegangen waren.

»Was war das eben?«, wollte Caleb wissen.

»Was denn?«

»Du weißt verdammt genau, was ich meine.«

Er beschleunigte seinen Schritt, natürlich wusste er das, doch er hatte keine Lust auf Erklärungen. Irgendwie wollte er diesen Aufenthalt mit so viel Würde, wie er aufbringen konnte, über sich ergehen lassen und dann weitersehen. Sein Vater hatte in dieser Angelegenheit nicht nachgegeben, was bedeutete, dass die Tage seiner Freiheit unweigerlich gezählt waren. Er war zu dieser Farce mitgekommen, was weit mehr war, als er sich nach der Eröffnung des Plans hatte vorstellen können.

Seine Mutter und die Mädchen erreichten soeben den Torbogen des Eingangs, als ein lauter Pfiff ertönte, fast zeitgleich mit einem panischen Aufschrei, der eindeutig seiner jüngsten Schwester Kayla gehörte. Kieran und Caleb rannten los. Sie fanden beide Mädchen am Boden vor, Kayla saß zitternd und schniefend auf ihrem Hinterteil, während es Ceana offenbar erwischt hatte. Sie schien benommen und eine feine Blutspur rann ihre Schläfe hinab. Im Nu hasteten Frauen und Männer mit fassungslosen Gesichtern herbei, um behilflich zu sein.

»Was ist hier passiert?«, schrie Kieran über den anschwellenden Tumult hinweg.

»Der Hund!«, rief seine Mutter ihm zu, die neben Ceana kniete. »Kayla hat sich so erschrocken, dass sie beim Sprung zur Seite gegen Ceana geprallt ist.«

»Und die Arme ist gestolpert und hat sich den Kopf an der Mauer angeschlagen«, ergänzte eine der Frauen.

Laird Myles MacMurray drängte sich durch die versammelte Menge, sichtlich erschüttert über den Zwischenfall. »Schaff mir sofort Seonag her«, ordnete er an.

Die Angesprochene nickte heftig und rannte mit angehobenen Röcken los.

Myles legte Aodh MacTavish die Hand auf die Schulter. »Es tut mir wahnsinnig leid, was deinen Töchtern passiert ist.« Er fuhr sich mit der freien

Hand durch die Haare. »Ich kann mir gar nicht erklären, wie das geschehen konnte.«

»Es war nicht Eure Schuld, eine Verkettung unglücklicher Umstände.«

Ceana konnte wieder auf eigenen Beinen stehen, lehnte sich aber mit bleichem Gesicht an die Brust des Vaters, während Mutter ihr beruhigend über den Arm strich.

»Was war das eigentlich für ein riesiges Ungetüm?«, hörte Kieran Mutter fragen, als er sich zu Kayla umdrehte, die auch wieder stand und Caleb in lebhafter Gestik das Malheur schilderte.

»Aye ... ähm, das ist Mòlan, der Hund gehört meiner Schwester Dinah.«

»Oh, ist das so?«, brachte Kieran zwischen zusammengebissenen Zähnen heraus. Er und Myles starrten einander mit ernsten Mienen an. Dinah, allein der Name reizte schon sein Gemüt. Er war in der Verfassung, sich dieses Biest übers Knie zu legen und ihr den Hintern zu versohlen. Seiner Ansicht nach war es eindeutig ein Angriff auf seine Familie gewesen und er litt keineswegs unter Verfolgungswahn.

Die Ansammlung löste sich langsam auf, als Seonag eintraf, die offensichtlich die Heilerin auf Morvich Castle war. Vater folgte, Ceana fest umarmend, der alten, leicht gebeugt gehenden Frau in die Halle. Mutter schenkte Kayla ein tröstendes Lächeln, bevor sie den beiden ebenfalls folgte.

Kieran wartete, bis sie außer Hörweite waren. »Und wo ist deine Schwester? Besitzt sie nicht den Anstand, sich für ihr Vergehen zu entschuldigen?«

Myles versteifte sich sichtbar.

44

»Ich bin hier!«

Kieran fuhr herum.

Vor ihm stand eine Frau in einem schlichten einfarbig blauen Kleid. Das hellbraune Haar, das einst hochgesteckt gewesen sein musste, stand an einer Seite wirr und zerzaust vom Kopf, aber ihre Haltung war kerzengerade und der zarte Hals gestreckt. Moosgrüne Augen mit grauen Sprenkeln darin richteten sich auf ihn. Durch ihre Größe und die weiblichen Rundungen, die sich unter dem eng anliegenden Oberteil abzeichneten, wurde ihm klar, dass er kein ungezogenes Kind vor sich hatte.

Ihr zu Füßen nahm das sogenannte Ungetüm auf seinem Hinterteil Platz. Die Zunge hing ihm aus dem Maul, während er hechelnd um sich schaute.

»Ich entschuldige mich aufrichtig für die Aufregung, die mein Hund verursacht hat. Ich kann Euch garantieren, dass von ihm keine Gefahr ausgeht. Er ist nur manchmal ein wenig ungestüm.«

Kieran ließ den Blick über ihr Erscheinungsbild wandern. Sie schien seit damals kein bisschen reifer geworden zu sein, abgesehen von ihren körperlichen Merkmalen. Ein Schmutzfleck an ihrer Wange erregte seine Aufmerksamkeit. Er war kurz davor, hysterisch aufzulachen, diese Frau war ein wandelnder Albtraum. Wenigstens schien sie sich unter seinen musternden Augen unwohl zu fühlen, denn sie senkte die Lider und begann an ihrer Unterlippe zu nagen. Ein Aspekt, den er bei gewissen Frauen durchaus erotisch fand.

»Wie gesagt, es tut mir sehr leid. Ich hätte besser auf ihn achtgeben sollen.«

»Allerdings!«, knurrte ihr Bruder. »Du hast mich in eine äußerst peinliche Lage gebracht.«

Dinah griff in das geflochtene Halsband des Tieres und es folgte ihr bereitwillig. Vor Kayla blieb sie stehen. »Du brauchst dich vor ihm nicht zu fürchten. Er wird dir nichts tun.«

»Geh nach oben, Schwester, und richte dich her. Wir werden später über die Angelegenheit sprechen«, sagte Myles im scharfen Ton.

Sie ignorierte ihn. Mòlan hatte sich wieder gesetzt und schnupperte neugierig an Kaylas Arm, den sie sofort zurückzog und sich näher in Calebs Armen drückte.

»Du kannst ihn streicheln, wenn du magst.«

Skeptisch wanderte Kaylas Blick zwischen dem Hund und ihrer Besitzerin hin und her, bevor sie zögerlich die Hand ausstreckte und sogleich von Mòlans schlabbernder Zunge begrüßt wurde. Kayla kicherte.

»Dinah!«, mahnte Myles eindringlich.

»Um Himmelswillen, wie schaust du denn aus?«, ertönte ein schriller Aufschrei neben dem Laird. »Bring sofort diesen widerlichen Köter in Gewahrsam und dann warte in deiner Kammer. Ich werde Mavea und Aoife Bescheid geben.«

Kieran tauschte einen stummen Gruß mit Myles' Gemahlin, während er weiterhin das Geschehen verfolgte.

Dinah rollte mit den Augen, woraufhin Kayla erneut kicherte, sich aber rasch die Hand vor den Mund hielt. Die zwei lächelten einander wie in stiller Übereinkunft zu, bevor sie sich der Stimme zuwandte und die Hände an die Hüfte stemmte. »Was mischst du dich schon wieder ein, *bò gòrach* [dumme Kuh]?«

Die Schwägerin sog scharf die Luft ein, wobei ihre Augen tellergroß wurden.

»Genug jetzt!«, ergriff Myles heroisch das Wort und trat vor. Er befahl einer der anwesenden Frauen, sich um die junge MacTavish zu kümmern, und richtete dann seine Aufmerksamkeit auf Kieran und Caleb. »Es ist zwar noch früh, aber ich könnte nach dem Schlamassel einen Whisky vertragen. Was sagt ihr dazu?«

»Aye, klingt gut«, erklärte Kieran und sein Bruder stimmte ihm zu.

*

Dinah sah ihnen nach, bis sie aus ihrem Sichtfeld verschwunden waren. Sie war weit davon entfernt, sich so selbstsicher zu fühlen, wie sie aufgetreten war. Es grenzte an ein Wunder, dass ihre Stimme klar und fest geklungen hatte und offenbar niemand ihre innere Anspannung bemerkt hatte.

Wieder mal war alles schiefgegangen, genau wie damals. Sie wollte lieber nicht wissen, was Kieran MacTavish jetzt von ihr hielt, obwohl es ihr im Grunde gleichgültig sein sollte. Unbeabsichtigt hatte sie ihm ein Schauspiel geliefert und ihm gezeigt, dass sie sich nicht zu seiner Gemahlin eignete. Sie war damit ihrem Vorhaben, den Eheplan zu boykottieren, ein Stückchen nähergekommen, und doch fühlte sie sich miserabel. Trübe Stimmung und eine schmerzhafte innere Leere hüllten sie wie ein Kokon ein. Die Enttäuschung und die Wut in den Augen ihres Bruders zerrissen ihr fast das Herz. Allein blieb sie zurück und kämpfte gegen aufsteigende Tränen an. Niemand hatte verletzt werden sollen, am allerwenigsten die beiden unschuldigen Mädchen.

Sie war eine Närrin, ein dummes, törichtes Ding. Dinah hatte diesem aufgeblasenen Lairdsohn nur zeigen wollen: Hier sieh her, das ist Mòlan. Dieses treue Tier habe ich vor einem qualvollen Tod bewahrt, damals an jenen Tag, als wir uns das letzte Mal begegnet sind.

Ein zynischer Laut entfuhr ihr. Was hatte sie erwartet? Dass er ihr Anerkennung zollte? Sie um Verzeihung bat für seine einstige Reaktion? Das war lachhaft! Zudem war es Jahre her, mit Glück erinnerte er sich nicht mal an jene Szene.

Sie hatte sich blamiert und ihren Bruder beschämt, das waren die Fakten. Was war los mit ihr? Sonst benahm sie sich nie derart kindisch und unbesonnen. Schwerfällig begab sie sich in ihre Kammer, wo Mavea und Aoife schon auf sie warteten.

Mavea schwärmte unentwegt, wie gutaussehend der junge MacTavish sei und was Dinah für ein Glück hätte, bald mit ihm vermählt zu sein.

Dinah ließ ihr eifriges Geschnatter kommentarlos über sich ergehen.

In der Tat war Kieran MacTavish nach wie vor ein äußerst attraktiver Mann. Seine Gesichtszüge waren etwas kantiger geworden und der Bartschatten dunkler. Sie konnte nur erahnen, welche Muskeln sich unter dem Naturleinen seines Hemdes verbargen. Jede Frau im heiratsfähigen Alter musste bei seinem Anblick weiche Knie bekommen. Wäre er nur nicht so ein verkommenes Subjekt. Durch ihre Cousine Gillian kannte sie erschreckende Details, eine Ehe mit ihm wäre die Hölle. Zuerst wollte Dinah unverzüglich ihrem Bruder von den niederträchtigen Handlungen berichten, in der Hoffnung, dass er seine Entscheidung zurücknehmen würde, doch Gillian hatte sie angefleht, es nicht zu tun, um sie nicht noch mehr zu beschämen. Die Bitte leuchtete Dinah ein und sie hatte ihrer Cousine ihr Wort gegeben, ihr Wissen für sich zu behalten. Doch was sollte sie mit dem Wissen anfangen, wenn sie es nicht benutzen durfte? Sie musste einen anderen Weg finden und sie würde ihn finden.

*

Gegen die Mauer gelehnt, beobachtete Kieran die Männer und Frauen auf dem Burghof von Morvich Castle.

Caleb gesellte sich zum ihm. »Ich war bei den Mädchen, während du und Vater mit Myles über das Ehearrangement geredet habt. Der Zwischenfall ist beinah vergessen, es geht beiden gut.«

Kieran tat einen tiefen Atemzug und nickte lediglich.

»Es tat ihr wirklich leid, das habe ich an ihren Augen gesehen, sie stand schließlich genau vor mir.« Als sein Bruder weiterhin keine Reaktion zeigte, fuhr er fort: » Dinah ist klug. Indem sie Kayla ermutigte, den Hund zu streicheln, hat sie erreicht, dass sie keine Angst mehr vor dem Tier hat. Du hättest unsere Schwester hören sollen, sie ist inzwischen ganz euphorisch, weil Dinah ihr versprochen hat, dass sie später zusammen mit ihm spielen.«

»Ist das so?«, antwortete Kieran gedehnt. Ihm gingen so viele Gedanken durch den Kopf, dass er Mühe hatte, sie alle zu sortieren. Es widerstrebte ihm, ohne eigenen Wunsch an diese Frau gebunden zu werden, andererseits schätzte er auch den Nutzen, den sein Clan durch diese Verbindung haben würde. Eines fernen Tages würde er seinem Vater als Laird dieses Clans folgen und womöglich ebensolche Entscheidungen für seine eigenen Kinder treffen müssen. Er verfluchte diesen Tag schon jetzt.

Wenn Dinah MacMurray wenigstens einen Teil seiner Ansprüche erfüllen konnte, die er an eine Gemahlin stellte, aber sie besaß weder Liebreiz oder ein sanftmütiges Wesen, noch konnte sie seine Männlichkeit reizen. Allerdings musste er zugeben, dass es ihn beeindruckt hatte, dass sie der Konfrontation nicht ausgewichen war. Es erforderte Mut und Stärke, sich in ihrem derangierten Zustand der Verantwortung zu stellen. Eitelkeit schien ein Punkt zu sein, den er als schlechte Eigenschaft bei ihr streichen konnte.

Eine halbe Stunde später trafen beide Familien in der Großen Halle wieder aufeinander. Kieran fiel vor Überraschung die Kinnlade herunter, als Dinah MacMurray die Halle betrat, gekleidet in ein dunkelgrünes, elegantes Kleid, das zu dem Grün ihrer Augen passte. Der weiche Stoff schmiegte sich wie eine zweite Haut an ihren wohlgeformten Körper, gab eine schmale Taille preis, bevor es in fließenden Wellen zu Boden fiel. Goldglänzende Spitze und filigrane Stickereien zierten den leichten Ausschnitt sowie Ärmel und Rocksaum. Ihr Haar war kunstvoll am Hinterkopf aufgesteckt, was einen ungehinderten Blick auf ihr ebenmäßiges Gesicht und den makellosen Teint zuließ.

Die unterkühlte Begrüßung, mit der sie seine Gegenwart bedachte, brachte Kieran zurück in die Realität. Natürlich waren sie nebeneinander platziert worden.

»Bringen wir das hier hinter uns«, brummte Kieran und setzte sich ebenfalls.

Sie lächelte gezwungen. »Tröstet Euch, ich wäre jetzt auch lieber woanders.«

»Das glaube ich Euch gern!« Die Worte waren ihm schärfer herausgerutscht als beabsichtigt und ihm entging nicht, dass sie ihn erschrocken von der Seite anschaute.

Während an der Tafel zu allen Seiten lebhafte Unterhaltungen geführt wurden, hüllten sie sich in Schweigen und widmeten sich den aufgefahrenen Köstlichkeiten.

Unauffällig beobachtete er sie von der Seite. Sie wirkte angespannt und schien kaum Appetit zu haben, sie schob ihr Essen auf dem Teller mehr hin und her, als dass sie aß.

»Machen wir uns nichts vor«, begann sie nach einer Weile, ohne ihn anzusehen. »Ihr wollt mich ebenso wenig zur Gemahlin wie ich Euch zum Gemahl.«

Überrascht über die unverblümten Worte zog er eine Augenbraue hoch und musterte sie.

Endlich sah sie ihn an. »Die Frage ist, was wir dagegen unternehmen.« Ihre Augen zeigten Entschlossenheit, aber auch eine Spur von Furcht, die ihn irritierte.

»Es geht nicht danach, was wir wollen«, wiederholte er die Worte seines Vaters. »Unsereins hat zum Wohle des Clans zu handeln. Ob es uns gefällt oder nicht!« Er griff nach seinem Becher und nahm einen kräftigen Zug.

»Eures Clans!«, zischte sie. Sie beugte sich so nah zu ihm herüber, dass ihre Oberarme einander berührten. »Die Vorteile überwiegen eindeutig auf Eurer Seite. Ich bin diejenige, die alles hinter sich lassen muss, um fortan eingesperrt hinter den Wänden Eurer Burg mein Dasein zu fristen, während Ihr ungehindert Euer bisheriges niederträchtiges Leben weiterführen könnt.«

Er krallte die Finger so fest um seinen Becher, dass die Knöchel weiß hervortraten. Wofür hielt ihn dieses anmaßende Frauenzimmer? Für ein Monster? Mühsam beherrscht und sich seiner Umgebung bewusst, presste er die Lippen zusammen und versuchte, die Ruhe zu bewahren. »Ihr haltet mich für niederträchtig? Aye, und wie würdet Ihr Euch betiteln? Ich helfe Euch, Ihr seid zänkisch, hitzköpfig und rücksichtslos gegenüber Euren Mitmenschen und Euch schert nicht im Mindesten, dass Ihr jene, die Euch nahestehen, mit Eurem Verhalten und Eurem Auftreten beschämt.« Er spürte an ihrem kaum merklichen Zusammenzucken, dass er sie getroffen hatte, doch der Sieg fühlte sich weit weniger wertvoll an als angenommen.

»Dass vorhin war ein Unfall, für den ich mich bereits entschuldigt habe.«

»Aye, und warum habt Ihr ausgesehen, als hättet Ihr Euch gerade auf dem Boden gewälzt?«

Sie schnappte nach Luft. »Ihr seid ein Mistkerl!«

Kieran verzog sein Gesicht zu einem diabolischen Grinsen und lehnte sich im Stuhl zurück. »Oh, Ihr wollt es mir nicht verraten, und warum sah Eurer Haar aus wie ein Vogelnest?« Er hatte nicht darauf herumreiten wollen, aber es reizte ihn, sie zu provozieren.

Energisch schob sie ihren halbvollen Teller von sich und funkelte ihn erzürnt an. »Der Anblick von zerzaustem Haar und derangierter Kleidung dürfte Euch nicht fremd sein.« Sie sprang so forsch vom Stuhl hoch, dass er nach hinten kippte. »Sehen so nicht Eure Eroberungen aus, wenn es ihnen endlich gelungen ist, Eurer ungebetenen Zudringlichkeit zu entkommen?« Sie richtete sich auf und wandte sich ihrer Familie zu. »Entschuldigt mich bitte, aber ich habe wahnsinnige Kopfschmerzen. Ich werde mich ein wenig hinlegen.« Bevor sie davonrauschte, warf sie ihm einen Blick zu, der ihn hätte erdolchen können.

Alle Augen an der Tafel waren auf ihn gerichtet. Bedauernd zuckte er mit den Schultern, als wäre er ebenso überrascht wie alle anderen, was zum Teil sogar der Wahrheit entsprach.

Irgendetwas ging nicht mit rechten Dingen zu. Wie kam sie zu einer derart schlechten Meinung über ihn? Zugegeben, er war kein Kind von Traurigkeit, doch hatte er sich nie einer Frau aufgedrängt. Ein solches Vergehen verurteilte er zutiefst.

Sein Bruder beugte sich zu ihm herüber, begierig, in Erfahrung zu bringen, was passiert war. Kieran gab ihm mit einer knappen Geste zu verstehen, dass er nicht darüber reden wollte, nicht jetzt und vor allem nicht hier. Ihm war nicht entgangen, dass Myles' Gemahlin die Schwägerin und ihn während der gesamten Mahlzeit mit Argusaugen beäugt hatte. Sie saß zu weit entfernt, als dass sie von ihrer Unterhaltung etwas aufgeschnappt haben könnte, aber diese Frau war Kieran aus unerklärlichen Gründen suspekt, und es schien ihm klüger, ihr keinen Anreiz für Spekulationen zu liefern. Ihre Maske blieb stets unergründlich und ließ nicht erahnen, was sie dachte oder wie sie zu dem geplanten Bündnis stand. *Bò gòrach*, hatte Dinah sie betitelt, was so viel wie dumme Kuh bedeutete.

*

Dinah zitterte vor Wut, während sie in ihrer Kammer auf und ab marschierte. Kieran MacTavish war schwerer zu knacken als erwartet. Sie war bemüht gewesen, vernünftig mit ihm über ihrer beider Situation zu sprechen, um ihren Bruder und seinen Vater zur Einsicht zu bringen. Sie hatte gehofft, dass sie einen Kompromiss fanden, mit dem sich beide arrangieren konnten und der auch Myles und Laird MacTavish überzeugte.

Doch mit diesem eingebildeten und selbstgerechten Schuft war kein Gespräch möglich, da er sich unentwegt auf Nichtigkeiten beschränkte und nichts als beleidigende und verletzende Worte für sie erübrigte.

Hatte sie es sich lediglich eingebildet, oder war da tatsächlich kurz Begehren in seinem Blick aufgeflammt, als sie an der Tafel erschien? Mavea sagte, sie würde hinreißend aussehen und kein Mann könne diesem Anblick widerstehen. »Pah«, Dinah schnaubte. Sie wollte ihn nicht ermutigen, sie wollte ihn zum

Teufel jagen. Ihre gesamte Selbstbeherrschung konzentrierte sich darauf, ihm die kalte Schulter zu zeigen.

Warum nur musste dieses Ekel so gutaussehend sein? Jedes Mal, wenn sie ihn sah, schlug ihr Herz schneller und ein nervöses Kribbeln machte sich in ihrer Magengegend breit. Das war beängstigend und unangebracht. Es durfte nicht sein, sie verabscheute ihn! Die Furcht, bald schon in einer ausweglosen Ehe gefangen zu sein, raubte ihr die Luft zum Atmen. Was war mit all ihren Träumen von einem glücklichen Leben und einer liebevollen Familie? All das schien sich in schwarzem Rauch aufzulösen, da ihr Bruder keine Ahnung von den Abgründen jenes Mannes besaß, den er seinen Freund nannte und mit dem sie bald vermählt werden sollte, wenn nicht noch ein Wunder geschah. Was konnte sie tun, um diesem Schicksal zu entgehen? Wenn sie doch nur ihren starrsinnigen Bruder überzeugen könnte. Sie benötigte einen Plan, aber dafür musste sie den Kopf frei haben. In seiner verstörenden Nähe konnte sie nicht klar denken.

Rasch entledigte sie sich ihres besten Kleides und schlüpfte in ihre rehbraune Reitkleidung. Ein schneller Ritt auf *Doineann* wäre genau das Richtige. Ihre Lieblingsstute wurde einst unter erschwerten Bedingungen während eines heftig tobenden Sturmes geboren, daher hatte Dinah ihr den Namen *Doineann* [Sturmwind] gegeben. Der Name entsprach ihrem Wesen, wie sich später herausstellte. Sie war unerschrocken und schnell wie der Wind. Genau das, was Dinah jetzt brauchte, denn der Himmel zeigte sich nicht von seiner freundlichsten Seite.

*

Bis weit in die Nacht hinein war es in der Großen Halle von Morvich Castle hoch hergegangen und der Whisky war reichlich geflossen.

Kierans Schädel dröhnte ein wenig, aber nichts, was ein kräftiges Frühstück nicht wieder in den Griff kriegen konnte.

Dinah hatte sich nach ihrem stürmischen Abgang nicht mehr blicken lassen, was er, je weiter der Abend voranschritt, vermehrt bedauerte. Er war alles andere als freundlich und respektvoll ihr gegenüber gewesen. Eine aufrichtige Entschuldigung seinerseits war das Mindeste, das er ihr anbieten musste. Er hoffte wirklich, dass sie ihm seine taktlosen Worte vergeben konnte, schließlich mussten sie einen Weg finden, miteinander zurechtzukommen.

Es war die ausweglose Sache an sich, die ihn so frustrierte und reizbar machte und ihn seine guten Manieren vergessen ließ. Dinah MacMurray war nicht schuld an der Misere, in der sie sich befanden. Von ihr wurde ebenso verlangt, ihre Pflicht gegenüber der Familie und dem Clan zu erfüllen, wie es von ihm erwartet wurde, ob sie es nun guthießen oder nicht.

Er musste ein Gespräch mit ihr führen, so wie sie es am Abend bereits versucht hatte, bevor er sie auf unangemessene Art erniedrigt hatte.

Auf dem Weg zur Großen Halle kreuzte Myles mit unsicherem Gang seinen Weg. Dem Laird stand sein

Haar wirr vom Kopf und er sah aus, als hätte er über Nacht sein Plaid nicht abgelegt. »Bin versehentlich in ihrem Schlafgemach gelandet«, murrte er. Es folgten ein paar unflätige Flüche, die sich auf seine Gemahlin bezogen. »Sie hat mich rausgeworfen.«

Kieran konnte sich ein schadenfrohes Grinsen nicht verkneifen.

»Wart's ab«, warnte sein Freund mit drohendem Zeigefinger und stützte sich schwer auf Kierans Schulter ab. »Wenn du erst verheiratet bist ...« Ein Rülpsen entfuhr ihm, begleitet von unsäglichem Mundgeruch, bevor sie in dieser Haltung die Tafel in der Großen Halle ansteuerten.

Ungefragt wurde ihnen von einer ältlichen Magd mit äußerst finsterem Gesichtsausdruck ein übel riechendes Kräutergebräu vor die Nase gesetzt. Kieran hätte gern darauf verzichtet. So schlecht erging es ihm dann doch nicht, aber die resolute Magd blieb standhaft, also gab er sich geschlagen.

»Pfui Teufel!«, fluchte Myles, schüttelte sich und griff nach einem Stück Brot, um den Geschmack zu überdecken. Kieran tat es ihm gleich.

Eine halbe Stunde später fühlte er sich, abgesehen von dem leichten Pochen oberhalb seiner Schläfen, weitgehend ernüchtert.

Laird Aodh MacTavishs Gestalt tauchte am Eingang der Halle auf, umringt von drei MacMurrays. Ihre ernsten und besorgten Gesichter sagten Kieran instinktiv, dass irgendetwas nicht in Ordnung war. Sein Blick flog zu Myles, der die vier aber erst wahrnahm, als sie in forschen Schritten ihre Tafel anpeilten.

»Es gibt schlechte Nachrichten, Laird.«

Kieran identifizierte den Mann als Hamish, einen jener Männer, die schon an der Seite von Myles' Vater gekämpft hatten. »Eure Schwester ist verschwunden.«

»Was?« Myles sprang behänder auf die Beine, als sein Zustand vermuten ließ. »Wie ist das möglich?«

Der ältere Clanmann kratzte sich am Hinterkopf und wand sich betreten. »Aye, anscheinend ist sie gestern, nachdem sie Eure Tafel verlassen hat, zu einem Ausritt aufgebrochen, von dem sie nicht zurückgekehrt ist.«

»Soll das heißen, sie ist bereits die ganze Nacht über fort?«

Hamishs Erklärung war nicht von Belang, die Antwort ergab sich von selbst.

Befehle bellend, wandte der Laird sich an die Männer, die hinter dem Vierergespann in die Halle gestürmt kamen und jene, die bereits an den Tischen saßen und sich eilig die letzten Bissen ihres Frühstückes in den Mund stopften.

»Hat sie jemand begleitet?«, wandte er sich wieder an Hamish.

»Aye, Shawn Dunbar. Er ist ebenfalls verschwunden.«

Mit Mühe gelang es Kieran, den Groll niederzukämpfen, der in seiner Brust anschwoll. Ausgerechnet dieser Shawn. Waren die beiden Liebenden durchgebrannt? Dieses Früchtchen schien es faustdick hinter den Ohren zu haben. Ungläubig schüttelte er den Kopf, und ihn plagten Gewissensbisse, weil er sie so derb behandelt hatte. Er schalt sich einen Narren und verbarg seine Bitterkeit hinter einer emotionslosen Maske.

Ahnte Myles etwas von der Verbindung zwischen seiner Schwester und Shawn Dunbar? Und welche Rolle spielte Shawn selbst? Erwiderte er ihre Schwärmerei oder nutzte er lediglich die sich ihm bietende Gelegenheit? Es war der falsche Zeitpunkt, um diese Angelegenheit zu klären. Zuerst musste Dinah MacMurray gefunden werden und dann stand eine Menge Erklärungsbedarf an.

Kieran gesellte sich zu seinem Vater und den Männern des MacMurray Clans, um das weitere Vorgehen zu besprechen.

*

Dinah spürte jeden Muskel in ihrem Körper. Sie war an Händen und Füßen gefesselt und der Boden unter ihr war hart und feucht. Durch die Augenbinde, die einer der Angreifer ihr verpasst hatte, konnte sie lediglich schemenhaft etwas erkennen, aber keineswegs ihren Aufenthaltsort ausmachen.

Warum war sie nur so leichtsinnig gewesen, zur fortgeschrittenen Stunde auf einen Ausritt zu bestehen? Shawn hatte recht gehabt, es war zu gefährlich. Warum hatte sie nicht auf ihn gehört? Aber der gute Shawn kannte sie zu gut. Er wusste natürlich, sie würde nicht nachgeben und anstatt endlos mit ihr zu diskutieren, bestand er darauf, sie wenigstens zu begleiten. Das war die einzige Option, die ihr blieb. Ohne sein Wort wäre ihr von den Wachen ein Ritt über die Zugbrücke verwehrt worden.

Shawn war ein enger und treuer Freund aus Kindertagen, dem sie bedingungslos vertraute. Er kannte ihr

Dilemma, wusste von der drohenden Vermählung mit Kieran MacTavish und kannte ebenso ihre Einstellung dazu. Sie schätzte Shawns Meinung und Ansichten, doch in diesem Fall teilte er nicht ihre Vorbehalte, sondern hatte sie ermutigt, ihren angedachten Gemahl nicht vorab zu verurteilen und ihm die Möglichkeit zu geben, sich zu beweisen. Sie war bereit gewesen, es zu versuchen, aber dieser gute Wille war bereits bei seiner Ankunft zerstört worden.

Dass sie jetzt in dieser Misere steckte, war Kieran MacTavishs Schuld, ihm allein verdankte sie ihre Gefangennahme. Doch was wollten diese Männer von ihr? Tränen brannten in ihren Augen, war Shawn noch am Leben? Er hatte kein Breitschwert mitgeführt, war also bis auf seinen *Sigian dubh* [kleiner Dolch], der in seinem Stiefel steckte, unbewaffnet. Normalerweise gab es keine Überfälle so nahe im Umkreis der Burg, was die Sache umso kurioser machte. Konnten sie das Ziel des Anschlages sein, oder waren sie nur zufällig in eine Falle geraten? Letzteres schien wahrscheinlicher, denn dieser Ritt war schließlich sehr spontan gewesen. Doch auf wen hatten es die Kerle dann abgesehen?

Sie und Shawn hatten sich in einem Wettrennen gemessen, wer von ihnen zuerst bei der gezackten Felsformation ankäme. Dutzende Male waren sie diese Strecke schon geritten. Der Boden war fest und ebenmäßig und für einen rasanten Ritt bestens geeignet. Mit dem Zorn im Bauch über Kieran MacTavishs Demütigung ging sie um eine halbe Pferdelänge als Siegerin hervor. Befreit jubelte sie, lachte, machte Scherze und genoss ihren Triumph. Sie wendeten ihre

Tiere und ließen sie eine Weile ruhig nebeneinander hertrotten.

Inzwischen hatte die Dämmerung eingesetzt, aber die Burg lag in weniger als zwei Meilen Entfernung. Plötzlich hörte Shawn Huftritte und das Wiehern von Pferden. Unauffällig beschleunigten sie ihr Tempo, doch die drei Gestalten, die sich aus dem Halbdunkel lösten, taten es ihnen gleich, während sie den Abstand zwischen ihren Tieren verbreiterten.

Shawn deutete das als Alarmsignal und befahl ihr zu reiten wie der Teufel, während er versuchen wollte, die Männer lange genug aufzuhalten. Ihr Zögern war eine Spur zu lange gewesen, sie konnte sich nicht überwinden, ihren Freund zurückzulassen.

Dinah wusste nicht, ob es zum Kampf gekommen war und wie dieser endete. Einer der Kerle verlor keine Zeit, ihr nachzujagen, sie von der Stute zu zerren und mit ihr vom Ort des Geschehens zu verschwinden. Sie wehrte sich aus Leibeskräften, als er sie bäuchlings über den Rücken seines Pferdes warf. Sie strampelte, trat und schlug um sich, doch nach einem gezielten Schlag ihres Angreifers war ihr schwarz vor den Augen geworden und sie hatte das Bewusstsein verloren.

Wollten diese Männer Myles mit ihrer Gefangennahme unter Druck setzen? Ihr Denkvermögen war zwar angeschlagen, dennoch fiel ihr kein Grund ein, weshalb sie das tun sollten. Dinah versuchte, den entfernten Stimmen zu lauschen und einen Sinn dahinter zu erkennen. Es fiel ihr schwer, so zu tun, als sei sie nach wie vor bewusstlos, weil in ihrem Inneren Panik und Fluchtinstinkt um die Oberhand kämpften.

Schritte näherten sich und sie bemühte sich, bewegungslos dazuliegen.

»Die Kleine ist immer noch bewusstlos. Musstest du so fest zuschlagen?«

»Hey, Mann, ich hatte keine Wahl, die hat sich gebärdet wie eine Furie. Hätte ich riskieren sollen, dass mir der Gaul vor Schreck durchgeht?«

Einer ging neben ihr in die Hocke und rüttelte sie sacht an der Schulter.

Dinah biss die Zähne zusammen, um keine Reaktion zu zeigen, und hoffte, dass er ihr Zittern nicht bemerkte.

»Was willst du? Die Sache lief einfacher als gedacht«, redete der Mann neben ihr weiter. »Hätten wir sie bei Tage erwischt, hätte es vielleicht mehr Aufsehen erregt.«

»Er hat recht«, meldete sich eine dritte Stimme zu Wort. »Seien wir froh, dass sie es uns so leicht gemacht hat. Wer hätte gedacht, dass sie so kurz vor Einbruch der Dunkelheit Morvich Castle verlassen würde.«

Erleichtert stieß sie die Luft aus, als die drei sich wieder entfernten. So viel dazu, dass sie versehentlich in die Fänge dieser dubiosen Kerle gelangt war.

*

Die Männer versammelten sich kampfbereit im Burghof. Laird Myles MacMurray bellte letzte Anweisungen, während ein Trupp bereits über die Zugbrücke galoppierte.

Laut Aussage von einem weiteren Stallburschen

und den beiden Wachposten am Tor konnten sie ziemlich genau den Zeitpunkt ermitteln, wann die zwei Vermissten die Burg verlassen hatten.

»Warum hat niemand bemerkt, dass sie nicht zurückgekommen sind?«, hakte Kieran bei dem Stalljungen nach.

Der Heranwachsende errötete betreten. »Nach dem Wachwechsel am Tor haben wir uns auch schlafen gelegt, Sir.«

»Bleibt die Frage, wer hier mehr gepennt hat«, brummte Aodh MacTavish kopfschüttelnd. »Wäre so ein Versäumnis auf Dòrnaidh Castle geschehen, dem Kerl hätte ich die Hammelbeine lang gezogen und anschließend hätte er mindestens einen Monat lang Latrinendienst verrichten können.«

Kieran musste zwangsläufig grinsen.

Caleb hielt mit langen Schritten auf sie zu, gefolgt von Kayla, die aufgeregt um ihn herumtänzelte und mit Fragen bombardierte.

»Ist es wahr?«, fragte Caleb. »Dinah MacMurray gilt als vermisst?«

»Aye«, entgegnete Kieran, während er akribisch jede Person in der Nähe beäugte.

»Na, da scheinst du ja noch mal davongekommen zu sein, Bruder.« Calebs Grinsen erstarb augenblicklich, als er die strenge Miene ihres Vaters erblickte.

»Darüber scherzt man nicht, Sohn!« Seine Aufmerksamkeit schwenkte zu Kieran. »Hast du irgendwas mit der Sache zu tun?«

»Vater!«

Sekundenlang starrten sie einander verbissen in die Augen, bevor der Laird offenbar zufrieden die Lider senkte, sich abwandte und auf den Mann zuschritt, der ihre Pferde an den Zügeln führte.

Kieran warf dem Bruder einen vernichtenden Blick zu und ließ ihn stehen.

Er eilte Myles entgegen, der gerade die Unterredung mit zwei seiner Clanmänner beendete und sich suchend umsah. »Ihr könnt mit mir reiten, wenn es euch nichts ausmacht«, rief er, während er auf seinen schwarzen Wallach zusteuerte, der geduldig wartend bereitstand. »Wir werden ...«

Rufe vom Wehrgang ließen Myles innehalten. Er rannte Richtung Burgtor, als die Geräusche von Hufschlägen auf der Zugbrücke erschallten.

Es wurde still auf dem Burghof, erwartungsvoll drehten sich alle den Ankömmlingen zu. Es war Hamish, der mit ein paar Männern schon vor mehr einer halben Stunde ausgerückt war.

»Wir haben Shawn Dunbar gefunden, keine zwei Meilen von hier«, wandte er sich an seinen Laird. »Er wurde übel zugerichtet, aber er lebt. Sie bringen ihn her.« Er tat einen tiefen Atemzug. »Von Eurer Schwester fehlt allerdings jede Spur, wir haben lediglich ihre Stute *Doineann* einfangen können.«

»Das ist seltsam«, murmelte Kieran, der sein Pferd an den Zügel haltend, neben dem seines Vaters stand.

»Viel interessanter ist aber, was uns Shawn berichten konnte, als er zu sich kam.« Der stahlharte Blick eines unerschrockenen Kriegers richtete sich auf Laird MacTavish. »Nach dem *Tartan* ihrer *Breacan feiles*, waren es Männer Eures Clans, MacTavish.«

Ein Raunen ging durch die auf dem Burghof versammelte Menge.

»Das ist absurd!«, donnerte MacTavish.

Mit zornesrotem Kopf stapfte Myles auf den Laird zu. »Ihr sagt mir sofort, wo sich meine Schwester befindet! Was habt Ihr mit ihr gemacht?«

Die Begleitpersonen der MacTavish Familie stellten sich, die Hand an ihren Waffen, schützend hinter ihrem Laird und Kieran auf. Aus dem Augenwinkel sah Kieran, wie Caleb ihre schockierte Schwester aus dem Gedränge führte.

»Myles, ich verstehe deine Emotionen«, versuchte Kieran ihn zu besänftigen, »aber unser Clan hat nichts mit dem Verschwinden deiner Schwester zu tun. Das ist lächerlich!«

Myles beachtete ihn nicht, sein Augenmerk war weiterhin auf seinen Vater gerichtet.

»Ich habe Euch vertraut, Laird MacTavish und Eurem Sohn die Hand meiner Schwester versprochen und Ihr wagt es, mich zu hintergehen?«

»Ihr seid aufgebracht, das verstehe ich, daher überhöre ich Eure Beleidigung. Aber seid versichert, kein MacTavish hintergeht Euch, Ihr habt mein Wort!« Sein Ton strotzte vor geballter Kraft.

Myles trat einen Schritt zurück und schien nachzudenken, ehe er sagte: »Und was wäre, wenn es unter Euren Männern Abtrünnige gibt, die ...«

»Es gibt keine Verräter in meinem Clan!«, donnerte Laird Aodh MacTavish.

»Wie könnt Ihr Euch dessen so sicher sein?«, hielt Laird MacMurray dagegen. »Ihr habt gehört, was Shawn ausgesagt hat. Die Entführer trugen *Breacan feiles* im *Tartan* des MacTavish Clans.«

»Und Ihr glaubt diesem Mann?«

»Aye, das tue ich!« Die beiden Lairds starrten einander drohend an.

Kieran schwebten unentwegt Gillians Worte vor Augen. Sollte es wirklich eine intime Verbindung zwischen diesem Shawn und Dinah MacMurray geben, wie passte sie in diese Sache hinein? Hatten die zwei etwas geplant, das außer Kontrolle geraten war? Er würde sich den zwielichtigen Shawn bei Gelegenheit schnappen und bei Gott, er würde die Antwort aus dem Kerl herausbekommen.

»Was, wenn du dich irrst, was Shawn Dunbars Loyalität betrifft?«, warf Kieran vorsichtig ein.

Myles fuhr erbost zu ihm herum. »Shawn ist ein guter Mann, er würde nie etwas tun, was meine Schwester in Gefahr brächte. Die beiden sind zusammen aufgewachsen, sie verbindet eine tiefe Freundschaft. Wenn er sagt, es waren MacTavishs, die sie angegriffen haben, dann war es so!« Er wandte sich ab und fuhr sich mit gespreizten Fingern durch die Haare, während er auf Hamish zumarschierte und mit ihm sprach, woraufhin dieser sich wieder in den Sattel schwang.

Kieran und sein Vater konnten nicht verstehen, was gesagt wurde, aber da sich Hamish mit seinem Gefolge Augenblicke später Richtung Burgtor bewegte, war deren Auftrag klar. Myles hielt auf andere Mitglieder seines Clans zu und erteilte ihnen leise Anweisungen. Kieran folgte mit gerunzelter Stirn seiner Rückenansicht.

»Yorick«, zitierte Laird MacTavish den Mann hinter ihm zu sich. »Du und die anderen Männer werdet zusammen mit Caleb für ein sicheres Geleit für meine

Frau und die Mädchen nach Dòrnaidh Castle sorgen. Sobald sie gepackt haben, werdet ihr aufbrechen. Hier könnten einige Unruhen auf uns zukommen und mir ist wohler, wenn ich sie in Sicherheit weiß. Aber seid während der Reise äußerst wachsam, wir wissen bislang nicht, womit wir es hier zu tun haben.«

»Aye! Was ist mit Euch?«, hakte Yorick nach.

»Ich werde mit Kieran versuchen, der Sache auf den Grund zu gehen. Raghnall schicke ich voraus, er soll für unsere Unterstützung sorgen. Hoffen wir, dass diese nicht vonnöten sein wird.«

Eine weitere Gruppe Männer saß auf und machte sich zum Aufbruch bereit.

»Ihr habt meine volle Unterstützung bei der Suche«, sagte Laird MacTavish, als Laird MacMurray wieder auf sie zu schritt.

»Ihr zwei werdet nirgendwo hingehen, bis das hier geklärt ist.« Die Sorge um seine Schwester und die Nachwirkungen des gestrigen Alkoholexzesses standen Myles deutlich ins Gesicht geschrieben. Ohne sein Gegenüber aus den Augen zu lassen, nickte er dem Mann neben ihm zu, woraufhin dieser ihm und Kieran ihre gesattelten Pferde abnahm und sie zurück zum Stall führte.

Die Blicke der auf dem Burghof versammelten Menge und das bisher leise Getuschel schwoll an. Erste vorlaute Stimmen stießen Verwünschungen gegen den MacTavish Clan aus.

»Myles! Verflucht, jetzt sei vernünftig!«, stieß Kieran verärgert hervor. Er wollte ihn aufhalten, als er beabsichtigte, sich zu entfernen. Er war versucht, den Freund kräftig zu schütteln, bis der wieder bei klarem

Verstand wäre, doch sein Vater hielt ihn mit einem eindringlichen Blick und entsprechender Handbewegung davon ab. Kieran presste die Lippen zusammen und fügte sich widerstrebend.

»Was ist mit Myles' Gemahlin?«, raunte er ihm Augenblicke später ins Ohr.

Sein Vater folgte Kierans Blick zu Carmen MacMurray, die vor dem Eingang zur Burg auf ihren Gemahl einzureden schien, von ihm jedoch brüsk zur Seite gestoßen wurde.

»Was soll mit ihr sein?« Aodh MacTavish runzelte die Stirn.

»Nun, ich traue ihr nicht.«

Als wüsste sie, dass über sie gesprochen wurde, wandte sie den Kopf in ihre Richtung, ihre Augenpaare trafen einander.

Das Stirnrunzeln des Vaters vertiefte sich. »Welchen Grund sollte sie haben?«

»Das weiß ich noch nicht.« Bislang war es nur ein ungutes Bauchgefühl, aber er würde sie im Auge behalten.

Ihr Gesichtsausdruck zeigte keine Sorge, wie man anmuten sollte, sondern sie war eindeutig über irgendetwas erzürnt. Hastig wirbelte sie herum und stapfte erhobenen Hauptes zurück in die Burg.

Im selben Moment ritten zwei Männer in den Burghof. Der erste führte zwei reiterlose Pferde mit sich, ein cremefarbener Damenschal flatterte an der Seite eines der Sattel im Wind. Der zweite Reiter hielt einen gebeugt sitzenden Mann vor sich im Sattel, dessen Kopf kraftlos mit den Bewegungen des Pferdes mitschwang.

Shawn Dunbar, die Menge drängte voraus und die Aufmerksamkeit wandte sich ihm zu.

Aodh MacTavish stieß Kieran in die Seite, um ihn vom Anblick des Mannes loszureißen.

»Los jetzt! Der Kerl ist uns in seinem Zustand eh nicht von Nutzen. Wir beschäftigen uns später mit dem.«

Sie durchschritten die Vorhalle der Burg, die Mägde wichen vor ihnen zurück, als wären sie von einer ansteckenden Krankheit befallen. Eine Stunde später verließen die weiblichen MacTavishs unter Calebs Führung, zusammen mit dem Begleitschutz, Morvich Castle. Sie wurden weder von Myles noch von seiner Gemahlin verabschiedet.

*

Draußen war es taghell, sie musste mehrere Stunden geschlafen haben. Sie trug keine Augenbinde mehr, war aber nach wie vor gefesselt. Ihre Hände kribbelten von der mangelnden Durchblutung, ihre Muskeln waren verspannt und ihr Hinterteil brannte, als habe sie Stunden im Sattel verbracht.

Die Örtlichkeit musste eine andere sein. Sie befand sich auf einer mit Stroh gefüllten Matratze, die auf einem modrigen Bretterboden lag. Irritiert schaute sie sich um und versuchte, sich zu erinnern.

Das Wasser, das einer der Männer ihr eingeflößt hatte, hatte eigenartig geschmeckt, dem musste etwas beigemischt gewesen sein, das sie betäubt und außer Gefecht gesetzt hatte.

Mühsam kämpfte sie sich auf die Beine und wäre

um ein Haar gestürzt, weil ihr erschlaffter Körper sich weigerte, ihr Gewicht zu tragen. Keuchend lehnte sie sich gegen die Holzwand, um wieder zu Atem zu kommen. Als sie endlich ihren Beinen traute, hüpfte sie einige Schritte vorwärts, damit sie um die Ecke spähen konnte. Dort ragten verkohlte Reste einer ehemaligen Kate in die Höhe. Ein Dach gab es an der Stelle nicht mehr, die Einzelteile der Konstruktion lagen verstreut herum, zwischen deren Bretter bereits das Unkraut wucherte. Über ihr zeigte sich ein fast wolkenloser Himmel.

»Guten Morgen«, ertönte es von ihrer Linken. Beinahe hätte sie vor Schreck aufgeschrien. »Ich hoffe, Ihr habt den Umständen entsprechend geruht?« Der Kerl grinste sie dreist an.

»Wer seid Ihr?«, verlangte Dinah ohne Umschweife zu erfahren.

»Mein Name tut nichts zur Sache.«

Dinah unterdrückte das Bedürfnis, mit den Augen zu rollen. »Dann verratet mir wenigstens, warum ich hier bin und was Ihr mit mir vorhabt.«

»Och, Ihr seid nur Gegenstand eines kleinen Handels. Sobald dieser abgeschlossen ist, könnt Ihr jederzeit gehen.«

»Was für ein Handel?« Sie konnte sich keinen Reim darauf machen.

»Ihr seid ein bisschen zu neugierig.«

»Bindet mich los!«

»Haltet Ihr mich etwa für einen Dummkopf?« Er lehnte sich mit verschränkten Armen gegen einen Pfeiler und musterte sie grinsend.

»Euer dämliches Grinsen wird Euch vergehen. Ich

bin Laird Myles MacMurrays Schwester, mein Clan wird Euch jagen dafür, dass Ihr mich entführt habt.« Dinah bemühte sich, stärker zu erscheinen, als sie sich fühlte. Zum Glück hielt ihre Stimme diesem Vorhaben stand.

Ihr Entführer schwieg und zeigte sich von ihrer Drohung unberührt, tatsächlich wurde sein überhebliches Grinsen noch breiter.

Dinah bekam zum ersten Mal die Gelegenheit, ihn näher in Augenschein zu nehmen. Er war groß und kräftig und sein zotteliges schwarzes Haar wurde von vereinzelten grauen Strähnen durchzogen, ansonsten gab es an diesem Mann keine besondere Auffälligkeit, die ins Auge stach. Ihr Blick wanderte tiefer und sie erschrak. Sie erkannte das *Tartan* seines Plaids, es wies ihn als jemand vom Clan MacTavish aus.

»Warum?«, stammelte sie und wich zurück, doch sie vergaß ihre gefesselten Beine. Sie geriet ins Straucheln, prallte mit der Schulter hart gegen die Bretterwand und plumpste unsanft zu Boden. Während sie schmerzvoll das Gesicht verzog, ging er vor ihr in die Hocke.

Seine Augen befanden sich genau auf ihrer Sichthöhe, feindselig starrte sie ihn an.

»Hat Euer Laird Euch den Auftrag gegeben, mich zu entführen?«

»Aye! Ihr seid ihm zu borstig und es fehlt Euch an guten Manieren und Liebreiz, als dass er es über sich bringen könnte, Euch ein Leben lang zu ertragen.« Dieses Mal zog er nur einen Mundwinkel schief nach oben, was ihn umso verschlagener wirken ließ.

Ihre Unterlippe begann zu zittern und Tränen

sammelten sich in ihren Augen. Dinah presste die Zähne fest aufeinander, um diese körperlichen Reaktionen zu unterdrücken. Sie wusste, dass Kieran MacTavish sie nicht ehelichen wollte, sie wollte ihn schließlich ebenso wenig, und dennoch taten diese harten Worte weh.

»Dabei seid Ihr eigentlich gar nicht so hässlich, wie mir gesagt wurde.« Er strich mit den Knöcheln seiner Hand über ihre Wange und fuhr dann mit dem Daumen über ihre Lippe.

Sie riss ihren Kopf so weit wie möglich herum, um der Berührung zu entkommen.

»Ihr seid ungehobelt und vorlaut, aber nichts, das mit ein paar kräftigen Schlägen auf Euer nacktes Hinterteil nicht zu beheben wäre.« Er fasste ihr Kinn, sodass sie gezwungen war, ihn anzusehen. »Doch vielleicht seid Ihr im Bett ebenso hitzig, das könnte amüsant werden.«

»Wagt es bloß nicht, mich anzufassen!« Sie zog die Beine an, um genug Schwung für einen Stoß aufzubringen, doch der Tritt ging ins Leere.

Reaktionsschnell war er auf den Beinen und sah sie nun von oben herab an. »Keine Sorge, ich habe mein Wort gegeben, Euch nicht anzurühren. Ich soll Euch nur davon abbringen, die Gemahlin unseres zukünftigen Lairds werden zu wollen.« Er machte Anstalten, sich zu entfernen.

»Ich hatte nie vor, seine Frau zu werden«, schrie sie ihn an, »aber das habe leider nicht ich zu entscheiden.« Verzweifelt zerrte sie an ihrer Fesselung.

»Ich weiß, aber auch Euer Bruder wird seine Meinung ändern. Er wird gar keine andere Wahl haben, als das zu tun.« Nach den Worten stapfte er davon, doch die Art und Weise, wie er das sagte, ließ sie mit einer Gänsehaut zurück.

Ihr Bruder durfte nie erfahren, was sein Freund Kieran MacTavish getan hatte, denn das käme einer Kriegserklärung gleich. Auch wenn sie es zutiefst verabscheute, sie musste Kieran MacTavish schützen, um den Frieden zu wahren. Sie musste um jeden Preis verhindern, dass ihretwegen eine womöglich jahrzehntelange Fehde zwischen ihren Clans entbrannte.

*

Laird Myles MacMurray war zu keiner Einsicht zu bewegen. Kieran, sein Vater und die zwei verbliebenen Clanmänner wurden von den meisten Burgbewohnern mit feindseligen Blicken bedacht, wo immer sie sich bewegten. Hinter vorgehaltener Hand wurde getuschelt, ihre Nähe gemieden und jeder ihrer Schritte beobachtet.

Wenigstens war es ihnen gestattet, sich frei in der Burg zu bewegen, doch Laird MacTavish reichte dieses Zugeständnis nicht. Er war aufgebracht und ungehalten, da sein Wort sowie die Loyalität seines Clans angezweifelt wurden und sein Handlungsraum beengt war. Kieran wusste, dass es nicht klug wäre, seinem Vater in dieser Laune ins Gehege zu kommen, also konzentrierte er sich darauf, zu beobachten und eigene Nachforschungen anzustellen. Er hatte seinen Charme spielen lassen und sich das Vertrauen einer jungen Magd gesichert. Dass sie ihn offen anhimmelte, ignorierte er. Er hatte nicht vor, sich ihr zuzuwenden, auch wenn sie, zugegeben, ein hübsches Ding war.

Im Geiste ging er zum wiederholten Male alle Begebenheiten an der Tafel durch sowie jedes Wort ihrer Unterhaltung, falls man sie überhaupt als solche bezeichnen konnte, als es an seiner Tür pochte. Er durchmaß den Raum mit straffem Schritt und riss sie auf.

Die Magd Roya zuckte erschrocken zurück, zeigte dann aber ein verschmitztes Lächeln. »Der Zeitpunkt ist günstig, Ihr wolltet doch ungestört mit Shawn Dunbar sprechen.«

»Aye!« Bevor er hinaustrat, vergewisserte er sich selbst, ob die Luft rein war, bevor er Roya zu der Kammer folgte, in der Shawn während seiner Genesung untergebracht war.

»Ich danke dir, *mo ghrádh*.«

Die Magd errötete und senkte die Lider. »Aber Ihr werdet ihm doch nichts antun?«, hakte sie mit einem Augenaufschlag nach, als er im Begriff war, die Tür zu öffnen.

»Seid unbesorgt.« Er schenkte ihr ein großzügiges Lächeln, wandte sich um und trat ein.

Shawn Dunbar hatte sich bereits in seinen Kissen aufgerichtet und blickte ihm entgegen.

Eine Weile sah Kieran ihn schweigend an. Der Mann machte nicht den Eindruck, als wenn seine Anwesenheit ihn in irgendeiner Weise beunruhigte.

»Ihr behauptet also, dass die Männer, die Euch angegriffen haben, *Breacan feiles* meines Clans trugen?«

»Aye, das ist richtig, tut mir leid, Sir.«

»Warum?«

»Warum, was?« Verwirrt schaute Shawn ihn an.

»Warum tut es Euch leid?«

»Nun, ich weiß, dass Ihr ein Freund meines Lairds seid und Dinah bald Eure Gemahlin werden wird. Unsere Clans waren einander immer freundschaftlich zugetan. Ich bin kein Dummkopf, ich weiß, was meine Beobachtung angerichtet hat, aber ich schwöre, ich sage die Wahrheit.«

»Wäre es möglich, dass Ihr Euch in der Aufregung geirrt haben könntet ...«

»Ich wünschte, es wäre so!«

Kieran runzelte überrascht die Stirn. Entweder war Shawn Dunbar ein wahrer Meister darin, sich zu verstellen, oder er sagte die Wahrheit.

Er stellte einige gezielte Fragen über den Ablauf, erhielt aber die gleichen Antworten, die er schon von Myles gehört hatte. Es war an der Zeit, tiefer ins Detail zu gehen. »Kommen wir zu den Dingen, die Ihr Eurem Laird möglicherweise verschwiegen habt.«

Shawn versuchte, die Augenbrauen zu heben, was angesichts seines blauen Auges und der geschwollenen Gesichtshälfte fast komisch aussah.

Kieran ließ sich von dessen Verwirrung nicht irritieren.

»Ich frage Euch das nur einmal und wagt es nicht, mich anzulügen. Mir wurde berichtet, dass Ihr eine intime Beziehung zu Dinah MacMurray unterhaltet, ist das richtig?«

Mit offenem Mund starrte Shawn ihn an. »Ihr meint, dass ich ihr beigelegen habe?« Er verzog das Gesicht vor Schmerz, als er sich senkrechter hochstemmte. »Wie kommt Ihr auf diesen Unsinn?«

»Beantwortet einfach meine Frage«, stieß Kieran zwischen zusammengebissenen Zähnen hervor. Plötzlich kam er sich reichlich dämlich vor. Er musste auf den Jüngling wie ein eifersüchtiger Pfau wirken.

»Selbstverständlich nicht! Für wen haltet Ihr mich? Wir sind Freunde, nichts weiter. Ihr Vater gewährte ihr als Kind viele Freiheiten und so hat sie viel Zeit mit mir und den anderen Jungen verbracht, weil sie keine Mädchen ihres Alters als Spielgefährten hatte. Sie war eine von uns und stand uns nie in irgendetwas nach.« Beleidigt warf er ihm eine Reihe Namen an den Kopf, die seine Aussage bestätigen konnten. »Wer setzt solche Gerüchte in die Welt? Unsere *feine* Lairdess? War sie es? Sagt es nicht meinem Laird, aber sie ist ein Miststück, viele von uns denken so. Sie würde jede Gelegenheit nutzen, um Dinah schlechtzumachen oder ihr Schaden zuzufügen. Sie hasst sie.«

»Nun gut, belassen wir es dabei.« Die Sache war Kieran ohnehin unangenehm genug. »Ich danke Euch für Eure offenen Worte.«

»Wartet!«, rief Shawn, als er die Tür erreichte. »Ich bin bereit, Euch zu helfen, die Wahrheit herauszufinden.«

»Das wollen wir alle. Ihr erholt Euch erst mal von dem Angriff.«

Shawn beugte sich vor und ein zischender Schmerzlaut entwich ihm. »Aber ich bin der Einzige, der den Kerl identifizieren kann, zumindest den, der mich verdroschen hat. Den, der sich Dinah geschnappt hat, habe ich nur kurz gesehen und der dritte Mann hielt sich stets im Hintergrund, als hätte er Angst, ich könnte ihn erkennen.«

Kieran dachte einen Moment über seine Worte nach, es lag im Bereich des Möglichen. Der Stallknecht bekam jeden Besucher von Morvich Castle zu Gesicht.

Zwischenzeitlich war Laird Colin MacRay in der Burg eingetroffen und die drei Lairds besprachen ihre nächsten Schritte, als Kieran sich zu ihnen gesellte. Das angespannte, verkniffene Gesicht seines Vaters sagte ihm, dass das Gespräch wohl nicht so gut lief.

Konzentriert verfolgte und registrierte Laird MacRay jede von Kierans Bewegungen und versuchte gar nicht erst, seine scharfsinnige Musterung zu kaschieren. Obwohl sein Verhalten Kieran gegen den Strich ging, gab er sich nicht die Blöße, sich einschüchtern zu lassen, dafür gab es schließlich keine Veranlassung. Äußerlich gelassen, erwiderte er dessen herausfordernde Blicke.

MacRay machte keinen Hehl daraus, ihn oder zumindest Männer vom Clan MacTavish für die Schuldigen zu halten. Kieran vermutete, dies hatte wohl dazu geführt, dass sein Vater nur mühsam beherrscht die Fassung wahrte. Kieran erkannte es an seinem geröteten Gesicht. Wenigstens hatte Myles sich weitgehend wieder unter Kontrolle, auch wenn er sich alle Augenblicke fahrig mit den Fingern durchs Haar strich. Zumindest bekräftigte er gegenüber seinem Schwager, dass er mit der Entführung seiner Schwester nichts zu tun haben konnte, weil sie den ganzen Abend zusammen dem Whisky gefrönt hatten.

MacRay riss heroisch das Ruder an sich, ohne Myles' bisherige Maßnahmen einzubeziehen oder zu würdigen. Als sei er der Oberbefehlshaber, ordnete er an, welche Männer in welche Gegend entsandt werden sollten, um die dort möglichen Verstecke und Schlupfwinkel auszukundschaften.

»Und Eure Leute sollten besser die Füße still halten, denn seid gewiss, Laird MacTavish, dass wir Eure Männer im Auge haben«, endete MacRay, womit er auf die angerückte Unterstützung anspielte, die unweit der Burg ihr Lager aufgeschlagen hatte.

Laird MacTavish fuhr aufgrund der unterschwelligen Beleidigung erbost hoch. Scharfe Worte wurden sich über den Tisch an den Kopf geworfen, bis Myles mit der Faust auf den Tisch schlug und dem ein jähes Ende setzte.

Kieran hatte seit seinem Eintreffen kein Wort gesagt und sich nur aufs Zuhören und Beobachten beschränkt. Den anfänglichen Gedanken, Dinah sei mit ihrem Liebsten geflohen, hatte er verworfen, doch blieb die Frage, für wen die Entführung von Laird Myles MacMurrays Schwester von Nutzen wäre. Laird MacRay landete dabei recht weit oben auf seiner Liste. In der Art, wie er versuchte, Myles in seinen Entscheidungen zu übergehen, fragte er sich, inwieweit er das auch in anderen Bereichen tat. Irgendein Komplott war hier im Gange, allerdings fehlten ihm zu viele Informationen, um sich ein Bild machen zu können.

*

Sie waren zu dritt und der Mann, der sie überwältigt hatte, schien nicht der Kopf dieses Trios zu sein. Warum hatte Kieran seine Clan-Freunde beauftragt, sie zu entführen? Nur, damit sie der Ehevereinbarung nicht zustimmte?

Dinah fluchte innerlich, das hätte der Mistkerl einfacher haben können. Wie konnte ein so attraktives Mannsbild wie Kieran MacTavish so ein durchtriebenes und teuflisches Wesen haben? Sie versuchte, sich zusammenzureimen, was die Kerle nach ihrer Entführung geplant haben könnten. Der Mann hatte von einem Handel gesprochen, was für ein Handel? Ihr Leben gegen das Wort ihres Bruders, dass er ihre Hand niemals Kieran MacTavish geben würde? Das war absurd! Es musste mehr dahinterstecken. Wer profitierte davon, dass es zu keinem Bündnis zwischen den Clans MacMurray und MacTavish käme? Die einzige Person, die ihr einfiel, wäre Laird Colin MacRay.

Es gab Spannungen zwischen den Clans MacRay und den MacTavishs, das war kein Geheimnis, obwohl sie sich nicht erklären konnte, welchen Vorteil MacRay von dem Nichtzustandekommen dieser Allianz hätte.

Sie hätte sich gern die pochenden Schläfen gerieben, was, bedingt durch ihre gefesselten Hände, leider nicht möglich war. Sie stöhnte und tat ihren letzten Gedanken als Unsinn ab. Warum sollte Colin seinem Schwager derart in den Rücken fallen? Sie mochte ihn nicht sonderlich, doch handelte er stets überlegt und zweckorientiert und diese Entführung passte nicht zu seiner Handlungsweise, außerdem gehörten ihre Kidnapper eindeutig zum Clan MacTavish. Über ihren unzähligen Grübeleien glitt sie in einen unruhigen Schlaf.

*

Mit hochrotem, wutverzerrtem Gesicht stürmte Aodh MacTavish in die Burg.

»Was ist passiert?«, versuchte Kieran seinen Vater zu bremsen, der in die Große Halle preschen wollte, um sich Myles MacMurray vorzuknöpfen.

»Was passiert ist?«, schnaubte er. »Ich habe gerade erfahren, dass unsere Männer vor der Burg in Kampfhandlungen verwickelt wurden. Wir können von Glück reden, dass keine Toten zu beklagen sind. Die Lage eskaliert, während wir dazu verdammt wurden, in der Burg zu bleiben. So geht das nicht weiter! Ich erwarte von Laird MacMurray, dass er klar und unmissverständlich Stellung bezieht.«

Dem konnte Kieran nur zustimmen. »Lass mich mit ihm reden!«, forderte er. Er brauchte mehrere Anläufe, bis sein Vater ihm schließlich das Einverständnis gab.

Myles hatte offenbar gerade selbige Nachricht erhalten. Kieran fand ihn in der Großen Halle, umringt von mehreren Männern seines Clans.

»Laird MacMurray, wir müssen reden!«

Die Köpfe der Männer flogen zu ihm herum. Ihre Blicke waren zwar nicht feindselig, aber zeugten von Skepsis und Misstrauen.

»Sehe ich auch so!«, hörte er Myles' Stimme aus deren Mitte, bevor seine Leute die Sicht auf ihn freigaben. Verbissen starrten sie einander etliche Sekunden in die Augen, bevor Myles gereizt seine Männer der Halle verwies.

»Ich nehme an, du hast von den Unruhen vor den Toren deiner Burg gehört?«

»Aye!« Myles stöhnte, ließ sich auf die Ecke der Empore nieder und fuhr sich mit gespreizten Fingern durch die Haare.

Eine Geste, die Kieran seit Dinahs Verschwinden des Öfteren bei ihm beobachtet hatte. Er schien mit der derzeitigen Situation eindeutig überfordert zu sein.

»Ich habe sie nicht zu dem Übergriff ermächtigt«, polterte Myles und schaute vorwurfsvoll zu ihm auf.

»Das behauptet auch niemand. Aber du musst zugeben, dass du das Misstrauen deiner Leute schürst, indem du mir und meinem Vater verbietest, die Burg zu verlassen. Hältst du unseren Clan für schuldig, deine Schwester entführt zu haben, ja oder nein?« Sein Ton wurde mit jedem Wort lauter. »Wenn ja, sperre uns in den Kerker und trage die Verantwortung für die Folgen deines Handelns. Ansonsten behindere uns nicht, uns an der Suche nach deiner Schwester zu beteiligen. Unsere Leute haben dir berichtet, dass sie auf der gesamten Strecke von Dòrnaidh Castle bis hierher wachsam waren und die Augen offen hielten. Hätten die Entführer diesen Weg gewählt, wäre unseren Leuten das nicht entgangen. Es ist also unnütz, diese Umgebung durch deine Männer erneut durchkämmen zu lassen, dadurch verlieren wir unnötig wertvolle Zeit.«

»Mein Schwager MacRay hat die Suchtruppen eingeteilt, du und dein Vater wart dabei«, beschwerte sich Myles erbost.

»Aye, das ist wahr. Aber du, Myles MacMurray, bist

Laird dieses Clans und es ist *deine* Schwester, um die es hier geht.«

Myles sprang auf die Beine und baute sich gefährlich nah vor ihm auf. »Was wirfst du mir vor?«

Kieran bemühte sich, ruhig zu bleiben. »Nichts! Du bist durch den Wind, und das verstehe ich, also nimm unsere Hilfe an, anstatt sie zu boykottieren.« Er legte die Hand auf die Schulter seines Freundes. »Es sind jetzt zwei Tage, wir müssen Dinah finden. Danach sehen wir weiter und können uns darauf konzentrieren, die Übeltäter zu fassen.«

Myles schüttelte seine Hand ab, als habe diese ihn verbrannt und starrte ihn aus zusammengekniffenen Augen an. »Gut«, knurrte er. »Die Große Halle wird sich bald zum Lunch füllen, und ich werde die Anweisung geben, dass euer Clan uneingeschränkt die Suche unterstützen wird und ich keinerlei Beleidigungen und Übergriffe dulden werde. Du, dein Vater und eure zwei Begleiter dürfen das Burgtor von Morvich Castle jederzeit ungehindert passieren. Zufrieden?«

Erleichtert stieß Kieran die Luft aus.

»Aye, und pfeif diesen Wachhund MacRay zurück. Ich habe den Eindruck, der würde uns gern bei lebendigem Leibe verspeisen.«

»Man mag über Colin sagen, was man will, doch wenn es darauf ankommt, ist auf den Mann Verlass. Nimmt er sich einer Aufgabe an, handelt er äußerst gewissenhaft und überlässt nichts dem Zufall. Das gilt für seine Geschäfte ebenso wie für familiäre Angelegenheiten.«

Kieran ersparte sich eine Bemerkung, was MacRay

betraf, stattdessen erinnerte er sich an etwas, das seine jüngste Schwester Kayla sagte, bevor Caleb sie auf den Wagen hievte, mit dem sie und die Familie zurück nach Dòrnaidh Castle gebracht wurden.

»Was ist mit dem Hund deiner Schwester? Wäre er in der Lage, ihre Fährte aufzuspüren?«

Völlig überrumpelt aufgrund des plötzlichen Themenwechsels, starrte Myles ihn mit offenem Mund an und stammelte einige unverständliche Worte, bevor er sich räusperte, und ein mürrisches: »Keine Ahnung«, herausbrachte. »Unser Vater war nicht erfreut gewesen, einen Hund in der Burg herumtollen zu haben. Er stellte die Bedingung, dass Dinah den Hund nur unter der Voraussetzung behalten dürfe, wenn sich das Tier auch als nützlich erweisen würde. Also nahmen die Männer ihn fortan mit, wenn sie zur Jagd ausritten. Meiner Schwester gefiel das ganz und gar nicht, aber zu ihrem Glück begriff Mòlan schnell, was von ihm erwartet wurde, und Dinah musste einsehen, dass er mehr Bewegung brauchte, als sie ihm bieten konnte. Dennoch blieb Mòlan arg auf Dinah bezogen, weil sie ihn als Schmusetier verhätschelte, aber ob er sie aufstöbern könnte, bezweifle ich, wahrscheinlich würde er sich vom erstbesten Wild ablenken lassen.«

»Es käme also auf einen Versuch an?«, hakte Kieran nach und war zufrieden, dass Myles wieder in normalem Ton mit ihm sprach.

»Zeitverschwendung, wenn du mich fragst. Sobald Keith und die Männer ihn holen, weiß er genau, dass es auf die Jagd geht.« Abermals fuhr er sich mit der Hand durchs Haar.

»Und wenn es weder Keith oder jene Männer versuchen würden?«

»Herrgott, ich habe gerade andere Probleme, als mich um einen Hund zu bemühen«, fuhr Myles auf. »Meine Schwester wurde entführt! Und ich möchte lieber nicht darüber nachdenken, was diese Schweinehunde ihr antun werden.«

Nein, das wollte Kieran auch nicht. Er wich dem anklagenden Blick seines Freundes aus, aus dem nach wie vor Zweifel sprachen betreffend der Unschuld seines Clans.

»Ich erwarte nichts von dir, aber gibst du mir freie Hand, es zu versuchen?«

Myles antwortete mit einer wegwerfenden Handbewegung. »Mach, was du willst, aber geh mir mit solchen Spielereien nicht auf die Nerven.« Nach den Worten stürmte er zum Ausgang der Halle. »Frag Shawn«, rief er noch, bevor er aus Kierans Sichtfeld verschwand.

Kieran seufzte schwer. Ihre Freundschaft stand auf der Kippe und dem einstigen Vertrauen war Kälte und Misstrauen gefolgt. Mehr als deutlich wurde ihm bewusst, dass nur die Eheschließung mit Dinah MacMurray den entstandenen Riss zwischen ihren Clans wieder kitten konnte. Ein Lächeln schlich sich in seine Züge, es war verrückt, aber er war bereit, sich dieser Herausforderung zu stellen.

*

Aufgeregtes Palaver riss Dinah aus ihrem Dämmerzustand. Mit schmerzverzerrter Miene kämpfte sie sich in eine aufrecht sitzende Haltung. Sie spürte die

84

Verspannungen ihrer Muskeln, die sich bei der kleinsten Bewegung bemerkbar machten.

»Wir müssen weg von hier«, hörte sie einen der Männer jammern. »Die Suchmannschaften haben bereits das Tal erreicht.«

Der andere Mann stieß einen Fluch aus, der ihr unter normalen Umständen die Schamesröte ins Gesicht getrieben hätte.

»Sieh nach dem Mädchen!«

Dinah ließ ihren Kopf gegen die Seitenwand sinken und mimte ein leichtes Schnarchen. Schritte näherten sich, hielten an der Ecke inne und entfernten sich wieder.

»Die Kleine schläft«, meldete er zu ihrer Erleichterung.

Die Männer senkten ihre Stimmen auf ein Flüstern. Dinah lauschte so angestrengt, dass sie fast das Atmen vergaß.

»Verflucht, Big Con hat gesagt, dass der Kerl rechtzeitig hier sein wird. Wo steckt der?«

»Woher soll ich das wissen?«

»He Mann, lass uns verschwinden, ich habe keine Lust, mich vor MacRay rechtfertigen zu müssen. Der hängt uns an den Eiern auf, wenn der uns zu packen kriegt.«

»Und das Mädchen? Es wäre zu riskant, sie mitzunehmen!« Die beiden Männer schienen in hektische Betriebsamkeit auszubrechen. Die Geräusche, die sie dabei verursachten, übertönten Teile ihres Gespräches.

»Wenn der Suchtrupp sie vor dem Laird findet, war alles umsonst und die Belohnung können wir dann ebenfalls vergessen«, maulte der eine.

Dinah krauste nachdenklich die Stirn aufgrund jener Bemerkung; die Antwort des anderen Mannes konnte sie nur als undeutliches Gemurmel vernehmen. Sie schienen sich mittlerweile außerhalb der verfallenen Kate zu befinden.

Big Con? Dinah konnte sich nicht erinnern, den Namen jemals gehört zu haben. Wer war er? War er der Drahtzieher ihrer Entführung? Die Suchmannschaften befanden sich im Tal, auch wenn Dinah nicht wusste, wo sie sich befand und in welcher Richtung das besagte Tal lag, schöpfte sie doch einen Funken Hoffnung. Sie musste sich irgendwie von den Fesseln befreien, denn wenn sie schnell genug rannte und um Hilfe schrie, könnten jene Männer sie möglicherweise hören. Einen Versuch war es wert.

Vor Anstrengung rann ihr der Schweiß den Rücken hinab, aber das Seil um die Handgelenke lockerte sich kaum merklich. Stattdessen schmerzten ihre Fingerkuppen und die zarte Haut auf dem Handrücken pochte heiß und fühlte sich zerschunden an. Sie sah sich nach etwas Scharfkantigem um, das ihr helfen konnte, das Seil durchzusäbeln. Resigniert seufzte sie, außer morschem Holz und ein paar Gesteinsbrocken gab es nichts, das sich als Werkzeug eignen könnte. Innerlich fluchend lehnte sie den Hinterkopf gegen die Bretterwand und wartete, dass sich ihre schwere Atmung normalisierte.

Ob Myles diesen Big Con kannte? Sie schärfte erneut ihre Ohren, aber kein einziges Geräusch war zu vernehmen. Hatten die Kerle sie tatsächlich sich selbst überlassen? Sie wagte jedoch nicht, einen Laut von sich zu geben, aus Furcht, ihre gereizten Kidnapper könnten sie mit den Fäusten zum Schweigen bringen.

Fieberhaft bemühte sie sich, aus dem Gespräch der beiden einen Sinn zu ziehen. Sie warteten also auf einen Laird, auf ihren Laird? Laird MacTavish? Konnte es sein, dass sie stattdessen Kieran MacTavish gemeint hatten? Aber dann hätten die Männer kaum das Wort *Laird* benutzt, das passte nicht zusammen.

Wenn der Suchtrupp sie vor dem Laird findet, war alles umsonst ... ließ sie den Satz in ihrem Gedächtnis Revue passieren. Der Name MacRay war gefallen, warteten sie auf ihn? Hatte Kieran MacTavish, Myles' Schwager Laird Colin MacRay in seine schmutzigen Geschäfte hineingezogen? Arbeitete Kieran mit Colin zusammen? Aber warum? Was hatte sie diesen beiden Männern getan? Kieran war in jedem Fall der Schlüssel zu alldem, dessen war sie sich sicher, aber von welcher Belohnung war die Rede gewesen? Was mochte Kieran Colin versprochen haben? Wusste Laird MacTavish vom teuflischen Treiben seines Sohnes? Abgesehen von Kieran mochte Dinah die Familie des Lairds, sie waren sympathisch und freundlich. Insbesondere die beiden Mädchen hatte Dinah sofort ins Herz geschlossen; über den jüngeren Bruder Caleb vermochte sie sich kein Urteil zu bilden. Er war gutaussehend, höflich und zuvorkommend, aber der Eindruck konnte täuschen.

»Hallo?«, rief sie nach einer Weile. »Könnte ich einen Schluck Wasser bekommen?«

Nichts rührte sich.

Als sie auch nach weiteren Rufen keine Reaktion erhielt, kämpfte sie sich mühsam auf die Beine und hüpfte vorwärts, bis sie um die Ecke spähen konnte. Es war keine Menschenseele zu sehen. Ein ungläubiger Laut entfuhr ihr: Waren diese Feiglinge tatsächlich getürmt und hatten sie in ihrer ausweglosen Lage zurückgelassen?

Der Lagerplatz der Entführer war verwaist. Einerseits strömte Erleichterung durch ihre Adern, andererseits packte sie die Wut. Wie, glaubten diese hirnlosen Schwachköpfe, sollte sie von hier entkommen? Sie würde verhungern und verdursten, wenn niemand sie fand.

Ein am Boden ausgebreitetes Plaid war achtlos zur Seite geschoben worden, kümmerliche Reste einer Mahlzeit lagen darauf verteilt. Unter einem weißen Leinentuch lugte die Ecke von einem Stück Käse hervor. Bei dem Anblick lief ihr das Wasser im Mund zusammen, sie hatte seit Stunden nichts mehr zu sich genommen. Rasch wandte sie den Blick ab, es war wichtiger, etwas zu finden, womit sie die Stricke an Händen und Füßen durchtrennen konnte.

Akribisch suchte sie ihre Umgebung mit den Augen ab. In der Ecke, unter einem Haufen Schutt, blitzte etwas Metallisches auf. Sie versuchte, sich darauf zuzubewegen, doch ihr Hüpfer erwies sich als zu forsch. Sie verlor das Gleichgewicht und prallte unsanft auf den Boden. Ein spitzer Schmerz durchfuhr ihren Körper und raubte ihr für einen Augenblick die Luft zum Atmen. Tränen brannten in ihren Augen. In einem Akt der Verzweiflung wollte sie liegen bleiben und sich dem Schicksal ergeben, doch schließlich siegte ihr Überlebenswille.

»Nein, Kieran MacTavish, ich werde nicht zulassen,

dass du mich vernichtest«, schwor sie unter lautem Schluchzen.

Sie biss die Zähne zusammen, als der Schmerz sie zu übermannen drohte, denn es erwies sich als äußerst schwierig, sich aus dieser Position heraus in die sitzende Lage zu manövrieren. Keuchend vor Anstrengung schaute sie sich erneut um, als sie es endlich geschafft hatte.

Unter dem weißen Leinen, das den Käse bedeckte, lugte nun ein hölzerner Griff hervor. Sie robbte die kurze Distanz einer halben Armlänge zu dem Teil hinüber und hätte vor Freude beinah laut aufgeschrien – einer ihrer Entführer hatte seinen *Sigian dubh* hier vergessen. Sie griff nach dem kleinen Dolch und versuchte, die Fesseln an ihren Handgelenken zu durchtrennen. Ein Unterfangen, das sich mühseliger gestaltete, als sie vermutet hätte. Zweimal entglitt die scharfe Klinge ihrer Führung und traf stattdessen ihren linken Arm. Fluchend ignorierte sie die warme, feuchte Spur, die sich ihren Weg bahnte. Ein erleichterter Aufschrei entfuhr ihr, als ihre Hände endlich frei waren. Rasch entledigte sie sich auch der Stricke an den Fußgelenken und atmete befreit durch.

Blut rann aus den Schnittwunden am Unterarm und verteilte sich in ihrer Handfläche. Die Augen verdrehend wischte sie die Hand an ihrem ohnehin ruinierten Reitkleid ab, bevor sie die Verletzung näher in Augenschein nahm. Ein Schnitt war unwesentlich mehr als ein Kratzer, doch der zweite war deutlich tiefer gegangen und brannte höllisch. Mit der rechten Hand und mithilfe ihrer Zähne knotete sie das Leinentuch notdürftig um die Wunde.

Der Käse, der sich nun unverhüllt ihren Augen präsentierte, erregte als Nächstes ihre Aufmerksamkeit. Bevor sie aufstand, griff sie danach und biss hinein; er schmeckte erstaunlich gut. Auch ein Kanten Brot war zum Vorschein gekommen, den sie vorsorglich in ihrer Rocktasche verschwinden ließ. Sie durfte keine Zeit verlieren und musste verschwinden, bevor ihre Entführer womöglich zurückkehrten.

Dem Sonnenstand nach musste es früher Nachmittag sein. Sie hatte keine Ahnung, in welche Richtung sie sich bewegen musste, also rannte sie einfach drauflos. Hauptsache, sie entfernte sich weit genug von der zerfallenen Kate.

Sie war nicht sehr weit gekommen, als das Geräusch von Pferdehufen an ihr Ohr drang. Freund oder Feind, sie wusste es nicht. Hektisch sah sie sich um, es gab keine Versteckmöglichkeit. Die wenigen Findlinge, die aus der grünen Ebene herausragten, waren nicht groß genug, um dahinter Schutz zu finden, und die Reiter schienen rasch näherzukommen. Sie musste das Risiko eingehen und blickte erhobenen Hauptes den Ankömmlingen entgegen.

»Wer seid Ihr und was macht Ihr so weit außerhalb?«, fragte der Mann, der sein Pferd neben ihr zum Stehen brachte.

Es waren keine Männer ihres Clans, auch nicht der MacTavishs oder der MacRays, wie sie am *Tartan* ihrer *Breacan feiles* erkannte. Für den Moment war sie aufgrund dieser Erkenntnis zu überrascht, um zu reagieren.

»Ihr seid verletzt!«, stellte ein anderer nüchtern fest,

der sein Tier auch vor ihr anhielt.

»Bitte helft mir, ich bin entführt worden«, brach es schließlich aus ihr heraus. »Ich bin die Schwester von Laird Myles MacMurray.« Inzwischen wurde sie von den fünf Reitern umzingelt, die sie ungeniert musterten.

»So so, eine Jungfrau vom Clan MacMurray, so eine hätte ich hier nicht erwartet«, erklang eine dunkle Stimme hinter ihrem Rücken.

Sie schoss zu ihm herum. Der Sprecher beugte sich lässig über den Hals seines Pferdes, während die anderen Männer ein amüsiertes Glucksen von sich gaben.

Dinah schluckte nervös, die Art, wie er sie von Kopf bis Fuß betrachtete, missfiel ihr.

»Benimm dich, Seamus!«, wies ihn derjenige scharf zurecht, dem ihre Verletzung aufgefallen war. »Selbstverständlich ist Euch unsere Hilfe gewiss.«

Dinah versuchte sich an einem Lächeln. Der Mann war älter als die, welche sie zuerst angesprochen hatten, sie schätzte ihn auf Anfang vierzig.

»Es sind nur wenige Meilen bis zur Burg, dort kann Isobel sich Eurer Verletzung annehmen, während ich einen Boten zu Euren Bruder schicken lasse, um ihn zu informieren, dass Ihr wohlauf seid.«

Wenige Meilen bis zur Burg, welche Burg? Ihr Verstand arbeitete langsam. Hätte sie ursprünglich angenommen, sie sei irgendwo auf MacTavishs Land verschleppt worden, ergab es jetzt keinen Sinn.

»Dann ist das hier nicht MacTavish Land?«, platzte sie dann unüberlegt heraus und hätte sich am liebsten auf die Zunge gebissen.

Gelächter erklang um sie herum.

»Haben diese Leute Euch entführt?«

»Ich denke«, äußerte sie sich vorsichtig. Die Umstände gingen schließlich nur ihrer Familie und dem MacTavish Clan etwas an.

»Ihr scheint einen beklagenswerten Orientierungssinn zu haben, Miss«, bemerkte er geringschätzig. »Das Clangebiet MacTavish befindet sich um etliche Meilen weiter nördlich.« Er wies mit ausgestrecktem Arm hinter sich. »Seht Ihr die Hügelkette dort? Ab da beginnen unsere Ländereien, jenseits dieser Hügel liegt MacRay Land.«

»Mein Orientierungssinn ist normalerweise gut, doch ich war bewusstlos, nachdem man mich und meine Begleitung überwältigt hatte«, verteidigte Dinah sich mürrisch. Sein Tadel stieß ihr übel auf, gleichzeitig fragte sie sich, wie lange sie ohne Bewusstsein gewesen sein musste, dass es ihren Entführern gelungen war, sie so weit fortzuschaffen.

Rasch kombinierte sie seine Worte, es konnte nur eines bedeuten: Sie befand sich im Clangebiet MacQuarie. Sie wusste nicht viel über diesen Clan bis auf ein paar Bagatellen, die sie gelegentlich bei Tisch aufgeschnappt hatte, wenn sich ihr Bruder mit Laird MacRay unterhielt. Aber sie meinte sich zu erinnern, dass Colin MacRay nicht gut auf seinen Nachbarclan zu sprechen war, aber das musste nichts heißen. Der Mann war bekannt für seine Konflikte.

Auch zwischen ihm und Myles gab es Differenzen, bevor sie durch Myles' Heirat mit seiner Schwester Carmen eine Familie geworden waren.

»Aye, Ihr scheint schlimme Stunden durchlitten zu

haben«, riss der Anführer der Truppe sie in die Gegenwart zurück. »Kommt, ich bringe Euch in die Sicherheit meiner Burg, dort könnt Ihr Euch von den Strapazen erholen.«

»Ihr seid Laird MacQuarie?«

»Aye, der bin ich. Ihr könnt vor mir im Sattel sitzen, mein Wallach ist ein robustes Tier.« Er streckte ihr seine große dickfleischige Hand entgegen.

Laird MacQuarie bot ihr seine Hilfe an, sie sollte dankbar sein, doch irgendwas an ihm und seiner Art ließ sie zögern. Lag es an seiner emotionslosen Art, in der er sein Angebot ausgesprochen hatte? Sie schluckte nervös.

»Was ist jetzt? Ich habe nicht den ganzen Tag Zeit.« Sein Blick verdunkelte sich und eine steile Falte bildete sich auf seiner Stirn.

Bevor sie reagieren konnte, war er auf seinem Wallach nähergekommen, beugte sich hinunter und zog sie mit einem gekonnten Griff zu sich hinauf. Es kam so überraschend, dass ihr vor Schreck ein kleiner Schrei entwich. Sein Arm umfasste unnachgiebig ihre Körpermitte, sodass sie fest gegen seine harte Brust gedrückt wurde und seinen Atem an Nacken und Ohr spürte.

»Geht doch, Täubchen«, raunte er ihr zufrieden ins Ohr, bevor sich der Tross in Bewegung setzte.

Eine Gänsehaut überzog ihren Körper bei dem anzüglichen Kosenamen.

»Ihr seid also Euren Entführern entkommen?«, hakte er nach.

Aus Nervosität plapperte sie drauflos, erzählte ihm von der verfallenen Kate und wie es ihr gelungen war, sich zu befreien.

»Sie meint sicher die verfallene Hütte der alten Heilerin, oben an der Grenze zu MacRay«, meldete sich der Mann, der neben ihnen ritt, zu Wort. Es war jener Mann, der sie zuerst angesprochen hatte. Er schien eine freundliche Natur zu haben, doch zu ihrer Enttäuschung schickte der Laird ihn zur Burg voraus, um die erwähnte Isobel über ihre Ankunft zu informieren.

»Wir bekommen Besuch«, meldete der Mann mit der tiefen Stimme.

Drei Reiter kamen aus nordöstlicher Richtung auf sie zu galoppiert.

*

Kieran musste zugeben, dass er sich ernstlich Gedanken wegen Dinah machte. Je mehr Zeit verging, desto ruheloser wurde er. Sie mussten sie schleunigst finden und das hoffentlich unversehrt. Wäre er nicht so rücksichtslos ihr gegenüber gewesen, wäre das Drama möglicherweise gar nicht erst entstanden. Schuldgefühle plagten ihn, doch die behielt er für sich. Myles war ohnehin schon ein Nervenbündel.

Er konnte seine Sorge absolut nachvollziehen, wäre eine seiner Schwestern entführt worden, würde er in ähnlicher Verfassung sein.

Shawn konnte nun das Krankenzimmer verlassen. Die Schwellungen waren zurückgegangen und die Blutergüsse wechselten in eine gelb-lila Färbung, aber mit seiner verletzten Schulter und dem angeknacksten Arm konnte er unmöglich reiten. Kieran verfluchte diesen Umstand ebenso wie Shawn selbst. Er hätte den Burschen für sein Vorhaben gebrauchen können, stattdessen musste er sich mit dem etwa fünf Jahre jüngeren Flynn abmühen, der wie Shawn im Stall arbeitete.

Dinahs Hund Mòlan irrte verwirrt und winselnd umher, offensichtlich auf der Suche nach seiner menschlichen Bezugsperson. Shawn hatte sich von einer Dienstmagd ein Kleidungsstück von Dinah aushändigen lassen, in der Hoffnung, ihr Hund könne die Fährte aufnehmen. Kieran wusste nicht, ob er sich mit dieser Sache zum Narren machte, doch er musste die eventuelle Chance nutzen. Er achtete aber darauf, dass niemand ihre Versuche beobachten konnte, daher würden ihn neben Flynn, den Mòlan gut kannte, auch nur zwei seiner Clanmänner begleiten.

Shawn wedelte mit dem Stück Stoff, das nach einer Bluse aussah, vor der Nase des Hundes herum, während er immer wieder den Befehl »Such« gab. Der Hund schien irritiert und nicht zu verstehen, was von ihm verlangt wurde. Er lief suchend ein paar Schritte in alle Richtungen und gab winselnde Laute von sich. Als hätte jemand einen Ball geworfen, der sich plötzlich in Luft aufgelöst hatte. So ging das mehrere Minuten.

»Du musst ihm das Teil direkt vor die Schnauze halten«, beschwerte sich Flynn, worauf er einen bitterbösen Blick von Shawn kassierte.

Kieran und seine Männer sahen einander zweifelnd an. Er wollte gerade den Versuch abbrechen, als der Hund auf einmal zielstrebig nach vorn schoss und auf das Burgtor zuhielt. Während Flynn sich rasch in den Sattel schwang, setzten Kieran und seine zwei Begleiter dem Hund nach.

Es ging nicht allzu schnell voran, aber eine ganze Weile sah es tatsächlich so aus, als habe das Tier Dinahs Witterung aufgenommen. Flynn war derjenige, der am dichtesten an dem Hund dran blieb und in regelmäßigen Abständen den Befehl »Such« wiederholte oder lobende Worte zu ihm sagte. Mit einem Mal blieb Mòlan abrupt stehen und lauschte, nur um Augenblicke später mit lautem Gebell in die Richtung zu preschen. Ein Hase rannte aus dem Gebüsch und versuchte Haken schlagend, seinem Verfolger zu entkommen.

Flynn jagte ihnen lauthals schimpfend und Kommandos brüllend nach, doch Mòlan reagierte nicht. Wäre die Sache nicht so ernst, hätte Kieran über diese Szene lauthals gelacht, aber ein Glucksen entwich ihm dennoch.

»Deine Braut hat beeindruckend lange Ohren und trägt einen netten Pelz«, feixte Yorick.

»Ich habe eben einen außergewöhnlichen Geschmack«, konterte Kieran.

»Gegen einen saftigen Hasenbraten hätte ich auch nichts einzuwenden«, setzte Olghar hinzu und die drei lachten.

»Wir sollten nach Morvich Castle zurückreiten, sobald Flynn mit dem Hund wieder bei uns ist«, wechselte Kieran das Thema und starrte nachdenklich in die Ferne. »Wir befinden uns bereits auf MacRays Land.« Flynn und Mòlan waren hinter dem Hügel und somit aus ihrem Sichtfeld verschwunden.

»Der Plan hätte durchaus funktionieren können«, sagte Olghar wieder ernst. »Ein Tier kann erstaunliche

Fähigkeiten entwickeln, aber es muss dementsprechend trainiert werden.«

»Was ist, wenn wir gar nicht so falschliegen?«, fragte Yorick.

»Was meinst du?« Beide starrten ihn an.

»Seht mal ... der Weg dort hinten würde uns direkt
zu MacRays Burg führen, aye? Der Hund hat uns
aber, ohne zu zögern, diesen Pfad entlang gelotst. Er
hätte genauso gut querfeldein streunen können, für
ihn kein Problem, aber für die Pferde wäre der Bereich nicht passierbar gewesen.«

Kieran runzelte die Stirn, als er begriff, worauf sein
Clanmann hinauswollte.

»Das Tier kennt womöglich diese Strecke«, warf
Olghar nachdenklich ein.

»Nein!«, konterte Kieran. »Die MacMurray Männer
haben den Hund lediglich mit zur Jagd genommen.
Und dabei würden sie wohl kaum die Grenzen ihres
Clanlandes übertreten.«

»Das ist wahr«, murmelte Olghar. »Aber hatte Laird
MacRay nicht behauptet, er hätte diesen ganzen Bereich bereits durchkämmen lassen?«

»Pah!«, schnaubte Kieran. »Darauf würde ich mich
nicht verlassen. Entweder er log oder hat nur halb-
herzig suchen lassen, weil er sich in seiner selbstgefäl-
ligen Art zu sicher ist, dass kein Wässerchen sein Ansehen trüben könne. Der aufgeblasene Mistkerl hat
sich doch von Anfang an darauf versteift, dass es nur
unsere Clanleute gewesen sein konnten, die Dinah
entführt haben.«

»Das klingt ...«, begann Yorick, verstummte aber, als
lautes Gebell alle drei aufhorchen und in die Richtung

blicken ließ.

Augenblicke später tauchte Flynn auf dem Hügel auf. »Kommt, MacTavish, ... ähm, ich meine, Sir. Ich glaube, Mòlan hat was entdeckt.« Ohne eine Antwort abzuwarten, wendete er sein Pferd und war wieder hinter der Kuppe verschwunden.

»Auf geht's, holen wir uns den Braten!« Olghar lachte.

Flynn war abgestiegen und erwartete sie, während Mòlan aufgeregt hin und her lief und über den Boden schnüffelte.

»Eine Höhle«, stellte Kieran fest, während Yorick bereits darauf zu stapfte.

»Und es war vor Kurzem jemand hier, die Spuren sind frisch«, rief Yorick über seine Schulter.

Flynn rief den Hund zurück, der jetzt bellend vor dem Eingang stand; dieses Mal reagierte das Tier prompt und trottete an Flynns Seite.

»Seht, was ich gefunden habe«, rief Yorick nach einer Weile und hielt ein geflochtenes Armband hoch.

»Das gehört Dinah!«, rief Flynn aufgeregt.

»Bist du dir da ganz sicher, Junge?«

»Aye, Sir, ich kenne es. Die kleine Amy Lyn hat das für sie gemacht, ihre Mutter ist eine der Weberinnen von Morvich Castle.«

»Dann war sie also hier.« Kieran sah sich nachdenklich um. »Vermutlich haben sie hier die Nacht abgewartet, bevor sie im Morgengrauen weitergezogen sind.«

»Ist anzunehmen«, erwiderte Yorick und schaute sich ebenfalls um.

»Zwei Männer, vielleicht drei, aber keine Abdrücke,

die von einer Frau sein könnten«, berichtete Olghar, der die Umgebung der Höhle abgesucht hatte.

»Das muss nichts heißen. Wir haben den Beweis, dass sie hier war«, sagte Kieran und hielt das Armband hoch. Mit einem Mal spürte er etwas kaltes Feuchtes an seiner anderen Hand. Als er hinuntersah, blickte er direkt in Mòlans Augen, die ihn anhimmelten. Ein Schmunzeln entfuhr ihm und er kraulte andächtig den Kopf des Hundes. Erfreut versuchte der übermütig, ihm die Pfote zu reichen.

»Sie mag dich«, grinste Yorick.

»Deine *Sie* hat Eier, falls es dir entgangen sein sollte«, wies Kieran ihn zurecht.

Flynn gackerte neben ihnen, während Yorick den Betretenen mimte und sich am Hinterkopf kratzte.

Kieran ging auf Olghar zu und wies über die Felder.

»In der Richtung liegen einige Pachthöfe, wenn ich mich recht entsinne. Vielleicht sollten wir dort unser Glück versuchen und hoffen, dass die Leute mit uns reden werden.«

Olghar grummelte irgendwas Unverständliches vor sich hin und rieb sich dabei das Kinn.

»Du meinst, sie könnte irgendwo dort festgehalten werden?«, mischte Yorick sich ein, wieder ernst geworden.

»Möglich, aber ebenso gut könnten sie weiter landeinwärts geritten sein.«

Hinter ihnen mühte Flynn sich ab, den Hund zum Weitersuchen zu animieren, doch Mòlan legte sich demonstrativ nieder und japste geräuschvoll. Flynn fluchte verzweifelt.

»Es ist gut, Flynn«, beruhigte Kieran ihn. »Er hat

uns bereits einen hervorragenden Dienst erwiesen, mehr als wir erwarten konnten. Gönne ihm seine Ruhepause und dann solltet ihr zur Burg zurückkehren. Ich gebe dir Yorick als Begleitung mit, während ich mit Olghar versuche, ihre Spur weiterzuverfolgen.«

Flynn riss die Augen auf. »Ich brauche keine Begleitung, ich ...«

»Junge, ich habe die Verantwortung für dich«, unterbrach Kieran.

»Ich bin kein Kind mehr, Sir!«, maulte Flynn. »Ich bin fast sechzehn und imstande, allein zurückzufinden, wenn ich schon nicht weiter mitkommen darf.«

»Es ist sicherer, denn sollten wir auf die Entführer treffen, könnte es zum Kampf kommen und da will ich dich nicht dabei haben. Du wärst leichte Beute.«

»Sir, Shawn hat gesagt, es waren drei Männer. Wenn Yorick mich begleiten soll, wäret Ihr nur zu zweit. Glaubt mir, ich brauche keinen Schutz, außerdem ist Mòlan bei mir. Ich bin nur ein junger Mann mit einem Hund. Mir wird schon nix passieren.«

Kieran stöhnte, er war es nicht gewohnt, über seine Anweisungen zu diskutieren.

»Also schön! Sobald du in der Burg angekommen bist, gehst du unverzüglich zu deinem Laird und erstattest ihm ausführlich Bericht. Du redest nur mit ihm oder mit meinem Vater, Laird MacTavish. Sie werden sich um alles Weitere kümmern, verstanden?«

Flynn straffte den Rücken. »Und was ist, wenn mir unterwegs jemand vom Clan MacRay begegnen sollte?«

»Dann bist du nur ein junger Mann, der mit seinem Hund unterwegs ist.«

Der Junge strahlte vom linken zum rechten Ohr und entblößte dabei seinen abgebrochenen Eckzahn. »Aye, Sir!«

*

Die MacQuaries stoppten ihre Pferde und starrten in die Richtung, aus der sich drei Reiter näherten.

»Das sind Männer vom Clan MacTavish«, erklärte einer der Männer.

Dinah versteifte sich augenblicklich und schluckte nervös.

»Seid unbesorgt«, raunte Laird MacQuarie ihr ins Ohr. »Euch wird nichts geschehen.«

War der Mann ihr bisher suspekt erschienen, strahlte er nun eine gewisse Sicherheit aus.

»Danke, Laird MacQuarie«, wisperte sie, ohne den Blick von den näherkommenden Reitern abzuwenden. Ihr Herz begann schneller zu schlagen, als sie Kieran unter ihnen erkannte; einem seiner Begleiter war sie schon auf Morvich Castle begegnet, der andere war ihr unbekannt.

»Ihr bewegt Euch weit außerhalb Eures Clans«, sagte MacQuarie kühl, nachdem Kieran sich vorgestellt und erklärt hatte, dass sie auf der Suche nach einer verschleppten Frau seien.

»Aye«, erwiderte Kieran. »Und wie ich sehe, war unsere Vermutung richtig gewesen, dass wir Laird MacMurrays Schwester finden werden, wenn wir den gradlinigen Weg ab dem Nachtlager folgen würden.« Er wirkte unsicher, ob er es mit den Entführern oder möglichen Rettern zu tun hatte. Die Anspannung, die in der Luft lag, war beinah greifbar.

Sein Blick richtete sich jetzt intensiv auf sie.

»Kommt, Miss MacMurray, wir werden Euch sicher nach Hause geleiten.«

»Nicht so eilig, junger Mann!«, protestierte Mac-Quarie. »Wir haben das Mädchen verstört und verängstigt einige Meilen zuvor aufgegriffen, nachdem es ihr gelungen war, sich aus eigener Kraft zu befreien und vor ihren Peinigern zu flüchten. Sie steht jetzt unter meinem Schutz. Ich habe bereits einen meiner Männer vorausgeschickt, unsere Heilerin wird bereitstehen, um sich der Verletzungen anzunehmen. Ich werde unverzüglich einen Boten zu Laird MacMurray senden, der ihn über die Geschehnisse informieren wird. Bis er eintrifft, um sie zu holen, wird sie mein Gast bleiben.« Mit jedem seiner Worte klang er ungehaltener.

Dinah verspürte einen dicken Kloß im Hals, aber sie konnte ihren Blick nicht von Kieran abwenden. Wie war es möglich, dass so ein gutaussehender Mann eine derart tiefdunkle Seele besaß? Sie bemerkte seine eindringliche Musterung, nachdem der Laird das Wort *Verletzung* erwähnt hatte. Erst jetzt schien er das blutdurchtränkte Tuch an ihrem, ihm abgewandten Arm, wahrzunehmen, und seine Lippen bildeten kurzzeitig eine dünne Linie.

»Euer Verhalten ehrt Euch, Laird MacQuarie, aber wir würden nur Zeit vergeuden. Lasst sie mit uns heimkehren. Je eher sie zurück im Schoß ihrer Familie ist, umso sicherer für sie und umso besser für uns alle.«

MacQuaries Geduld schien sich dem Ende zu nähern, sie spürte es durch seine Körperspannung an ihrer Kehrseite. »Einen Teufel werde ich tun!«, schnaubte er. »Sie hat uns gesagt, dass es Eure eigenen Leute waren, die ihr das angetan haben, da werde ich sie bestimmt nicht an Euch ausliefern, nicht, solange ich noch einen Funken Ehre in mir habe. Und jetzt, MacTavish, verlasst meinen Grund und Boden!«

Kieran tat einen tiefen Atemzug, bevor er sie wieder direkt ansah.

»Entspricht das auch Eurem Wunsch?«

Dinah war verwirrt, sie wusste nicht, was sie tun oder sagen sollte, und sie musste sich mehrmals räuspern, um überhaupt einen Ton herauszubekommen. »Ich denke, es wird das Beste sein.« Sie konnte ihm dabei nicht in die Augen sehen und starrte verbissen zu Boden. Tat sie wirklich das Richtige? Sie wollte nur so schnell wie möglich nach Hause, zurück nach Morvich Castle. Die Vorstellung, vor ihm im Sattel zu sitzen, wie jetzt vor dem Laird des MacQuarie Clans, sandte ihr eigenartige Schauder über den Rücken, die sie nicht einordnen konnte. Würde Kieran zudringlich werden oder sie für seinen offensichtlich schiefgegangenen Plan büßen lassen? Seine zwei Begleiter würden ihr kaum zu Hilfe eilen, wenn sie in Not war, immerhin war Kieran der Sohn ihres Lairds.

»Ich kann Euch nicht zwingen, mit uns zu kommen, Miss Dinah, obwohl ich Eure Entscheidung sehr bedaure. Aber schenkt mir bitte noch einen Moment Eurer Aufmerksamkeit. Ich würde gern ungestört ein paar Worte mit Euch reden.« Er rutschte aus dem Sattel und kam einige Schritte auf sie zu.

MacQuarie gab einen äußerst missgelaunten Laut

von sich. »Gewährt es ihm, Miss, aber beeilt Euch gefälligst. Ich will hier keine Wurzeln schlagen«, bestimmte er und half ihr, ohne ihre Einwilligung abzuwarten, vom Pferd.

Sie entfernten sich einige Schritte von den anderen.

»Seid keine Närrin und kommt mit uns zurück«, forderte Kieran schließlich.

»Mit Euch?« Dinah hatte ihr Selbstbewusstsein zurückerlangt und sah ihm kämpferisch ins Gesicht. »Ihr habt Nerven, Kieran MacTavish, wo ich doch Euch das ganze Desaster zu verdanken habe.« Wenigstens besaß er den Anstand, schuldbewusst zu Boden zu sehen, aber der Augenblick war nur kurz. »Tut mir leid, aber ich kann Euch nicht trauen. Woher soll ich wissen, dass Ihr nicht beendet, was Ihr begonnen habt?«

»Ihr redet Unsinn!« Kieran packte sie hart am Oberarm und zerrte sie ein weiteres Stückchen von den anderen fort. »Ich habe verdammt noch mal nichts mit Eurer Entführung zu tun. Ich weiß, dass Ihr glaubt, es sei anders, aber was immer dahintersteckt, wir werden es herausfinden, sobald Ihr sicher auf Morvich Castle seid. Dinah ... bitte, seid vernünftig!«

Dinah schluckte und war bemüht, sich ihre Emotionen nicht anmerken zu lassen. Die Art, wie er ihren Namen aussprach, klang beinahe zärtlich. Für einen Moment stand sie kurz davor, sich schluchzend in seine Arme zu werfen, aber sie musste vernünftig sein und objektiv bleiben.

»Was ist mit Eurem Arm passiert?«, fragte er und klang tatsächlich besorgt.

»Eigenverschulden, als ich versuchte, mich zu befreien«, tat sie es rasch ab. Sie brauchte sein Mitleid nicht.

»Was ist jetzt?«, schallte MacQuaries Stimme zu ihnen herüber.

Beide drehten sich kurz in Richtung der wartenden Reiter. Geduld schien MacQuarie nicht in die Wiege gelegt worden zu sein, sie musste also schnell eine Entscheidung treffen.

Dinah behagte es nicht, mit dem ihr unbekannten Laird zu dessen Burg zu reiten, aber die andere Variante gefiel ihr ebenso wenig.

Trotzig schob sie ihr Kinn vor. »Sagt meinem Bruder, dass ich auf MacQuaries Burg auf seine Ankunft warten werde. Ihr werdet nicht versuchen, mich daran zu hindern. Im Gegenzug werde ich Myles gegenüber nicht erwähnen, dass ich von Euren Leuten entführt wurde.« Sie entsann sich ihres eigenen Schwurs, den sie geleistet hatte, als sie das erste Mal nach ihrer Verschleppung aufgewacht war. »Ich werde behaupten, es seien Outlaws gewesen. Ich möchte nicht Schuld daran tragen, wenn wegen dieser Sache eine langwierige Fehde zwischen unseren Clans entfacht wird.«

»Sehr großmütig von Euch, aber Ihr werdet nicht lügen! Jedermann weiß durch Shawns Aussagen längst, dass Eure Entführer *Breacan feiles* im *Tartan* unseres Clans trugen, und wir werden diese Männer finden und zur Rechenschaft ziehen, obwohl ich arg bezweifle, dass diese Halunken wirklich unserem Clan angehören.«

»Shawn ... geht es ihm gut?«

»Aye, er ist schon wieder auf den Beinen. Nur sein

Arm und seine Schulter werden noch eine Weile brauchen, bis sie verheilt sind.«

Erleichtert stieß sie die Luft aus, ihr guter Freund Shawn war am Leben. »Ich denke, zwischen uns ist alles gesagt. Ich möchte meine Retter nicht länger warten lassen.« Dinah wandte sich um.

Er musste ihre Unsicherheit gespürt haben, denn erneut bat er sie eindringlich, mit ihnen zurückzukehren, und versicherte ihr, dass ihr keine Gefahr durch ihn oder seinen Begleitern drohe. Sie würde ihm so gern glauben, aber sie konnte es nicht. Mit mehr Selbstvertrauen, als sie tatsächlich verspürte, marschierte sie auf Laird MacQuarie zu, der abwartend auf seinem Pferd saß. Hinter ihr hörte sie Kieran verhalten fluchen.

*

Yorick sah ihm mit hochgezogenen Augenbrauen entgegen, als Kieran zu seinem Pferd zurück stapfte.

»Mir dünkt, dass eure Unterredung wohl nicht so gut gelaufen ist.«

Kieran warf ihm einen finsteren Blick zu und schwang sich verkniffen in den Sattel.

»Dieses störrische Frauenzimmer weigert sich, mit uns zurückzureiten.«

»Kann ich ihr nicht verdenken«, brummte Olghar, ohne ihn anzusehen. »Nach allem, was wir bisher wissen, muss sie annehmen, dass unsere Leute für ihr Dilemma verantwortlich sind. Und außer deinem Wort hat sie nichts, was sie vom Gegenteil überzeugen könnte.«

»Heißt das, du lässt sie jetzt mit den MacQuaries ziehen?«, hakte Yorick verblüfft nach.

»Hätte ich sie etwa fesseln und knebeln sollen?«, grollte Kieran und sah zu ihr hinüber, die vor dem Laird saß, sich um eine annehmbare Haltung bemühte und dabei die Augenlider gesenkt hielt.

Ohne weitere Worte machten sich die MacQuarie Männer auf den Weg, wobei ihr Laird huldvoll mit dem Kopf nickte, als sie an ihnen vorbeiritten.

»Mir gefällt das nicht, der Laird wirkte viel zu selbstgefällig«, murrte Kieran.

»Sollen wir ihnen folgen?«

»Das wird uns nicht viel nützen, es sind mindestens zwei Meilen offenes Gelände vor den Toren seiner Burg. Wir hätten keine Möglichkeit, uns ungesehen zu nähern. Außerdem, wenn sie sich im Inneren aufhält, wissen wir ohnehin nicht, was vor sich geht.« Mit gewissem Zynismus in der Stimme setzte er hinzu: »Er hat uns schließlich nicht eingeladen, seine Gäste zu sein.«

»Zumindest wissen wir nun, wo sie ist, und dass sie sich nicht mehr in den Händen der Entführer befindet«, kommentierte Olghar gelassen.

Das stimmte zwar, aber Kieran war trotzdem nicht beruhigt. Warum, konnte er nicht präzise formulieren. Vielleicht lag es daran, dass ihnen wertvolle Zeit davonlief, schließlich waren die Täter noch auf freiem Fuß. Ihnen fehlten nach wie vor jegliche Hinweise und die Einzige, die ihnen helfen konnte, das Rätsel zu lösen, ritt gerade mit den MacQuaries davon.

Dinah musste etwas wissen, auch wenn sie sich selbst dessen vielleicht gar nicht bewusst war. Hätte dieser Laird sich nicht so überheblich und drängend gegeben, hätte Dinah sich möglicherweise überwunden und ihm einen Verdacht oder eine Beobachtung mitgeteilt, davon war er überzeugt. Er hatte ihren Blick gesehen und die Art, wie sie ihre Unterlippe malträtierte. Da war etwas, das sie hadern ließ, doch ihre Entscheidung, mit den MacQuaries zu reiten, war zu diesem Zeitpunkt bereits gefällt.

»Reiten wir zurück nach Morvich Castle und informieren Myles über die neue Entwicklung«, verkündete er übellaunig. »Wenn wir Glück haben, werden uns seine Männer nach Flynns Bericht bereits entgegenkommen.«

»Aye«, grummelte Yorick. »Aber unsere Pferde brauchen dringend eine Verschnaufpause und die Dämmerung wird bald eintreten. Wir werden nicht umhinkommen, die Nacht irgendwo im Freien verbringen zu müssen.«

Kieran fluchte unentwegt leise vor sich hin. Er hasste es, dass er nichts tun konnte. Aus dem Augenwinkel sah er, dass sich seine beiden Begleiter einen seltsamen Blick zuwarfen, doch das interessierte ihn derzeit nicht.

Zum ersten Mal hatte er Dinah intensiv in die Augen sehen können. Die Farbe erinnerte ihn an einen grünen Blätterwald im Morgennebel, ein Gemisch aus gedecktem Grün mit zartem Grau. Trotz der Faszination ihrer Augen hatte er Traurigkeit und Unsicherheit in ihnen lesen können und etwas anderes, das er nicht benennen konnte. Aber da war keine Furcht zu erkennen; für eine Frau, die von unbekannten Halunken entführt worden war, hielt sie sich bemerkenswert tapfer. Er musste zugeben, dass ihn das imponierte, nichts war schlimmer als hysterische Frauen oder jene, die sich in theatralischem Gehabe ergossen. Wenn sie nur nicht so störrisch und widerborstig wäre ...

*

Dinah zwang sich, nicht in die Richtung der drei MacTavish Männer zu sehen, als die MacQuaries an ihnen vorbeiritten. Ihr Herz pochte wie wild von der unverhofften Begegnung mit Kieran.

»Ihr versteht es, Euch durchzusetzen, das gefällt mir«, lobte Laird MacQuarie in ihrem Rücken, während er seinen Wallach zu einem schnelleren Ritt anspornte.

Sie enthielt sich eines Kommentars, zu viele Gedanken beschäftigten sie.

»Wie weit ist es noch bis zu Eurer Burg?«, fragte Dinah schließlich argwöhnisch, als sie in ein leicht bewaldetes Gebiet abbogen. »Sagtet Ihr nicht, Eure Burg befände sich in der Nähe?«

»Tut es auch, mein Täubchen«, raunte er ihr ins Ohr, was eine Gänsehaut auf ihrem Körper verursachte. »Sobald wir dieses Wäldchen durchquert haben, etwa knapp fünf Meilen.«

»Ich bin nicht Euer Täubchen, Laird MacQuarie«, gab sie ihm zu verstehen, doch sie musste zugeben, dass ihre Stimme äußerst dünn klang.

Er lachte und nahm sie fester um die Taille. »Wie soll ich Euch sonst nennen? Ich weiß nur, dass Ihr Laird MacMurrays Schwester seid, Euren Namen habt

Ihr mir bisher nicht verraten.«

Dinah schluckte, sollte sie ihm ihren Vornamen nennen? Nein, das wäre viel zu vertraut.

»Es wäre angebracht, mich einfach Miss MacMurray zu nennen«, sagte sie daher und bemühte sich vergebens, Abstand zu halten.

Sie spürte das Rumpeln in seiner Brust und verstand nicht, was ihn derart amüsierte.

Erste Zweifel lähmten sie: Hätte sie doch mit Kieran reiten sollen? Wenn sie doch bloß wüsste, welchen Zweck ihre Verschleppung erfüllen sollte. Ging es wirklich nur darum, dass Kieran MacTavish sie nicht ehelichen wollte? Aber warum trat er dann so fürsorglich auf, als könne er kein Wässerchen trüben? Hatte er plötzlich sein Gewissen entdeckt und seine Handlanger zurückgepfiffen oder warum waren die Kerle geflohen und hatten sie zurückgelassen? Irgendetwas stimmte nicht. Instinktiv spürte sie, dass mehr dahinterstecken musste.

Ihre ohnehin schon schmerzende Muskulatur machte sich bei ihrer verkrampft aufrechten Haltung auf dem Pferderücken verstärkt bemerkbar. Die Alternative war, sein Angebot anzunehmen und sich gegen den Laird zu lehnen, aber das vermied sie weitgehend. Diese intime Nähe zu einem Fremden war schon unangenehm genug. Sie betete, dass sie endlich an der Burg ankamen. Hätte sie geahnt, dass von etlichen Meilen die Rede war, hätte sie vielleicht nicht zugestimmt, aber nun war es zu spät. Schweigend ertrug sie ihr Schicksal.

Nach einer gefühlten Ewigkeit riss der Laird sie aus ihren trüben Gedanken. Sie hatte längst jegliches

Zeitgefühl verloren.

»Wir sind gleich da, seht Ihr?«

Neugierig folgte sie seinem Fingerzeig und sah die Burgfront mit den beiden runden Ecktürmen in der Ferne aufragen. Endlich, sie unterdrückte einen Seufzer. Mit jeder zurückgelegten Meile war es ihr schwerer gefallen, sich gerade zu halten. Sie war müde und erschöpft, doch je näher sie dem Burgtor kamen, desto angespannter wurde sie. Hoffentlich würde Myles bald eintreffen, um sie zu holen. Ob er verärgert war, dass sie Kieran zurückgewiesen hatte?

Derartige Grübeleien gerieten in den Hintergrund, als sie auf Cairidh Castle überaus freundlich empfangen wurde.

Von Siobhan, einer mütterlichen Frau mittleren Alters, wurde ihr ein komfortables Gästezimmer zugewiesen und sogar für ein wohltuendes Bad gesorgt. Ein junges Mädchen mit Namen Myra ging ihr beim Waschen der Haare zur Hand. Anschließend besah sich die Heilerin Isobel Dinahs Wunden. Die Abschürfungen an den Händen waren weniger dramatisch, doch die Schnittverletzung am Unterarm brannte nach dem Kontakt mit dem warmen, mit Lavendelduft versetzten Badewasser und hatte wieder leicht zu bluten begonnen. Isobel trug eine heilende Paste auf und verband den Arm. Siobhan hatte in der Zwischenzeit ein Kleid für sie aufgetrieben und Myra stand bereit, um ihr Haar zu bürsten, das sich unter einem Turban aus Handtüchern verbarg.

Das Kleid war aus dunkelgrünem Samt gefertigt und mit gelber Spitze verziert. Von der Länge passte es, war jedoch an Schulter und Taille ein wenig zu weit, aber dafür fand Siobhan rasch eine Lösung, indem sie das Kleid mit einem gleichfarbigen Seidenband um die Taille schnürte.

Dinah wagte nicht zu fragen, wem dieses Kleidungsstück einst gehört haben mochte.

»Ruht Euch ein wenig aus, ich hole Euch in einer Stunde, wenn das Abendessen aufgetragen wird«, sagte Myra, bevor sie das Zimmer verließ.

Allein beim Gedanken an eine Mahlzeit knurrte ihr Magen sehnsüchtig. Seitdem sie den Käse und den Kanten Brot ihrer Entführer verschlungen hatte, war einige Zeit vergangen. Sie ging zu dem kleinen runden Tisch, auf dem eine der Mägde bei ihrer Ankunft eine Kanne Kräutertee abgestellt hatte. Sie füllte den bereitstehenden Becher, ließ sich in den Sessel sinken und nippte an dem mittlerweile etwas abgekühlten Getränk.

Dass sie so herzlich aufgenommen werden würde, hätte sie von Laird MacQuarie nicht erwartet. Sie schloss die Augen und dachte über alles nach, was ihr widerfahren war, seit sie mit Shawn Morvich Castle verlassen hatte.

Kichernde Kinderstimmen vor ihrer Kammer ließen sie kurz vor dem Eindösen hochschrecken. Sie lauschte einen Moment und schlich dann auf Zehenspitzen hinüber und riss die Tür auf.

Drei Mädchen etwa im Alter von etwa fünf bis acht Jahren, kreischten erschrocken auf und starrten sie mit kugelrunden Augen an, was ihr ein Schmunzeln ins Gesicht zauberte.

»Hallo, wer seid denn ihr?«, fragte sie freundlich.

Die jüngste von ihnen fasste sich als Erste. »Ich bin Muireall, das ist Caitlin und das ist Fiona, sie ist die Älteste«, stellte sie sich und ihre Geschwister vor.

»Schön, euch kennenzulernen«, sagte Dinah. »Und mein Name ist Dinah.«

»Bist du die Frau, von der Athair [Vater] gesprochen hat?«

»Ähm ... ich weiß nicht.« Sicher hatte sich rasch herumgesprochen, dass Laird MacQuarie ein Entführungsopfer aufgelesen hatte. »Kann schon sein«, antwortete sie daher.

»Du bist hübsch«, sagte die Mittlere.

»Oh, vielen Dank, Miss Caitlin.« Dinah freute sich über das kindliche Kompliment.

»Dann wirst du unsere neue Mutter werden?«, freute sich Muireall, hüpfte von einem Bein auf das andere und klatschte begeistert in die Hände.

Dinah hingegen entgleisten die Gesichtszüge, aber sie bemühte sich, ihren Schrecken rasch zu verbergen, um die Mädchen nicht zu schockieren. »Nein, Muireall, da hast du was durcheinandergebracht. Ich bin nur ein kurzweiliger Gast auf Cairidh Castle, bis mein Bruder eintrifft, um mich abzuholen.« Sie zwang sich zu einem unbekümmerten Gesichtsausdruck, doch die Mädchen sahen sie mit großen Augen an.

»Wir sollten unseren Gast nicht belästigen, Athair wird sonst böse werden«, schritt nun Fiona ein und zwang ihre jüngeren Geschwister, ihr zu folgen. »Entschuldigt bitte die Störung.«

»Ihr habt mich keineswegs gestört«, versicherte Dinah schnell. »Es hat mich gefreut, euch drei kennenzulernen.« Lächelnd winkte sie ihnen nach und stieß kraftvoll die Luft aus, als sie außer Sichtweite waren.

Was für ein eigenartiges Missverständnis, dachte Dinah und war einen Moment in dem Erlebten gefangen. Anscheinend weilte die Mutter der Kinder nicht mehr unter den Lebenden. Es muss schwer für die Mädchen sein, ohne Mutter aufzuwachsen, wenigstens hatte sie selbst nicht ganz so früh ihre Mutter verloren. Sie seufzte und schwelgte eine Weile in Erinnerungen, als ihr Leben noch unbekümmert verlief.

Die Zeit, bis Myra sie zum Abendessen holte, verging schneller, als Dinah erwartet hatte. Interessiert sah sie sich um. Die Große Halle hatte in etwa die Größe wie jene auf Morvich Castle, nur war die Aufteilung ein wenig anders und die Empore, auf der die Familie und besondere Gäste speisten, lag separater im hinteren Teil und besaß keinen eigenen Zugang.

»Ihr seht prächtig aus«, lobte der Laird bei ihrem Eintreffen und ließ seine Augen an dem schönen, aber etwas unvorteilhaftem Kleid ungeniert hinab wandern.

Dinah ließ es stoisch über sich ergehen und war erleichtert, als sie endlich saß.

»Mir ist zu Ohren gekommen, dass meine Mädchen Euch belästigt haben und ...«

»O nein«, beeilte Dinah sich zu sagen. »Sie haben mich nicht belästigt! Ihr habt ganz reizende Töchter, Laird MacQuarie.«

»Findet Ihr?« Sein stolzes Grinsen ließ seine Gesichtszüge weicher erscheinen. »Dann mögt Ihr also Kinder?«

»Selbstverständlich, Kinder sind ein wertvolles Gut,

so liebenswert und rein.« Sie lächelte, griff aber schnell nach dem Becher Ale, den eine Magd soeben eingeschenkt hatte, als sein Blick freimütig ihr Seitenprofil musterte und eine Spur zu lange auf ihrer Brust verweilte. Sie mochte seine provokante Art nicht.

Scheinbar interessiert schaute sie sich in der Halle unter den Clanmitgliedern um, aber niemand maß ihr besondere Aufmerksamkeit zu oder störte sich an dem unangemessenen Benehmen ihres Lairds.

Er räusperte sich schließlich. »Meine Jüngste ist der reinste Wildfang, rebellisch und unbelehrbar. Sicherlich war sie es, die ihre Geschwister angestachelt hat. Es wird schwer werden, ihr Benehmen in den Griff zu bekommen.«

Dinah erinnerte sich, dass ihr Vater sie auch immer als Wildfang betitelt hatte, aber er hatte nie versucht, sie zu bändigen, und dafür liebte sie ihn. Sie vermisste ihn so sehr. In die Vergangenheit versunken starrte sie vor sich hin und zuckte zusammen, als der Laird sie plötzlich am Arm berührte.

»Wo seid Ihr bloß mit Euren Gedanken? Ich sagte, greift zu!« Er nickte zu den Köstlichkeiten, die sich inzwischen vor ihr auf der Tafel auftürmten.

»Aye, habt Dank«, murmelte sie und bediente sich rasch. Sie spürte, dass er sie schon wieder intensiv betrachtete. »Habt Ihr bereits einen Boten nach Morvich Castle geschickt?«, erkundigte sie sich, um auf sicheres Terrain zu gelangen.

»Natürlich, gleich nach unserer Ankunft, das habe ich Euch doch versprochen.«

Insgeheim atmete sie auf; in spätestens drei Tagen dürfte Myles dann hier sein. Das hob ihre Stimmung und sie aß mit großem Appetit, während der Laird sie mit interessanten und lustigen Geschichten unterhielt. Allmählich entspannte sie sich, da weitere anzügliche Begutachtungen ihrer Person ausblieben.

*

Kieran fand Laird Myles MacMurray in dem separaten Raum, der durch einen Gang mit der Großen Halle verbunden war, und sowohl für vertrauliche Verhandlungen genutzt wurde als auch dem Laird als Arbeitszimmer diente. Er nahm keine Rücksicht darauf, dass er in eine hitzige Debatte hineinplatzte, die bei seinem Eintreten erstarb.

Außer Myles waren seine Gattin Carmen und Laird MacRay anwesend. Sein vom Wind zerzaustes Haar ließ darauf schließen, dass er auch erst vor wenigen Minuten angekommen war. Verärgert über die Störung, stierte er Kieran an.

Nach knapper Begrüßung wandte Kieran sich an Myles. »Wir haben sie gefunden!«

Myles starrte ihn mit offenem Mund an. »Wo ist sie? Geht es ihr gut?«

Mit wenigen Worten umriss er das Geschehene, wobei er MacRay und seine Schwester im Auge behielt.

»MacQuarie?«, echoten Myles und Colin im selben fassungslosen Ton. Bevor Kieran etwas erwidern konnte, machte Colin dem Ärger gegen seinen Schwager Luft.

Offenbar war Flynn unbeschadet zurück und hatte ihnen berichtet, dass sie das Nachtlager der Entführer

116

auf MacRays Land gefunden hatten, wodurch der Kerl sich in seiner Ehre angegriffen fühlte.

Kierans Blick fiel auf Carmen, die angesichts der neuen Erkenntnisse recht selbstzufrieden wirkte. Ein amüsiertes Zucken umspielte ihre Mundwinkel und in ihre Augen war ein seltsames Glitzern getreten. Verwundert hob er die Augenbrauen.

Als Carmen bemerkte, dass er sie beobachtete, gefroren ihre Gesichtszüge für einen kurzen Moment, bevor sie mit einem gekonnten Augenaufschlag ein falsches Lächeln aufsetzte. »Immer interessant zu beobachten, mit welchem Elan ein Mann seine angekratzte Ehre verteidigt, findet Ihr nicht auch, MacTavish?«, gurrte sie.

»Tut mir leid, ich kann dem nichts Unterhaltsames abgewinnen«, entgegnete er schroff.

Ihr Bruder fuhr herum. »Was redest du für einen Mist daher? Misch dich gefälligst nicht in Angelegenheiten, von denen du keine Ahnung hast.«

Carmen stolperte erschrocken einen Schritt zurück und schaute hilfesuchend zu ihrem Gemahl, doch Myles machte keinerlei Anstalten, ihr beizustehen. Verkniffen nahm sie Haltung an und reckte hochmütig ihr Kinn. Streitsüchtig sahen die Geschwister einander an.

»Ich wollte gerade aufbrechen, bevor mein Schwager eintraf«, wandte sich Myles ungerührt an Kieran. »Meine Männer stehen auf dem Burghof bereit.«

»Habe ich gesehen. Ich werde dich begleiten, ich brauche nur ein frisches Pferd. Wo befindet sich mein Vater?«

»Ist mit einigen von euren und meinen Männern am

Morgen Richtung Glen Garry geritten.«

»Es ist nicht nötig, uns zu begleiten«, MacRay winkte mürrisch ab. »Wir reiten größtenteils über meine Ländereien.«

»Was hat das eine mit dem anderen zu tun?«, hakte Kieran scharf nach. »Ich und meine Männer haben Dinah ausfindig gemacht, nachdem wir den Unterschlupf der Entführer auf Eurem Land entdeckt und die Spur weiterverfolgt haben.«

»Wollt Ihr damit andeuten, dass ich etwas mit der Sache zu schaffen habe?«

»Habt Ihr?« Kieran ließ sich von dessen Drohgebärde nicht einschüchtern. Einige Sekunden lang war es mucksmäuschenstill, nur MacRays wütendes Schnauben war zu vernehmen.

»Es geht hier um *meine* Schwester und wenn Kieran entschlossen ist, uns zu begleiten, ist das seine Sache. Ich werde ihn nicht davon abhalten!«, wurde jetzt Myles laut.

»Aber Ihr seid gerade erst angekommen, Ihr müsst erschöpft sein, MacTavish«, stürzte Carmen auf ihn zu, als wolle sie ein Kind davon abhalten, Unfug zu begehen. »Wollt Ihr Euch nicht erst einmal ausruhen? Ich bin sicher, mein Bruder und mein Gemahl kommen gut ohne Euch zurecht.«

Für den Moment fehlten Kieran die Worte, völlig verständnislos musterte er diese Frau und versuchte zu ergründen, was sie antrieb. Besorgnis um sein Wohlergehen konnte es jedenfalls nicht sein, denn er bezweifelte, dass sie so was wie Mitgefühl besaß. Ein Seitenblick zu Myles bestätigte ihm, dass auch er Carmens Anwandlung seltsam fand.

»Sicher werden sie das«, antwortete Kieran lapidar. »Aber Ihr scheint zu vergessen, dass es hier um meine zukünftige Gemahlin geht, daher erachte ich es als meine Pflicht, bei ihrer Rettung anwesend zu sein.«

Der freundliche Gesichtsausdruck wich einer starren Maske und ein wütendes Funkeln trat in ihre Augen.

»Habt Ihr nicht gerade vor wenigen Augenblicken selbst berichtet, dass meine liebe Schwägerin sich geweigert hat, mit Euch zu reiten?« Sie schnaubte undamenhaft. »Sie hat die Gesellschaft eines ihr wildfremden Lairds der Euren vorgezogen. Ich bitte Euch, wie könnt Ihr da ...«

»Es reicht, Carmen!« Myles stürzte auf seine Gemahlin zu und packte sie an den Schultern. »Was zum Teufel ist in dich gefahren, Weib?«

Carmen befreite sich aus seinem Griff und starrte ihn wütend an. »Diese verzogene Göre erlaubt sich jegliche Dreistigkeit, stößt sogar ihren eigenen Zukünftigen vor den Kopf, ohne jemals für ihr Handeln gerügt zu werden. Du bist zu nachlässig mit ihr. Sieh dich an, sie verlangt nach deiner Aufmerksamkeit und du hast nichts Besseres zu tun, als sofort zu ihr zu eilen. Sie hätte längst zurück auf Morvich Castle sein können, wäre sie nicht davon besessen, ihre Spielchen mit euch allen zu treiben.«

Kieran stand während ihrer keifenden Tirade nur wenige Schritte entfernt. Er warf einen verstohlenen Blick auf Laird MacRay, der offenbar nur mühsam seine Fassung wahrte. Myles fuhr herum und stapfte mit zornrotem Kopf aus dem Raum, Colin folgte ihm auf dem Fuße und nach einem tiefen Atemzug tat

Kieran es ihnen gleich.

Jeweils drei Männer vom Clan MacMurray und MacRay begleiteten das Trio. Sie ritten im angespannten, tiefsinnigem Schweigen. Unauffällig beobachtete Kieran die beiden Lairds. MacRay wirkte ungewohnt nachdenklich, als sei er damit beschäftigt, sich etwas zusammenzureimen, während Myles der Disput mit seiner Frau offensichtlich gründlich die Laune verhagelt hatte.

*

Dinah war in Sicherheit, sie hatte ihre Entführung überstanden und genoss als Gast auf Cairidh Castle, dem Stammsitz des MacQuarie Clans, einen gewissen Komfort. Und doch quälten sie Erinnerungen und Zweifel. Dutzende Male erlebte sie im Geiste wieder und wieder, was sie erleben musste, seit sie in Shawns Begleitung Morvich Castle verlassen hatte. Und bei jeder Erinnerung kamen weitere Fragen hinzu.

Sie hoffte, dass ihr Bruder ihr zumindest einen Teil dieser quälenden Fragen beantworten konnte und sie endlich Klarheit über den Grund ihrer Gefangennahme erhielt. So sehr sie auch grübelte, sie war sicher, dass sie niemandem bewusst auf die Füße getreten war, warum also war sie gekidnappt worden?

Immer wieder tauchte bei diesen Fragen auch Kieran MacTavishs Gesicht vor ihrem inneren Auge auf. Sie wurde aus ihm nicht schlau. Er hatte aufrichtig und fürsorglich gewirkt, während er bemüht war, sie zu überzeugen, mit ihnen nach Morvich Castle zu reiten. Und doch hatte er ihre Entscheidung respektiert und sie mit den MacQuaries ziehen lassen. Was sich anfangs als Triumph anfühlte, war inzwischen einer Leere gewichen.

Ihr Arm war bestens versorgt und ihre Kleidung gereinigt und geflickt worden. Dinah mochte zwar die manchmal anzüglichen Sprüche des Lairds nicht, aber gegen die Gastfreundschaft seiner Burg gab es beileibe nichts auszusetzen. Alle waren freundlich und zuvorkommend. Trotzdem fühlte sie sich allein und unter all den fremden Menschen ein wenig unwohl, daher hatte sie nichts dagegen einzuwenden, von den Töchtern des Lairds umlagert zu werden. Sie genoss es sogar. Die kindliche Fröhlichkeit wirkte ansteckend und sie konnte in ihrem Beisein all die Sorgen für einen Moment vergessen.

Natürlich war ihre Verschleppung auch auf Cairidh Castle ein begehrtes Gesprächsthema und jeder gab seine eigene Theorie zu der Angelegenheit zum Besten. Dass die Männer *Breacan feiles* des MacTavish Clans getragen hatten, schienen die meisten dabei außer Acht zu lassen. Laird MacQuarie war überzeugt, dass der Laird seines Nachbarclans, MacRay, seine Finger im Spiel hatte. Es war unschwer erkennbar, dass diverse Meinungsverschiedenheiten zwischen den Clanführern herrschten, obwohl Dinah nicht klar war, woher sie rührten.

Zum MacTavish Clan hatte der Laird zu ihrem Bedauern keine Meinung. Dem jungen Mann, womit er Kieran meinte, sei er an jenem Tag zum ersten Mal begegnet und zu seinem Vater, dem Laird des Clans, könne er nichts weiter sagen. Sie seien vor drei Jahren das letzte Mal beim großen Clantreffen am Great Glen aufeinandergetroffen. Die Art, wie er das sagte, ließ darauf schließen, dass zwischen ihnen keine Feindseligkeiten existierten.

Also erwähnte Dinah nichts von ihrer Annahme, dass Kieran MacTavish ihre Entführung geplant haben könne, um der arrangierten Ehe zu entkommen, die sein Vater und ihr Bruder ausgehandelt hatten. Sie wollte den MacTavish Clan vor MacQuarie nicht verunglimpfen, es war ohnehin schon zu viel Unheil geschehen. Außerdem gingen Laird MacQuarie Vereinbarungen zwischen den MacMurrays und den MacTavishs nichts an.

*

Kieran fuhr sich müde mit der Hand über das Gesicht. Er war erschöpft und hatte in der Nacht nicht wirklich Schlaf gefunden. Ihr Lager war eine flache Höhle unter einem Felsenüberhang gewesen, der kaum genug Platz für alle Männer bot. Zudem hatte es kurz vor Sonnenaufgang zu regnen begonnen. Mit gesenkten Köpfen standen ihre Pferde aneinandergedrängt unter dem Blätterdach der Bäume und unterstrichen das trübe Bild, das der frühe Morgen ihnen zeigte.

Die Stimmung unter den Männern war dieselbe wie am Abend zuvor. Myles und Colin sprachen wie zuvor kein Wort miteinander, beäugten sich aber gegenseitig mürrisch, und so blieben auch die jeweiligen Clanmitglieder unter sich.

Kieran bedauerte, nicht selbst ein paar seiner Clanleute mitgenommen zu haben, um sich dem schwelenden Konflikt entziehen zu können. Da seine Beteiligung bisher nicht nachweislich entkräftet werden konnte, wurde er zudem von beiden Clans akribisch im Auge behalten, was ihm zusätzlich gegen den Strich ging.

Zwei Stunden später klarte es auf und der Regen ließ nach, sodass sie endlich der Enge des Unterschlupfs entfliehen konnten. Nach einer kurzen Stärkung aus dem mitgeführten Proviant der Küche von Morvich Castle machten die Männer ihre Pferde klar.

Von Osten näherten sich Reiter. Da sie sich auf MacRays Land befanden, überließen sie es Colin MacRay, der Wortführer zu sein. Vermutlich hoffte er auf Unterstützung seiner eigenen Leute, zog dann aber ein grimmiges Gesicht, als er erkannte, wer da auf sie zuritt.

»Wir befanden uns auf dem Rückweg nach Morvich Castle, als wir erfuhren, dass die junge Frau gefunden wurde und sich nun auf Burg Cairidh aufhält«, erklärte Laird MacTavish, der sein Pferd unmittelbar vor Laird MacRay stoppte. »Wir nahmen den schmalen Gebirgspass, um zu euch zu stoßen, bevor ihr MacQuarie aufsucht.«

»Der Pass ist gefährlich bei dem Wetter«, brummte MacRay missgelaunt.

»Aye, ist mir bekannt. Wir hatten ihn gerade passiert, als das Wetter umschlug und der Regen uns zu einer Zwangspause verdammte. Ansonsten wären wir früher zu euch gestoßen.«

»Wäre aber nicht notwendig gewesen. Wir sind mehr als genug Männer, um eine verloren gegangene Frauensperson heimzubringen.«

»Vorsicht, Colin! Treib es nicht zu weit!«, mahnte

Myles scharf.

»Ach, leck mich doch am Arsch.« Schnaubend und mit einer wegwerfenden Handbewegung, drehte MacRay sich um und stapfte zu seinem Pferd.

Aodh MacTavish grinste, als er sich über den Hals seines Wallachs zu seinem Sohn beugte und gedämpft fragte: »Was liegt dem denn quer?«

»Allein schon, dass wir uns alle auf seinem Grund und Boden aufhalten, reicht aus.« Kieran grinste ebenfalls. »Es passt ihm nicht, dass er in den Kreis der Verdächtigen geraten ist, das wurmt ihn. Aye, und das Wissen, dass er bald auf Laird MacQuarie treffen wird. Die beiden sind nicht gut aufeinander zu sprechen.«

»Ich würde zu gern mal erleben, wenn der Bastard sich windet wie ein Aal«, prustete Aodh MacTavish.

»Glaubst du, er hat was mit Dinahs Verschwinden zu tun?«

Der Vater zuckte die Schultern. »Wenn es seinem Vorteil gedient hätte, wer weiß? Sicher scheint, dass sich diese Schurken auf seinem Land offenbar gut auskannten.«

»Was gibt es, MacTavish?« MacRay saß inzwischen im Sattel und lenkte sein Tier scharf neben sie. »Können wir, oder müsst Ihr erst Eure weitere Vorgehensweise absprechen?«

»Ich an Eurer Stelle wäre ganz vorsichtig. Ich könnte diese Frage als Beleidigung auffassen.«

Während die beiden Lairds sich kampfbereit ins Gesicht starrten, beeilte Kieran sich, in den Sattel zu steigen.

MacRay schloss ihn in seinen finsteren Blick mit ein.

»Ich werde nicht vergessen, dass die Männer, die die Schwester meines Schwagers entführt haben, Männer Eures Clans waren.«

»Aber ist es nicht so, dass wir uns derzeit auf Eurem Land aufhalten, Laird MacRay?«, konterte Laird MacTavish. »Wie erklärt Ihr Euch das?«

MacRay schnaubte. »Womöglich wolltet Ihr mir die Schuld zuschieben als einen erbärmlichen Versuch der Rache? Immerhin wart Ihr recht aufgebracht, nachdem Ihr beim letzten Viehtrieb keine Rinder der prächtigen Herde abbekommen habt und bedauerlicherweise ohne den erhofften Fang heimkehren musstet.« Ohne eine Entgegnung abzuwarten, rammte er seinem Pferd die Fersen in die Flanken und preschte voraus.

»Aufgeblasener Scheißkerl.« MacTavish spuckte zu Boden.

Myles hatte den Disput mit gespitzten Ohren verfolgt und lenkte nun sein Reittier an die Position, die Colin gerade verlassen hatte. »Ich werde auf eine vollständige Aufklärung der Angelegenheit bestehen«, erklärte er in unmissverständlichem Ton.

»Seid versichert, das werden wir auch«, entgegnete Laird MacTavish.

Myles nahm die Antwort mit einem ernsten Kopfnicken zur Kenntnis, bevor er seinem Schwager nachsetzte.

»Was denkt MacMurray sich eigentlich, mich darauf hinzuweisen? Wenn ich die Kerle erwische, die unseren Clan in Verruf gebracht haben, werde ich persönlich Brei aus ihnen machen«, erregte sich Kierans Vater.

»Hast du inzwischen irgendwelche Hinweise gefunden?«, hakte Kieran vorsichtig nach. Er wusste, dass er einige Nachforschungen unter den Männern des Clans betrieben hatte.

»Nicht die geringsten! Irgendjemand will uns ans Bein pinkeln. Wir können nur hoffen, dass das Mädchen in der Lage ist, uns brauchbare Informationen zu liefern.«

*

Dinah hatte den drei Mädchen gerade eine Geschichte von einer geheimnisvollen Fee erzählt, die sie aus ihrer eigenen Kindheit kannte, als Myra eintrat und ihr berichtete, dass Fremde eingetroffen seien und es sich eventuell um ihren Bruder handeln könne.

Euphorisch erhob Dinah sich aus den Kissen am Boden, dankte der Magd und war schon auf dem Weg nach unten. Sie hörte Myles' Stimme, bevor sie ihn sehen konnte, und beschleunigte ihre Schritte.

Er stand in der Eingangshalle, umringt von dutzenden Männern. Ohne diese zur Kenntnis zu nehmen, warf sie sich vor Erleichterung in seine Arme. Myles erwiderte die stürmische Begrüßung nur vage, bevor er sie mit beiden Händen von sich schob und sein Augenmerk wieder auf Laird MacQuarie lenkte, den Dinah gar nicht bemerkt hatte.

Betreten trat sie zwei Schritte zurück und glättete in einem Anflug von Verlegenheit ihre Röcke. Erst jetzt sah sie, dass Myles von Colin begleitet wurde, was sie nicht verwunderte, aber dass Kieran und sein Vater, Laird MacTavish, mit von der Partie waren, überraschte sie schon. Bedeutete das, dass sich das Zerwürfnis ihrer Clans, das ihre Entführung zwangsläufig ausgelöst haben musste, in Grenzen hielt? Oder gab es neue Hinweise, von denen sie nichts wusste?

Ihr verwirrter Blick begegnete dem von Kieran, der sie intensiv zu mustern schien. Rasch wandte sie ihm die Kehrseite zu und zuckte zusammen, als Myles ihr mit einer Berührung am Arm anzeigte, ihm zu folgen. Sie war so in Gedanken gewesen, dass sie nichts von dem Wortwechsel zwischen ihrem Bruder und Laird MacQuarie mitbekommen hatte.

Die gesamte Truppe folgte Laird MacQuarie in die Große Halle. Großspurig und in übertriebener Lautstärke tönte er, was es für ein denkwürdiger Tag sei, dass gleich drei Lairds auf einmal den Weg nach Cairidh Castle gefunden hatten. Enthusiastisch orderte er im Vorbeigehen bei den Mägden, ihnen den besten Whisky zu bringen und für eine ordentliche Stärkung seiner Gäste zu sorgen.

Dinah hätte am liebsten so schnell wie möglich die Burg verlassen, aber sie wusste, dass die Männer einen langen Ritt hinter sich hatten und eine Pause benötigten. Vor allem aber brannte sie darauf, ungestört mit ihrem Bruder zu sprechen, zu berichten, was genau sich zugetragen hatte, und zu erfahren, was er über die Hintermänner der Tat wusste. Doch sie musste sich in Geduld üben, Laird MacQuarie wollte zuerst mit Myles unter vier Augen sprechen.

»Ihr seht gut aus.«

Ein aufregendes Schaudern fuhr ihren Rücken hinab, als Kieran sich zu ihr neigte und sein warmer Atem ihr Ohr streifte.

»D … Danke.« Sie wagte nicht, ihn anzusehen, meinte aber, ein amüsiertes Schmunzeln wahrzunehmen. Im Hintergrund hörte sie das leise Gemurmel der anderen Clanmänner, konnte aber außer Brocken bissiger Kommentare von Colin, der keinen Hehl daraus machte, dass ihm seine Anwesenheit hier zuwider war, nichts verstehen.

Angespannt schaute Dinah immer wieder zur Ecke der Halle, in die sich die beiden Lairds zurückgezogen hatten.

An der Haltung ihres Bruders, der mit dem Rücken zu ihr stand und an der Gestik von Laird MacQuarie erkannte sie, dass irgendetwas nicht zu stimmen schien. Unauffällig linste sie zu Kierans Vater hinüber, der breitbeinig mit vor der Brust verschränkten Armen neben Kieran stand und seine typisch stoische Miene zur Schau stellte. Vorsichtig wagte sie es nun, zu Kieran aufzusehen. Offensichtlich schien er derselben Ansicht zu sein wie sie, eine steile Falte hatte sich zwischen seinen Brauen gebildet, während er Myles und den MacQuarie beobachtete.

»Ich glaube Euch kein Wort! Das kann nicht wahr sein«, beschwerte sich MacQuarie schnaubend, während er seine Arme voller Unglauben in die Luft warf. Das Gemurmel der Clanleute erstarb augenblicklich und alle Augen waren auf die zwei gerichtet. Myles ließ den Burgherrn stehen und kehrte mit äußerst verkniffener Miene zurück. Er war definitiv wütend, stellte Dinah fest, verdammt wütend, und sein Blick war starr auf sie geheftet.

Grob fasste er sie am Oberarm und zerrte sie einige Schritte von Kieran fort. »Hast du dem Mann schöne

Augen gemacht oder mehr?«

»Was!?« Sie hätte ihn nicht entsetzter anstarren können, wären ihm plötzlich zwei Drachenköpfe gewachsen.

»Laird MacQuarie hat mir seine Absicht erklärt, dich zum Eheweib zu nehmen.«

»Nein!« Jegliche Farbe wich aus ihrem Gesicht, sie begann zu taumeln und wäre mit Sicherheit gestürzt, hätte Myles nicht immer noch ihren Arm gehalten. Aus dem Augenwinkel bemerkte sie, dass der Mac-Quarie auf sie zukam. Panik drohte sie zu übermannen. Was hatte sie falsch gemacht? Sie war nur freundlich gewesen und dankbar für ihre Rettung, hatte der Mann diese Dankbarkeit missverstanden?

Schlagartig ließ ihr Bruder ihren Arm los und sie taumelte tatsächlich kurz, konnte sich aber fangen. Voller Bestürzung verschränkte sie die Arme vor der Brust, um das plötzliche Zittern ihres Körpers zu kaschieren.

Als dann Kieran neben ihr erschien und schützend den Arm um sie schlang, ließ sie es geschehen und war froh um den Halt, den er bot. Sie vermutete, dass er Myles' zischende Worte gehört haben musste. Wahrscheinlich hatten es alle vernommen, sie war sich der jähen Stille um sich herum bewusst. Sicher waren ebenso alle Augen auf sie gerichtet, sie wagte nicht, ihren Blick vom Boden zu heben.

»Stimmt es, dass Ihr bereits dem Sohn von Laird MacTavish versprochen seid?«, fuhr MacQuarie sie an. Sein Gesicht war von Zorn gerötet.

Dinah öffnete den Mund, um zu antworten, schloss ihn aber wieder, ohne dass ein Ton ihren Mund verlassen hatte.

Kierans Griff um ihren Körper wurde fester und Myles versuchte, sich schützend zwischen sie zu schieben.

»Ihr habt mir gegenüber nichts dergleichen erwähnt, Miss«, schnaubte der Laird, während sein eisiger Blick zwischen ihr und Kieran hin und her schoss.

»Ich ... ich da... dachte, dass das nicht wichtig sei«, stammelte Dinah.

»Nicht wichtig? Ihr habt mich zum Narren gehalten!«

»Aber ich ...«

»Halt den Mund, Dinah! Du machst es dadurch nicht besser«, zischte ihr Bruder.

Kieran versuchte, sie vorsichtig hinter seinen Rücken zu ziehen, was sie in diesem Moment sehr begrüßte.

Myles folgte ihr. »Warum bist du nicht mit Kieran zurückgekommen, dann hätten wir uns diesen Ärger ersparen können. Da siehst du mal, wo uns deine weibliche Dickköpfigkeit hingeführt hat.«

»Myles!«, warnte Kieran scharf, als die beiden Männer nur noch eine Handbreite trennte.

»Wenn ich mich recht entsinne, sagtet Ihr mir, dass Ihr von Männern seines Clans verschleppt worden seid.« MacQuarie wies anklagend auf den Mann, hinter dem Dinah sich gerade verschanzte.

»Es reicht!«, mischte sich nun Laird MacTavish mit bedrohlicher Stimme ein. »Meine Clanleute haben es nicht nötig, eine junge Frau zu entführen.«

Ein abfälliger Laut war aus der MacRay Fraktion zu

vernehmen und alle Blicke flogen zu Laird Colin MacRay.

»Was zu klären wäre«, sagte dieser ungerührt.

»Aye! Worauf Ihr Euch verlassen könnt«, konterte Laird MacTavish und fixierte ihn mit einem warnenden Blick.

»Warum seid *Ihr* hier, MacRay?«, wandte sich MacQuarie an seinen verfeindeten Nachbarn. »Wolltet Ihr mit eigenen Augen meine Schmach miterleben? Eure Schwester ist jetzt eine MacMurray, Ihr müsst also von dem geplanten Bündnis gewusst haben. Habt Ihr die Kleine deshalb entführt?«

Die Situation drohte zu eskalieren, als MacRays Männer ihre Waffen zogen und sie fast zeitgleich von einer Überzahl bewaffneter MacQuaries umringt wurden.

»Ich bin dafür, dass Ihr Eure persönlichen Differenzen ein anderes Mal klärt«, ging Laird MacTavish diplomatisch dazwischen. »Vorrangig gilt es, ein unangenehmes Missverständnis zu bereinigen. Laird MacQuarie, Laird MacMurray, ich denke, wir sollten uns unter sechs Augen unterhalten.« Aus Respekt vor dem ältesten anwesenden Laird nickten die Angesprochenen.

»Aye, meinetwegen. Folgt mir!«, grummelte MacQuarie und schritt voran.

»Myles, bitte«, flehte Dinah und hielt ihn am Arm zurück. »Ich schwöre dir, ich habe nichts getan, das ihn ermutigt haben könnte.« Er sah ihr stumm ins Gesicht, bevor er sich abwandte und Laird MacTavish und dem Burgherrn aus der Großen Halle folgte.

Tränen liefen ihr ungehindert über das Gesicht. Die

Angst, dass Myles sich genötigt fühlen könnte, dem Werben von MacQuarie nachzugeben, lähmte sie. Um nichts in der Welt wollte sie seine Ehefrau werden. Doch hatte sie das nicht auch von Kieran gesagt? Sie schluckte verzweifelt. Aber bliebe ihr nur die Wahl zwischen Kieran und Laird MacQuarie, war Kieran trotz aller Widrigkeiten die bessere Wahl. Er war wenigstens jung und attraktiv.

Vorsichtig schaute sie zu ihm auf, nur um festzustellen, dass er sie musterte.

»Ich habe wirklich nichts getan.« Sie wusste selbst nicht, warum sie sich verpflichtet fühlte, sich ihm gegenüber zu wiederholen.

»Nun, Ihr habt zugestimmt, ihm nach Cairidh Castle zu folgen, anstatt mit mir und meinen Begleitern nach Hause zu reiten, das könnte Anreiz genug gewesen sein.«

Entsetzt riss sie die Augen auf. »Aber das hatte doch nichts ...«

»MacQuarie sucht händeringend eine Frau im gebärfähigen Alter.« Colin war an sie herangetreten. »Seine erste Gemahlin starb bei der Geburt seines jüngsten Kindes. Sie hat ihm zwar drei Kinder geschenkt, aber alles Mädchen. Er braucht dringend einen Sohn, der ihm nach seinem Ableben als Laird des Clans folgt.«

Schlagartig entsann sie sich der Worte seiner jüngsten Tochter. Muireall dachte, sie würde die neue Mutter der Mädchen werden. War das tatsächlich der Plan dieses Mannes gewesen? Warum hatte sie das so rasch als Verwechslung abgetan, anstatt darüber nachzudenken? Nervös biss sie sich auf die Lippe und knetete ihre Hände. Mit einem Mal ergab das alles einen Sinn, die vielen Geschichten über die drei, mit denen er sie an der Tafel unterhalten hatte und das breite Grinsen in seinem Gesicht, wenn sie ihm bestätigte, wie wundervoll seine Töchter waren. O Gott, sie war so eine dumme Kuh und hatte nicht bemerkt, wie sie ihm unbewusst in die Karten spielte.

»Soweit die Fakten!«, riss Colin sie aus den Gedanken. »Und nun zu dir, Mädchen. Warum bist du hier?«

»Warum ich hier bin?«, wiederholte Dinah perplex. »Was soll diese dämliche Frage? Ich würde entführt und Laird MacQuarie und seine Männer haben mich gerettet.«

»Falsche Antwort! Ich war gerade auf Morvich Castle anwesend, als er hier ...« Er warf einen knappen Seitenblick auf Kieran, »... eintraf und berichtete, dass du aus freien Stücken mit den MacQuaries mitgegangen wärst, nachdem deine Entführer angeblich geflohen seien und dich zurückgelassen hätten.«

»Das ist richtig, genau so ist es gewesen!« Das Zittern hatte sich gelegt und so wagte sie es, ihr Kinn vorzustrecken und ihn geradewegs ins Gesicht zu sehen, auch wenn sie einen furchtbaren Anblick bieten musste mit ihren verheulten Augen.

»Pah!«, schnaubte Colin. »Das ergibt überhaupt keinen Sinn. Warum sollten diese Männer sich die Mühe machen, dich zu entführen, nur um dann ohne ersichtlichen Grund zu fliehen?«

»Woher soll denn ich das wissen?«

»Und warum auf meinem Land?«

»Ich weiß es nicht!«

»Es reicht! Sie sagte, sie weiß es nicht«, griff Kieran ein, als Colin für den nächsten Fragenangriff Luft holte.

Colin zog einen Mundwinkel schief nach oben, als er ihn abfällig betrachtete. »Seht Ihr Euch jetzt als Ihr Beschützer, MacTavish? Erst lasst Ihr sie entführen, um dann als ihr Retter aufzutreten, ist das Eure Masche? Das macht bestimmt Eindruck bei so manch einem naiven jungen Ding.« Er lachte selbstgefällig. »Hat aber in Eurem Fall wohl nicht funktioniert, sie hat Euch stehenlassen und ist mit MacQuarie davongezogen.«

Ein Keuchen war Dinah bei seinen Worten entwichen. Obwohl sie sicher war, dass keiner der zwei es vernommen hatte, sah sie trotzdem erschrocken zwischen ihnen hin und her. Colin war bekannt dafür, dass er immer auf Konfrontation aus war und gern provozierte, aber könnte er mit seiner Anschuldigung womöglich recht haben?

*

Dieser verdammte Mistkerl wusste genau, wo er ansetzen musste, um Misstrauen zu säen.

Kieran hatte Dinahs schockiertes Keuchen gehört und ohne, dass er sie ansah, wusste er, dass sie ihn anschaute und sich fragte, ob MacRay die Wahrheit gesagt haben könne. Dabei schien sie gerade ein wenig Vertrauen zu ihm gefasst zu haben.

»Vielleicht solltet Ihr Euch die Frage selbst stellen, MacRay. Es ist schon seltsam, dass sich die Entführer auf Eurem Land so gut auszukennen schienen. Die

Höhle, die ihnen als Nachtlager diente, liegt sehr versteckt und ist nicht ohne Weiteres zu finden, schon gar nicht in einsetzender Dämmerung. Also bevor Ihr haltlose Anschuldigungen gegen mich vorbringt, solltet Ihr zuerst in Eurem eigenen Clan auf Spurensuche gehen.«

»Ich kann nicht erklären, warum die Männer diese Höhle kannten, aber eines kann ich mit Sicherheit sagen: Weder ich noch meine Clanleute hätten einen Grund, die Schwester meines Schwagers zu verschleppen.« Ungehalten fuhr er sich mit den Händen durch das Haar.

»Nur weil wir den Grund nicht kennen, bedeutet es nicht, dass es keinen gab.«

»Vorsicht, MacTavish!« MacRay stierte ihn aus zu Schlitzen verengten Augen an. »Ich würde ihr niemals ein Haar krümmen, denn seit der Hochzeit meiner Schwester Carmen mit Myles MacMurray gehört Dinah zur Familie. Deshalb hat mein Schwager meine vollste Unterstützung in dieser Angelegenheit.« Er stieß kraftvoll die Luft aus und trat zurück, wobei er Dinah nachdenklich betrachtete. »Du musst doch etwas wissen! Etwas, das uns helfen kann, die Männer zu fassen. Du hast dich schließlich lange genug in deren Gesellschaft befunden, Dinah. Bestimmt konntest du während dieser Zeit irgendwas aufschnappen.«

Kieran runzelte die Stirn. Sie war aufgeregt und angespannt, was nicht verwunderlich war, aber nach MacRays Frage senkte sie die Lider. Sichtlich nervös rieb sie ihre Handflächen aneinander und wich seinem Blick aus.

Sie erschien ihm so hilflos und bekümmert, dass sein Beschützerinstinkt erwachte. Er würde nicht zulassen, dass MacRay sie mit seinen drängenden Fragen quälte. Er würde sie beschützen, immerhin wäre er schon bald ihr Ehemann. Zu seiner Überraschung fühlte sich der Gedanke gar nicht mehr so furchterregend an wie an jenem Tag, als sein Vater ihn darüber in Kenntnis gesetzt hatte. Jetzt konnte er nur hoffen, dass sein Vater das Debakel mit MacQuarie geradebiegen und den Mann von seiner absurden Heiratsabsicht abbringen konnte. Was Myles' Argumentation betraf, so war er sich nicht ganz sicher, wie er mit dem prekären Problem umgehen würde. In bestimmten Situationen mangelte es dem Mann an dem nötigen Durchsetzungsvermögen.

»Lasst Sie in Ruhe! Seht Ihr nicht, dass sie vollkommen neben sich steht nach all den schrecklichen Erlebnissen?«

MacRay zog vor Erstaunen die Augenbrauen hoch, enthielt sich aber eines Kommentars.

Ohne den Mann aus den Augen zu lassen, legte Kieran den Arm um Dinah und zog sie zu sich heran. Er spürte ihre Überraschung, als sie an seine Seite stolperte, aber sie wehrte sich nicht gegen seinen Griff. Ein seltsames Gefühl von Stolz überkam ihn.

Die Mägde hatten zwischenzeitlich aufgetischt und mehrere Krüge mit Whisky gebracht. Aus sicherer Entfernung beäugten sie die versammelte Truppe und wirkten verunsichert durch die angespannte Situation und die Abwesenheit ihres Lairds.

Keiner der Männer wagte es, sich zu setzen oder sich etwas von den köstlich duftenden Platten zu stibitzen, obwohl ihre Mägen nach dem kargen Frühstück leer sein mussten.

Endlich öffnete sich die Tür und MacQuarie, Myles und Kierans Vater betraten die Große Halle.

Kieran war bemüht, den Ausgang des Gespräches an ihren Gesichtern abzulesen. MacQuarie schien immer noch aufgebracht zu sein, Myles machte einen erschlagenen Eindruck und sein Vater war eindeutig verärgert.

Dinah versuchte, von ihm abzurücken. Kieran verstärkte seinen Griff und vereitelte ihr Vorhaben.

»Wollt Ihr Laird MacQuarie zum Gemahl?«, raunte er ihr ins Ohr.

»Nein, selbstverständlich nicht!«, keuchte sie.

Er grinste zufrieden. »Gut, dann sollten wir eine Einheit demonstrieren.«

»Das bedeutet nicht, dass ich vorhabe, Euch zu heiraten.«

»Natürlich nicht!« Er unterdrückte den Laut, der ihm entweichen wollte, als sie ihm, mit einem unschuldigen Lächeln im Gesicht, heimlich ihren Ellbogen in die Seite rammte.

Laird MacQuarie hielt kurz inne, als er sie erreicht hatte, betrachtete das junge Paar einige Sekunden lang verbissen und ging dann auf die gedeckte Tafel zu.

»Was steht ihr alle so dämlich herum? Setzt euch und esst. Auch wenn es nichts mehr zu feiern gibt, seid ihr trotzdem meine Gäste«, rief er und ließ sich als Erster auf einen der Stühle plumpsen.

»Myles?« Dinah entriss sich seiner Umarmung und stürzte auf ihren Bruder zu; diesmal ließ Kieran sie gewähren.

»Vater?« Kieran sah ihn erwartungsvoll an.

»Ich denke, die Angelegenheit ist vom Tisch.« Er nickte in Richtung Myles. »Aber ihr Bruder war keine große Hilfe. Der Mann verliert zu schnell die Nerven.« Sein Blick fiel auf Laird MacRay. »Dennoch ist die Sache nicht geklärt. MacQuarie hat im Zorn seines verletzten Stolzes, ohne es zu merken, eine Äußerung fallen lassen, die auf MacRays Beteiligung hinweist.«

Kieran krauste die Stirn. »Das verstehe ich nicht. Soll das heißen, MacQuarie weiß, dass MacRay in der Sache drinsteckt und trotzdem schweigt er?«

»Kommt, ihr MacTavishs, nun setzt euch endlich«, tönte MacQuarie. »Nach dem Schrecken haben wir uns einen guten Schluck verdient.« Gönnerhaft wies er auf die bereits gefüllten Becher mit Whisky, während er seinen in einem Zug leerte und die Tropfen auf seiner Lippe geräuschvoll mit dem Ärmel abwischte.

Nach und nach nahmen die versammelten Männer Platz, kamen der Aufforderung des Gastgebers nach und bedienten sich.

*

Dinah wurde zwischen ihrem Bruder und Kieran platziert. Ihr gegenüber nahm sein Vater Platz und wurde von MacQuarie zu seiner Linken und von MacRay zu seiner Rechten flankiert. Sie fühlte sich äußerst unwohl und wagte weder Kieran noch sein Gegenüber MacQuarie anzusehen. Wie kam der Mann nur auf die absurde Idee, dass sie ihn heiraten würde?

138

Er könnte vom Alter her fast schon ihr Vater sein.

Wiederholt suchte sie den Blick ihres Bruders, doch er schien sie strafen zu wollen, indem er sie ignorierte. Er war deutlich verärgert, seiner Meinung nach war das ganze Dilemma wohl ihre Schuld. Wenn sie ihm doch endlich ihre Sicht der Dinge berichten und erklären könnte, warum sie es ablehnen musste, mit Kieran zurückzureiten. Andererseits musste sie sich fragen, ob er ihr überhaupt geglaubt hätte, immerhin verband die beiden Männer eine enge Freundschaft – zumindest bis zu ihrer Entführung. Vermutlich hätte Myles ihre Bedenken und Vorbehalte gegenüber Kieran als dummes, weibisches Gewäsch abgetan. Enttäuschung machte sich in ihr breit, Myles wusste, dass sie von MacTavishs Clanleuten entführt worden war, und doch durften sich diese Männer in seiner Gesellschaft aufhalten, als wäre nichts geschehen. War sie als Person denn so bedeutungslos? Ein gequältes Seufzen entfuhr ihr, während sie das Essen auf ihrem Brett hin und her schob.

»Ihr solltet eigentlich erleichtert klingen, Ihr habt das Schlimmste überstanden und werdet bald zurück auf Morvich Castle sein«, hörte sie Laird MacTavish schmunzelnd sagen.

»Aye, das schon.« Sie schenkte ihm ein aufrichtiges Lächeln. »Aber solange nicht geklärt ist, wem ich das ganze Desaster zu verdanken habe und vor allem, warum, fällt es mir schwer, mich zu entspannen.« Endlich sind wir beim Thema, dachte sie bei sich und schielte erneut zu ihrem Bruder auf, der nach wie vor keine Reaktion zeigte. Warum hatte er sie nicht längst gefragt, was geschehen war? War es ihm gleichgültig?

»Aye, das kann ich gut verstehen«, erwiderte der Laird mitfühlend.

Ein Kloß bildete sich in ihrer Kehle und sie hätte für den Moment nichts sagen können, selbst wenn sie gewollt hätte. Dinah mochte Kierans Vater, seine ruhige Art und seine doch so imposante Ausstrahlung, die sie nicht zum ersten Mal an ihren eigenen Vater erinnerte.

Verheimlichten all die Personen ihr etwas? Sie schaute die Männer an ihrem Tisch der Reihe nach an und begegnete dem wölfisch lauernden Blick von MacRay, der gewiss ebenso darauf brannte, Informationen zu erhalten wie sie.

Eigentlich wollte sie warten, bis sie Cairidh Castle verlassen hatten, um MacQuarie nicht in die Angelegenheit mit hineinzuziehen. Doch wenn alle so taten, als sei alles in Ordnung, nur weil sie sich nicht mehr in der Hand ihrer Entführer befand, konnte sie auf dieses Detail keine Rücksicht mehr nehmen.

»Wer ist Big Con?«, platzte sie heraus.

Schlagartig war es mucksmäuschenstill am Tisch, nur das Gemurmel von den anderen Tischen drang zu ihnen herüber.

Sie hatte Laird MacTavish bei der Frage angesehen, weil sie sich eine Antwort von ihm erhoffte, aber er sah sie nur irritiert an.

»Big Con? Wie kommst du auf diesen Namen?« Endlich schaute Myles sie an.

»Ich konnte hören, wie die Männer ihn erwähnten.« Ihr war bewusst, dass alle Augen auf sie gerichtet waren, und bemühte sich, jetzt keine Schwäche zu zeigen.

»Big Con?« Myles rieb sich nachdenklich das Kinn und richtete seinen Blick dann auf seinen Schwager. »Big Con, ist das nicht der Kerl, mit dem du dich im letzten Jahr angelegt hast?«

»Aye«, knurrte MacRay. »Aber das ist geklärt. Sein Name ist Conchobhar Donnelly, jedoch besser bekannt unter seinem Spitznamen Big Con. Er gehört zu den Viehtreibern und hält sich selber für den King unter ihnen. Ein schwieriger Bursche, der gern den Ton angibt.«

»Was genau hast du gehört?«, hakte Myles nach.

Dinah straffte sich. »Ich weiß, dass diese Kerle von ihm ihre Instruktionen bekamen.«

Plötzlich prasselten mehrere Fragen von allen Seiten gleichzeitig auf sie ein, ob er einer der Entführer gewesen sein könne, ob sie ihn oder einen der anderen gesehen hätte, ob weitere Namen gefallen wären und dergleichen. Bei dem Durcheinander konnte sie nur hilflos den Mund öffnen und wieder schließen und kam gar nicht dazu, eine der Fragen zu beantworten.

»Das ergibt überhaupt keinen Sinn«, beendete Myles lautstark das Bombardement. Verkniffen starrte er seinen Schwager Colin an. »Warum sollte er *meine* Schwester entführen oder entführen lassen? Das ist Schwachsinn! Ich hatte nichts mit ihm zu schaffen, ich kenne den Kerl nicht mal. Du schon!«

»Was weiß denn ich?«, explodierte Colin. »Vielleicht, weil meine Schwester, *deine* Frau, nicht so töricht ist, zu später Stunde und nur mit einem Jüngling als Schutz auszureiten.«

Jetzt war es plötzlich an den anderen Tischen still geworden und alle starrten zu ihnen herüber.

Dinah keuchte entsetzt auf. Sie mochte Colin noch nie sonderlich, aber sie öffentlich als törichte Person zu betiteln, das ging zu weit. »Was erlaubst du dir? Du hast kein Recht, so herablassend über mich zu urteilen, Colin MacRay«, fuhr sie ihn an.

»Ich kenne zwar nicht die genauen Umstände, aber vielleicht handelt es sich hier um eine Verwechslung«, meldete sich MacQuarie, eher gelassen, zu Wort. »So weit ich mitbekommen habe, soll es dunkel gewesen sein.«

Zum ersten Mal wagte Dinah es, ihren vermeintlichen Retter anzusehen. Sein Blick begegnete dem ihren und er jagte ihr einen kalten Schauder über den Rücken. Da lag ein Ausdruck in seinen Augen, den sie nicht benennen konnte, der aber eindeutig nichts Gutes verhieß.

Kieran musste ihr Unbehagen bemerkt haben, seine Hand legte sich unter dem Tisch tröstend auf ihre. Ihr erster Impuls war es, ihre Hand zurückzuziehen, aber seine Kraft und Wärme vermittelten ihr gerade den Halt, nach dem sie sich sehnte. Enttäuscht sah sie Myles an, sie hätte sich gewünscht, dass von ihm mehr Anteilnahme kommen würde. Was war mit ihm los? Seit er mit Carmen verheiratet war, reagierte er zunehmend abgestumpfter.

»Eine Verwechslung?«, echote MacRay. »Wollt Ihr andeuten, dass meine Schwester, Carmen MacMurray, das eigentliche Opfer hätte sein sollen? Das ist lächerlich!«

»Nur ein Gedanke«, MacQuarie grinste, was MacRay weiter aufbrachte und ihn in Beleidigungen gegenüber seinem Nachbarn hineinsteigern ließ.

»Hast du nichts dazu zu sagen, Myles?«, endete Colin seine Tirade. »Carmen ist schließlich deine Frau.«

»Aye, das ist sie wohl. Aber ausnahmsweise dreht es sich hier mal nicht um sie«, antwortete Myles derart scharf, dass Colin blass wurde, es verschlug ihm offensichtlich die Sprache.

Von MacQuarie war ein leises Glucksen zu vernehmen, das sich verdächtig nach Amüsement anhörte, woraufhin er sich einen bösen Blick von MacRay einfing.

Einige Augenblicke herrschte beklommenes Schweigen.

Betreten senkte Dinah den Kopf und starrte auf ihre im Schoß verkeilten Hände. Sie hatte keinen Streit zwischen den Clans produzieren wollen, sondern hoffte bloß zu erfahren, wer ihre Entführung zu verantworten hatte. Sie wusste nicht mehr, was sie glauben sollte, und ging gedanklich erneut alle Details durch, an die sie sich erinnerte. Nein, eine Verwechslung schloss sie aus, sie war sicher, dass die Kerle es auf sie abgesehen hatten.

»Dein Name war auch gefallen, Colin«, sagte sie, ohne in seine Richtung zu sehen.

»Aha? Und in welchem Zusammenhang? Mensch Mädchen, mach endlich den Mund auf.«

Trotzig schaute sie ihn an und errötete, als sie sich an den genauen Wortlaut erinnerte. »Das war kurz, bevor die Männer geflüchtet sind. Sie sagten, sie hätten keine Lust, sich vor dir rechtfertigen zu müssen und dass du sie ... ähm ... dass du sie ...« Sie spürte, wie die Röte sich vertiefte, ihr Gesicht musste bereits wie eine reife Tomate aussehen, und wandte verlegen den Blick ab. »Sie an den ... ähm, Eiern aufhängen würdest, wenn du sie zu packen bekämst.«

»Da lagen sie vollkommen richtig! Wenn ich diese Bastarde erwischt hätte, hätten die sich auf eine schmerzhafte Lektion gefasst machen können.«

»Colin!«, mahnte Myles in Anbetracht weiblicher Anwesenheit.

Dinah beobachtete, wie sich Laird MacTavish und Kieran über den Tisch mit den Augen und kaum wahrnehmbaren Zeichen verständigten, aber sie konnte sie nicht deuten. Gehörten die Kerle, die sie verschleppt hatten, nun zu MacTavishs Leuten oder nicht? Und welchen Laird hatten diese Schurken erwartet? MacRay oder doch MacTavish? Allmählich machten sich Kopfschmerzen bemerkbar und sie sehnte sich ihr Zimmer auf Morvich Castle herbei.

*

Kieran hatte sich, ebenso wie sein Vater, kaum an dem Disput beteiligt. Manchmal war es informativer, zu beobachten, und Kieran wurde das Gefühl nicht los, dass MacQuarie mehr wusste, als er zugab. Ob und inwieweit er etwas mit Dinahs Entführung zu tun hatte, zerfloss in reiner Spekulation. Sicher war nur, dass er irgendetwas über die Sache wusste, von dem er nicht wollte, dass es bekannt wurde. Dabei ging es wohl um eine Abmachung, die MacQuarie mit einem MacRay hatte, ob nun mit Laird Colin MacRay oder einem seiner Leute, war nicht bekannt. Aber dass es eine gab, war MacQuarie beim Sechsaugengespräch mit seinem Vater und Myles herausgerutscht. Und

144

was MacRay betraf, entweder wusste er Bescheid oder hatte zumindest eine Ahnung und reagierte womöglich aus diesem Grunde so impulsiv und aufbrausend. Laut gab er aber immer wieder von sich, seine Auffassung sei, dass es MacTavishs Leute gewesen seien.

Vielleicht würden sie niemals herausfinden, wer tatsächlich hinter der feigen Entführung stand und was die Schurken sich von diesem Akt erhofft hatten.

Umso mehr bewunderte er Dinah, wie sie die dramatischen Ereignisse wegsteckte und die Nerven behielt. Kein Jammern und Klagen, Vorwürfe, Verurteilungen, Mitleidserwartungen oder theatralische Tränenausbrüche. Sie war eine starke und selbstbewusste Frau, trotz der Last, die gerade auf ihren Schultern lag.

Ein Schmunzeln entwich ihm, er erinnerte sich an ihre allererste Begegnung, als sie verdreckt, mit zerzausten Haaren und in zerlumpten Hosen vor ihm gestanden hatte. Vielleicht kam es ihr zugute, dass sie nicht wie eine Prinzessin verhätschelt worden war. Sie erschrak nicht gleich vor der harten Realität außerhalb der Burgmauern ihres Zuhauses. Nichtsdestoweniger hatte sie sich zu einer hübschen, ansehnlichen Frau gemausert, die alles besaß, was ein Mann begehrte. Von der Seite musterte er sie verstohlen. Sie war hübsch, wie hatte er es anfänglich übersehen können? Im Grunde konnte er sich glücklich schätzen, dass sein Vater diese Wahl getroffen hatte, es hätte ihn schlimmer treffen können. Er lächelte in sich hinein, während er sich das Schreckensbild einer Frau vorstellte, die er nicht mal mit verbundenen Augen anfassen, geschweige denn, mit ihr das Bett teilen würde. Dinah hingegen begann ihn zu reizen und er fragte sich, wie viel Leidenschaft wohl in ihr stecken mochte. Als seine Fantasie ihm Bilder einer unbekleideten Dinah vorgaukelte, die sich in den Laken rekelte, begann sich glatt seine Männlichkeit unter seinem *Breacan feile* zu regen. Mit einem Räuspern wandte er rasch den Blick ab und begegnete dem wissenden Gesichtsausdruck seines Vaters, der kaum merklich grinste. Betreten rutschte Kieran auf seinem Stuhl in eine andere Sitzposition.

Während die Mägde die Reste der Mahlzeit abräumten und den Tisch mit Krügen von Whisky bestückten, ruhten die Gespräche weitgehend, um ihnen keine Gelegenheit zum Tratsch zu bieten.

Kieran bemerkte, wie MacRay in vorgebeugter Haltung dasaß und seine Argusaugen fortwährend zwischen Dinah und MacQuarie, der auf seiner Tischseite saß, hin und her schweiften.

»Big Con, sagtest du?«, wandte er sich schließlich mit gefährlich leiser Stimme an Dinah.

Alle Augen, bis auf MacQuaries, der gerade den Whisky einschenkte, waren auf ihn gerichtet.

»Aye, das sagte ich«, bestätigte Dinah.

»Und du bist dir sicher, dass er die Befehle gab?«

Auf Dinahs Stirn zeichnete sich eine nachdenkliche Falte ab. »So hatte es den Anschein, ja.«

»Ist es dann nicht eigenartig, dass wir dich ausgerechnet hier auf Cairidh Castle auffinden?«

»Worauf willst du hinaus, Colin?«, fragte Myles gereizt.

»Liege ich falsch, wenn ich behaupte, dass Ihr derjenige wart, für den Big Con kurzfristig einen wichti-

gen Auftrag übernehmen sollte, Laird MacQuarie?«
MacRay wandte sich an ihn und sein Ton war schneidend scharf. »Ich musste deshalb zwei verdammte Wochen warten, bis meine Herde endlich gen Süden getrieben werden konnte; das war so nicht vereinbart. Er hat während der Zeit für Euch gearbeitet, habe ich recht? Ihr müsst verdammt gut bezahlt haben, dass er darauf eingegangen ist.«

Dinah entwich ein leiser Aufschrei und sie schlug sich mit vor Schreck geweiteten Augen die Hand vor den Mund, während MacQuarie mit solcher Wucht den Krug auf den Tisch knallte, dass das kostbare Gebräu im hohen Bogen über den Rand spritzte.

»Euer Ton gefällt mir nicht!«, fletschte MacQuarie die Zähne. »Ihr scheint zu vergessen, wo Ihr Euch derzeit befindet.«

MacRay lehnte sich in vorgetäuschter Lässigkeit zurück. »Warum so empfindlich? Ich wollte lediglich wissen, ob meine Vermutung richtig ist und Big Con für Euch gearbeitet hat.«

»Herrgott«, MacQuarie fuchtelte mit dem Arm wild in der Luft. »Ich brauchte rasch einen fähigen Mann, ich konnte schließlich nicht an zwei Stellen gleichzeitig sein, und Big Con ist nun mal einer der Besten für diesen Job. Dafür erhielt er den ausgehandelten Lohn, einen fürstlichen Lohn, möchte ich betonen, und mehr hatte ich nicht mit ihm zu schaffen.« Er nahm einen kräftigen Schluck Whisky zu sich. »Aye, schon klar, dass es Euch nicht in den Kram passt, dass ausgerechnet ich Euch den Burschen kurz abspenstig gemacht habe, aber deshalb habe ich noch lange nicht mit Eurer Entführungsgeschichte zu tun.«

»Das behauptet Ihr«, sagte MacRay gedehnt. »Der Zeitpunkt würde passen.«

»Wagt es bloß nicht, mir Derartiges zu unterstellen, MacRay«, nun schnaubte MacQuarie, während sich seine Gesichtsfarbe in ein zorniges Dunkelrot verfärbte. »Das wird Euch nicht gut bekommen. Fragt Big Con von mir aus, welches Geschäft er für mich erledigt hat, wenn er zurück ist. So weit ich informiert bin, ist er derzeit für Euch mit einem Viehtrieb in Richtung der südwestlichen Highlands unterwegs. Könnt Ihr mit Gewissheit sagen, dass er währenddessen nebenher nicht auch bei irgendwelchen anrüchigen *Geschäften* mitmischt?«

Diese Spitze konnte MacRay nicht überhören und sie lieferten sich ein hartes Wortgefecht.

Dass MacQuarie und MacRay streitsüchtige Gesellen waren, ließ sich nicht verleugnen, wie Kieran feststellte.

*

Dinah war wie erstarrt. Dieser offenbar zwielichtige Big Con war für Laird MacQuarie tätig gewesen, just in der Zeit, in die ihre Entführung fiel. Unzählige Gedanken stürzten auf sie ein und sie spürte, wie immer wieder MacQuaries Blicke sie streiften.

War es etwa kein Zufall, dass der Mann auftauchte, nachdem sie sich befreien und fliehen konnte? War Laird MacQuarie womöglich jener Laird, den die Männer erwartet hatten?

Kalter Schweiß brach ihr aus. Unruhig rieb sie die Handflächen aneinander.

Sie musste sich bemühen, nicht in Hysterie auszubrechen. Zuerst schien alles so klar zu sein, Männer vom MacTavish Clan hatten sie entführt, schließlich trugen sie Plaids in den Farben dieses Clans und Kieran war der Verantwortliche. Dann fing sie an, Colin MacRay zu misstrauen, und nun geriet sogar Laird MacQuarie unter Verdacht. Wem konnte sie überhaupt noch trauen, am Ende steckten womöglich gar ihre eigenen Clanleute dahinter? Und bei allem Übel hatte sie nach wie vor keine Ahnung, wer ihr etwas antun wollte. Mit den Fingerspitzen massierte sie ihre pochenden Schläfen. Wie konnte sie je wieder unbeschwert das Leben genießen, wenn es im Verborgenen Feinde gab, die nur darauf warteten, sie erneut in die Finger zu bekommen?

Wusste Myles womöglich mehr, als er zugab? War er in Schwierigkeiten geraten, von denen sie keine Kenntnis besaß? Diente sie dafür als Druckmittel? Argwöhnisch schaute sie ihn von der Seite an. Wenn dem so wäre, würde er ihr überhaupt davon erzählen, oder sie lediglich in Sicherheit wiegen und vorgeben, dass alles halb so wild sei?

Was konnte sie selbst tun, um herauszufinden, was vor sich ging? Seit Myles ihr eröffnet hatte, dass er ihre Hand an Kieran MacTavish geben wollte, war ihr Leben ein einziges Chaos. Ihr war danach, sich in ihrem Zimmer zu verbarrikadieren und sich dem Kummer in den Kissen ihres Bettes hinzugeben. Doch zu ihrem Bedauern würden sie die folgende Nacht noch auf Cairidh Castle verbringen müssen und erst am frühen Morgen aufbrechen können. Wenn das Wetter hielt und sie zügig vorankämen, dürften sie mit einer Übernachtungspause gegen Mittag oder zum frühen Nachmittag Morvich Castle erreichen. Bis dahin hieß es, die Zähne zusammenzubeißen.

Sie tat einen tiefen Atemzug, um sich selbst zu ermutigen, und blickte auf. Sie war so in Gedanken vertieft gewesen, dass sie nicht mitbekommen hatte, wie Laird MacQuarie aufgestanden und sich neben MacRay platziert hatte. Die beiden und ihr Bruder lieferten sich einen hitzigen Wortwechsel. Laird MacTavish, der ihr direkt gegenübersaß, lehnte sich in die Richtung, um dem Gespräch besser folgen zu können, hielt sich aber mit seinen Äußerungen im Hintergrund.

Dinah blickte zu ihrer Rechten, wo Kieran saß. Er sah konzentriert aus, offenbar, um kein Wort der Debatte zu verpassen, nun, da er am unteren Ende der Tafel verblieben war.

Doch sobald er bemerkte, dass sie ihn anschaute, änderte sich sein Gesichtsausdruck, er wurde milder und ein kleines Lächeln stahl sich in seine Züge.

Sie konnte nicht anders, als dieses Lächeln zu erwidern.

»Ihr seht blass aus«, stellte er fest. Offenbar besorgt musterte er sie eingehender.

Verdammt, warum musste er so fürsorglich klingen? Sie konnte sich nicht erlauben, jetzt sentimental zu werden. Schroffer als beabsichtigt erwiderte sie: »Was erwartet Ihr? Wie würdet Ihr Euch an meiner Stelle fühlen?«

Er zuckte mit den Schultern. »Wahrscheinlich genauso, wie Ihr Euch gerade fühlt. Doch ich muss sagen, Ihr verhaltet Euch außerordentlich tapfer. Nicht jede Frau in Eurer Lage wäre dazu fähig.«

Ihr lag ein bissiger Kommentar auf der Zunge, doch als sie in sein Gesicht schaute, entdeckte sie keine Spur von Hohn oder Spott. Er schien seine Worte aufrichtig zu meinen und so würgte sie einen angemessenen Dank hervor und ärgerte sich, dass ihr dabei das Blut in die Wangen schoss. Verlegen wandte sie den Kopf in die andere Richtung und hörte, wie über die verfallene Kate gesprochen wurde, die einer Heilerin gehört hatte, bevor ein heftiger Herbststurm es unbewohnbar machte und die alte Frau zwang, eine Bleibe am Dorfrand zu beziehen, wo sie bis zu ihrem Tod lebte.

Dinah seufzte, es war ihr einerlei, wem ihr Gefangenenlager einst gehört hatte, da es kaum zur Aufklärung beitrug. Abermals massierte sie ihre Schläfen.

»Sollen wir auf dem Burghof ein wenig frische Luft schnappen? Ich bin sicher, das würde Euch guttun.«

Die Aussicht, vom Tisch entfliehen zu können, klang umso verlockender, da sie just in diesem Augenblick wieder MacQuaries Blicke auf sich spürte. Der Laird jagte ihr eine Gänsehaut über den Körper, seit sie wusste, dass er die Absicht hatte, sie zu seiner Lairdess zu machen. Sie war eine Närrin, dass ihr nie der Verdacht gekommen war, er könne mit seiner zuvorkommenden Art ein bestimmtes Ziel verfolgen. Und sie hatte ihn in seiner Hoffnung offenbar bestärkt, indem sie Zeit mit seinen Kindern verbrachte. Nicht umsonst hatte er ihr lustige Anekdoten aus deren Leben erzählt; er wollte sie auf ihre Mutterrolle vorbereiten. Die Worte der kleinen Muireall fielen ihr wieder ein. »Bist du die Frau, von der Athair gesprochen hat ...«

Das würde bedeuten, es war kein Versehen, und die Kinder wussten von ihrer Ankunft, bevor sie überhaupt ... oh Gott, ihr wurde übel.

Das Schaben eines Stuhls über den Boden ließ sie zusammenzucken. Kieran war aufgestanden und streckte ihr seine Hand entgegen. Für den Moment waren alle Augen auf sie und Kieran gerichtet.

»Ich brauche dringend frische Luft«, raunte sie Myles zu und erhob sich, ohne aufzusehen.

Myles kommentierte ihre Worte mit einem zustimmenden Brummen.

Sie konnte sich Besseres vorstellen, als sich allein in Kierans Gesellschaft zu begeben, aber vorerst musste sie damit vorliebnehmen. Sein Arm legte sich stützend um ihre Taille, sie wollte ihn fortschieben, merkte aber, wie wackelig sie auf den Beinen war und ließ es geschehen, schließlich wollte sie keine weitere Aufmerksamkeit erregen.

Auf dem Burghof angekommen, tat sie einen tiefen Atemzug. Die Luft war kühl und sie hatte keinen Umhang dabei, aber sie widerstand dem Drang, sich fröstelnd über die Arme zu reiben. Bisher waren sie schweigend nebeneinander hergegangen. Sie hatte das Gefühl, dass sie irgendetwas sagen müsste, wusste aber nicht was, also schwieg sie. Was sprach man mit einem Mann, den sie bis vor Kurzem für ihren Entführer gehalten hatte?

»Ihr hättet Euch einigen Ärger ersparen können, wäret Ihr gleich mit mir zurückgekehrt«, sagte Kieran, während er die Wolkenformation am Himmel betrachtete.

»Vielen Dank für Euren Hinweis«, erwiderte sie schnippisch.

»Das sollte kein Vorwurf sein, Miss. Hätte ich geahnt, auf was für eine absurde Idee der Laird kommen würde, hätte ich Euch über die Schulter geworfen und Euch auch gegen Euren Willen gezwungen, mich zu begleiten.«

Dinah keuchte auf. »Um mich erneut zu entführen?«

»Ich habe Euch nicht entführt oder entführen lassen und das wisst Ihr.«

Sie betrachtete ihn von der Seite. Er wirkte sehr gelassen und ihre Worte schienen ihn nicht im Geringsten zu kränken. Unverhofft blickte er sie an. Sie wusste, dass sie sich abwenden sollte, aber die Intensität seines Blickes hielt sie gefangen und ließ sie schlucken.

»Vielleicht hättet Ihr das tatsächlich tun sollen«, gab sie kleinlaut zu. Zu ihrer Erleichterung hatte MacQuarie nie versucht, sich ihr aufzudrängen, aber er hätte durchaus die Möglichkeit gehabt, schließlich war sie mehrere Tage allein auf seiner Burg gewesen. Niemand wäre ihr zu Hilfe gekommen, hätte er beschlossen, sich an ihr zu vergehen.

»Ich weiß, man ließ Euch glauben, ich hätte Eure Entführung geplant, um Euch nicht ehelichen zu müssen ...« Er tat einen tiefen Atemzug und betrachtete erneut den Zug der Wolken. »Doch Hand aufs Herz, traut Ihr mir wirklich eine derartige Niedertracht zu? Ich hätte Euch töten müssen, damit ein solcher Plan erfolgreich gewesen wäre.« Er stoppte abrupt und wieder begegneten sich ihre Blicke. »Das ist Euch klar, oder?«

Ihr Mund fühlte sich plötzlich trocken an, und sie konnte ihm nicht länger in die Augen sehen. Hätte sie ihm einen Mord zugetraut? So weit waren ihre Gedanken nie gegangen, sie räusperte sich verlegen. »Nach all den Geschichten, die ich über Euch gehört habe, weiß ich, dass Ihr weder ein Engel noch ein barmherziger Samariter seid, aber dass Ihr so weit gegangen wärt, mich, die Schwester eines Lairds, umzubringen, daran hege ich doch einige Zweifel.«

»Oh, mir war nicht bewusst, dass mir ein Ruf vorauseilt. Was habt Ihr denn so Verstörendes über mich gehört?«

Zu ihrer Überraschung klang er erheitert.

»Ihr findet das lustig?«

Er besaß ein Talent, sie aus der Fassung zu bringen, ihre Verlegenheit wandelte sich in Wut.

»Ich denke, Ihr kennt Eure Verfehlungen selbst am besten, oder waren es so viele, dass Ihr Euch nicht mehr an Einzelheiten erinnern könnt?«

»Nennt mir ein Beispiel«, forderte er sie mit einem schiefen Grinsen heraus und sie konnte ihn nur perplex anstarren. Was für ein aufgeblasener Halunke! Theatralisch rollte sie mit den Augen, ach, wenn er nur nicht so verdammt attraktiv und männlich wäre. Es brodelte in ihr. Sie hatte gerade genügend Probleme, da konnte sie auf sein Gehabe verzichten.

Trotzig verschränkte sie die Arme vor der Brust und sah ihn mit erhobenem Kinn an.

»Zum Beispiel, was Ihr der armen Adeline angetan habt. Euer Verhalten war barbarisch!«

154

»Wovon zum Teufel sprecht Ihr?« Seine Belustigung war augenblicklich verschwunden.

Für den Moment spürte sie Genugtuung, offenbar hatte er nicht damit gerechnet, dass sie über die Geschichte Bescheid wusste. »Ihr habt das Mädchen in Euer Bett geholt, sich mit ihr vergnügt, und als sie ein Kind erwartete, habt Ihr sie halbtot geprügelt. Wahrscheinlich wäre sie tatsächlich gestorben, wärt Ihr nicht bei der Tat gestört worden, aber zumindest war sie so eingeschüchtert, dass sie es nicht wagte, Euch zu verraten. Und dann wurde sie ans Ende Eures Clangebietes verbannt und einem alten Mann zum Weib gegeben, damit sie Euch nie wieder unter die Augen treten kann. Auch wenn die Geschehnisse jetzt zwei Jahre zurückliegen und Ihr Euch seither nichts zuschulden kommen lassen habt, zeigt es doch sehr deutlich, was für ein bösartiger Charakter sich in Eurer ansehnlichen Schale verbirgt. Ich denke, das erklärt, warum ich meinerseits nicht willens bin, dieser absurden Ehe zuzustimmen.«

»Seid Ihr fertig?« Sein scharfer Ton ließ sie automatisch einen Schritt zurückweichen. »Ich weiß nicht, wo Ihr diesen Unsinn gehört habt. Adelines Onkel gehört zu den besten Männern meines Vaters. Er und ein paar andere fanden sie eines Tages halbtot am Wegrand liegend, etwa zwei Meilen von ihrer Hütte entfernt. Sie brachten sie nach Dòrnaidh Castle, damit sie bestmöglich gepflegt und umsorgt werden konnte. Dass sie in anderen Umständen war, erfuhren wir erst später. Aber nicht ich war der Vater ihres Ungeborenen, sondern der älteste Sohn eines Viehhändlers aus Glenelg. Er hat ihr Hoffnungen gemacht und sie verführt, ihr aber vergessen mitzuteilen, dass er längst Frau und Kind besaß.«

Dinah entwich ein empörtes Schnauben, eher sie es zurückhalten konnte. Sie wollte ihm schließlich nicht das Gefühl geben, sie könnte seiner Version Glauben schenken.

Unbeirrt fuhr Kieran nach einem ernsten Blick auf sie fort. »Als Adeline ihm von der Schwangerschaft erzählte, musste er um jeden Preis verhindern, dass sein Vater und seine Gemahlin von seiner Liebschaft erfuhren. Sie war ein hübsches Mädchen, doch seine schändliche Tat hat Spuren hinterlassen; sie ist seither auf dem linken Auge fast blind.«

Schweigend setzten sie den Weg über den Burghof fort, die Kühle der Luft spürte Dinah kaum mehr. Sie musste an das durchlittene Leid des armen Mädchens denken, während sie beim Gehen auf ihre Schuhspitzen schaute, die bei jedem Schritt unter dem Kleid hervorlugten.

»Überlegt Ihr, ob Ihr mir glauben könnt?«, riss er sie in die Gegenwart zurück.

»Vielleicht«, gab sie ausweichend zur Antwort. »Wie gesagt, mir wurde die Geschichte anders zugetragen.«

»Das sagtet Ihr bereits! Fragt meinen Vater, er wird es Euch bestätigen oder wendet Euch an Rowan Gillies, Adelines Onkel.« Nach einer kleinen Pause fügte er hinzu: »Laird MacRay hat ebenfalls Kenntnis von der Sache, schließlich gehörte die Familie des Viehhändlers seinem Clan an.«

Überrascht blieb Dinah stehen und sah ihn an. Würde er so freimütig reden und ihr Möglichkeiten zur Wahrheitsfindung anbieten, wenn er schuldig wäre? Sie sprach diesen Gedanken jedoch nicht aus.

»Mein Vater hat von Laird MacRay gefordert, den Schuldigen zur Rechenschaft zu ziehen, während wir uns um die Situation des Mädchens gekümmert haben.« Unverhofft versperrte er ihr den Weg, als sie weitergehen wollte, sodass sie gezwungen war, zu ihm aufzusehen. »Und ja, ihr Onkel hat sie zu ihrem Schutz schnell verheiratet. Der Mann war Witwer und zwölf Jahre älter, aber kein Greis. Er hat das Kind, ein Mädchen, als sein eigenes angenommen und so weit ich gehört habe, erwarten sie in Kürze ihr erstes gemeinsames Kind. Ihr Hof befindet sich ganz in der Nähe von dem ihres Cousins, mit dem sie aufgewachsen war, sodass sie sich nicht allein in der Fremde zurechtfinden musste. So, und nun werdet Ihr mir verraten, warum Ihr glaubtet, ich wäre jener skrupellose Schurke.«

»W ... wir sollten wieder hineingehen«, wich sie aus und versuchte, ihm zu entkommen, doch er packte sie am Arm und verlangte eine Antwort.

»Gerüchte, Ihr wisst doch, wie das ist. Es wird viel getratscht.« Zu ihrem eigenen Schrecken klang es eher wie ein Keuchen, da er sie nun zwischen seinen starken Armen gefangen hielt.

»So leicht entkommt Ihr mir nicht. Ihr werft mir vor, ein Monster zu sein, aber weigert Euch zu erklären, wie Ihr zu dieser Annahme gekommen seid. Ihr seid eine MacMurray, wie kann Adelines Geschichte in Eurem Clan für Tratsch sorgen? Niemand Eures Clans war zu der Zeit anwesend, woher also Eure Informationen?«

Innerlich verfluchte sie seinen Scharfsinn und sann verzweifelt nach einer Erklärung, die ihn zufriedenstellen würde.

»Hat MacRay geredet? Obwohl, das kann ich mir schwer vorstellen. Das Verhalten seines Clanmannes hat ihn schließlich nicht mit Ruhm bekleckert.«

Dummes Huhn, schalt sie sich im Geheimen. Warum war sie so leichtsinnig gewesen, mit ihm zu gehen? Unauffällig versuchte sie, über ihre Schulter zu schielen, ob ein vertrautes Gesicht in der Nähe war.

»Ich warte!« Er schüttelte sie und ein erschrockener Aufschrei entwich ihr.

»Beruhigt Euch! Meine Cousine, ... es war meine Cousine, die mir davon erzählt hat. Seid Ihr nun zufrieden?« Sie entzog sich mühelos seinem Griff, da er keine Anstalten machte, sie länger festzuhalten.

*

»Eure Cou... Gillian?« Fassungslos starrte Kieran sie an; Ihr zaghaftes Nicken registrierte er kaum. Warum sollte ausgerechnet Gillian einen solchen Schwachsinn über ihn verbreiten? Mit gekrauster Stirn blickte er nachdenklich auf Dinah herunter und bemerkte, dass sie zitterte. »Ich wollte Euch keine Angst machen, verzeiht«, sagte er so sanft wie möglich.

Er wusste nicht, ob ihre Worte der Wahrheit entsprachen, aber es ergab Sinn. Wenn er sich nicht irrte, musste Gillian mit ihrem Vater etwa zu der Zeit zu Gast auf Dòrnaidh Castle gewesen sein. Brian und sein Vater hatten einige Vorfälle von Wilderei im Grenzgebiet zu klären. Sie könnte also von Adelines

Schicksal was aufgeschnappt haben, schließlich befand sich das Mädchen während ihrer Genesung einige Wochen in der Burg. Das erklärte aber längst nicht, warum Gillian ihn als den Übeltäter hinstellte. Er musste die Frau zur Rede stellen; gleich nachdem er zurück auf Dòrnaidh Castle wäre, würde er Brian MacMurrays Anwesen aufsuchen.

Sie umrundeten den Brunnen in der Mitte des Burghofes und hielten auf den Eingang der Burg zu.

»Dinah ...« Er hielt sie zurück, als sie eintraten und sie kein weiteres Wort gesagt hatte. »Wir werden bald vermählt sein, daran geht kein Weg vorbei. Wir sollten lernen, einander zu vertrauen.«

Mit großen Augen sah sie ihn an, als suche sie in seinem Gesicht nach einem Ausweg.

»Ihr verlangt viel«, sagte sie schließlich und senkte den Blick.

»Mag sein, aber ich verlange von Euch nicht mehr als von mir selbst. Ihr könntet mit Eurem Kindheitsfreund Shawn Dunbar abgesprochen haben, Männer meines Clans der Entführung zu bezichtigen, oder sie sogar eingefädelt haben, in der Hoffnung, auf diese Weise einer Ehe mit mir zu entgehen.«

Entsetzt riss sie den Mund auf. »So ein hinterhältiger Plan würde mir niemals in den Sinn kommen. Mir ist bewusst, dass eine erfundene Behauptung Folgen nach sich gezogen hätte und womöglich Unschuldige darunter leiden würden. So weit würde ich niemals gehen, doch ich habe die Wahrheit gesagt.«

»Ich habe nichts Derartiges behauptet. Ich sage nur, was gewesen sein könnte. So wie Ihr glaubt, ich hätte Eure Entführung geplant, mit dem Ziel, dass mein

Vater und Euer Bruder die Ehevereinbarung verwerfen. Seht Ihr, was ich meine?«

Er beobachtete, wie sie ihre Unterlippe mit den Zähnen malträtierte. Sie war ein kluges Köpfchen, das hatte er längst erkannt. So konnte er sicher sein, dass sie die Problematik erkannte und verstand.

»Und ... und was ist mit Euren zahlreichen ... ähm, Liebschaften auf Dòrnaidh Castle? Es heißt, dass Ihr die Finger von keinem Rock lassen könnt und von der Küchenmagd bis hin zur ...«

»Hat das ebenfalls Gillian behauptet?«, unterbrach er sie.

Dinah nickte verlegen und vermied es, zu ihm aufzusehen.

Er biss die Zähne zusammen und unterdrückte ein Knurren. Wenn er Gillian in die Finger bekäme, konnte sie sich auf was gefasst machen. »Dinah, ich kann nicht behaupten, dass ich in Liebesangelegenheiten unerfahren bin, aber aus Prinzip vergnüge ich mich mit keiner Frau, die auf Dòrnaidh Castle zu Hause ist. Ganz gleich, wie hübsch sie sein mag, denn auf die zwangsläufig folgenden Probleme kann ich gern verzichten.«

Ihre Röte hatte sich vertieft, das konnte er erkennen, obwohl das Licht der Fackel diesen Teil des Einganges nur mäßig erhellte. Sie war süß und erwärmte wider Erwarten sein Herz, wie sie voller Unschuld errötete. Ehe er sich's versah, war er näher an sie herangetreten, getrieben von dem plötzlichen Verlangen, sie in den Armen zu halten. Er fasste ihr Kinn, hob sanft ihren Kopf, damit er ihr in die Augen sehen konnte. Sie wehrte sich nicht, auch nicht, als er zart mit dem

Daumen über ihre Wange strich. So richtig wurde er aus ihr nicht schlau. Einerseits beschuldigte sie ihn der übelsten Taten und zeigte ihm offen die kalte Schulter und dann gab es wieder Momente wie diesen, in denen sie ihn ansah, als sei er die Offenbarung all ihrer Träume. Sein Augenmerk fiel auf ihren Mund, wohlgeschwungene Lippen, deren Unterlippe von ihren Zähnen noch geschwollen war. Bevor er wusste, was er tat, senkte er seinen Mund auf ihren. Er spürte, wie ein Zucken durch ihren Körper schoss und schlang vorsichtig die Arme um sie, während er federleicht ihre Lippen neckte und ihren Geschmack genoss.

Zu Anfang schien sie erstarrt und begann erst allmählich, seine Liebkosung zaghaft zu erwidern. Ein Glücksgefühl durchströmte ihn und er wagte es, den Kuss zu vertiefen. Sie gab sich hin, lehnte sich gegen ihn und er schloss die Arme fester um ihren schlanken Körper.

Stimmen, die von der Halle her zu ihnen drangen, beendeten das Vergnügen abrupt. Schockiert starrte sie ihn an, bevor sie sich mit beiden Händen gegen seine Brust stemmte und ihn von sich stieß. Er versuchte nicht, sie davon abzuhalten, das wäre falsch.

Mit gemischten Gefühlen schaute er ihr hinterher, wie sie mit gerafften Röcken vor ihm floh.

*

Keuchend erreichte sie die Kammer, die ihr auf Cairidh Castle vom Laird zur Verfügung gestellt worden war. Erst nachdem sie von innen den Riegel vorgeschoben hatte, gestattete sie sich, durchzuatmen. Was war das gerade eben gewesen?

Er hatte sie geküsst, und sie hatte es zugelassen. Mit zittrigen Fingern befühlte sie ihre Lippen und schloss mit einem Seufzen die Augen. Der Kuss hatte sich verdammt gut angefühlt, aber sie durfte sich nicht von ihm einwickeln lassen. Es gab zu vieles zwischen ihnen zu klären, auch wenn ihre persönlichen Differenzen für niemanden von Belang waren.

Ernüchtert wurde ihr bewusst, dass eine Allianz zwischen ihren Clans mehr denn je an Bedeutung gewonnen hatte, um das einstige Band zu stärken, das durch Misstrauen und Fehlverhalten einen starken Riss erlitten hatte.

Kraftlos ließ sie sich auf das Bett fallen und starrte zur balkendurchzogenen Decke empor. Wenn sie Kieran doch nur glauben und vertrauen könnte. Bislang hatte er auf alles eine Antwort parat, aber das musste nichts heißen. Er könnte sich bereits im Vorfeld für alle prekären Situationen die passenden Antworten zurechtgelegt haben. Wenigstens würde es am folgenden Morgen heim nach Morvich Castle gehen und sie musste Laird MacQuarie hoffentlich niemals wieder im Leben begegnen, eine Sorge weniger.

Dinah schlüpfte wieder in ihr eigenes rehbraunes Reitkleid, in dem sie leichtsinnigerweise mit Shawn zu einem späten Ausritt aufgebrochen war. Die gute Myra hatte es reinigen und von meisterlicher Hand ausbessern lassen.

Die Männer saßen bereits an der Tafel, als sie die Große Halle betrat, nur Colin MacRay fehlte. Er und seine Männer waren schon am Vorabend aufgebrochen, wie sie erfuhr. Schließlich war ihr Heimweg nicht ganz so weit wie der ihrige.

Laird MacQuaries Blick folgte ihr mit mürrischer Miene, als sie an ihm vorbei zu dem freien Sitzplatz neben ihrem Bruder schritt. Dinah verspürte keinen Hunger, zwang sich aber, etwas zu sich zu nehmen, immerhin lag ein langer Ritt vor ihnen.

»Geht es dir heute besser?« Myles sah sie prüfend an.

»Ja, danke«, erwiderte sie lapidar und widmete sich dem frischen Brot vor ihr. Sie bemühte sich, weder in Kierans noch in Laird MacQuaries Richtung zu sehen. Wenn es nach ihr gegangen wäre, wäre sie dem Laird die verbliebene Zeit aus dem Weg gegangen, aber ihre guten Manieren verlangten, dass sie sich vor ihrem Aufbruch höflich für seine Hilfe und Gastfreundschaft bedankte.

»Ich hatte mir einen anderen Ausgang Eures Aufenthaltes gewünscht«, gestand er unverblümt, als sie auf den Burghof hinaustraten, wo die gesattelten Pferde bereitstanden.

»Ich weiß«, antwortete sie kühl und schaffte es nicht, ihn anzusehen. Aus dem Augenwinkel bemerkte sie, dass Kieran sie beobachtete, während er an den Zügeln seines Wallachs hantierte.

»Ihr hättet mir sagen können, dass Ihr bereits versprochen seid«, entgegnete er ebenso kühl.

»Ich hielt das nicht für notwendig, schließlich habe ich nichts von Eurem absurden und hinterlistigen Plan ahnen können.« Für sie war das Gespräch damit beendet, doch er hielt sie davon ab, ihn stehenzulassen. Erschrocken sah sie auf seine Hand, die ihren Oberarm umklammerte.

»Es war nicht mein Plan, Täubchen. Man hat mich genauso hereingelegt wie Euch.« Überrascht schaute sie zu ihm auf. Sie brauchte einige Sekunden, um ihre Gedanken zu sortieren, doch dann kam die Erkenntnis.

»Ihr wart jener Laird, auf den meine Entführer gewartet haben.«

»Aye! Doch die Schlappschwänze haben es mit der Angst zu tun bekommen und sich aus dem Staub gemacht, und Ihr konntet Euch befreien, bevor ich den edlen Retter spielen konnte, wie es vereinbart war.«

Dinah schluckte fassungslos und konnte ihn nur mit aufgerissenen Augen anstarren.

»Aber ich bin nicht derjenige, der Eure Entführung geplant und durchgeführt hat. Ihr seid ein hübsches Ding und habt mehr als sinnlosen Weiberkram im Kopf, daher gebe ich Euch einen wohlgemeinten Rat: Haltet Augen und Ohren offen und sucht in Euren eigenen Reihen!« Er ließ sie so abrupt los, dass sie in Straucheln geriet; nur der kräftige und muskulöse Körper Kierans konnte ihren Sturz bremsen.

»Was geht hier vor?«, fragte er sogleich und sein wachsamer Blick schwang zwischen ihr und dem Laird hin und her.

Dinah suchte mit den Augen den überfüllten Burghof nach ihrem Bruder ab und entdeckte ihn schließlich neben Laird MacTavish. Sie schienen sich zu unterhalten und Myles stand mit dem Rücken zu ihr; er konnte den Vorfall also nicht gesehen haben.

Ein wenig enttäuscht sah sie zu Boden.

Laird MacQuarie hob abwehrend beide Hände. »Kein Grund zur Beunruhigung, ich habe mich nur von meinem Gast verabschiedet«, er wandte sich an sie, »nicht wahr, mein Täubchen?«

»Aye, genau so war es«, konnte Dinah nur stammeln.

Kieran nickte wenig überzeugt, schien aber ihr stummes Flehen zu verstehen und führte sie von dem Laird fort. »Hat er Euch bedroht?«

Ihre Antwort bestand aus einem Kopfschütteln. Sie war viel zu verwirrt von den Worten des Lairds. Ihre Beine fühlten sich an, als wollten sie ihrem Körper nicht gehorchen und ihr Herz pochte so schnell, als sei sie gerannt. Sie war die ganze Zeit Opfer eines Komplotts gewesen und Laird MacQuarie war ein Teil dessen. Zitternd stieß sie die Luft aus, sie waren an ihrem Pferd angekommen.

»Aber etwas muss er zu Euch gesagt haben, das Euch so verstört hat«, hakte Kieran nach.

Er stand recht nah vor ihr und die Stute verdeckte sie vor den Blicken ihres Bruders und den Männern ihres Clans. Kieran war ein aufmerksamer Beobachter und deutlich gewillt, sie zu beschützen, etwas, das sie gegen ihren Willen an ihm bewunderte.

»Ich will nur fort von hier«, entwich es ihr kummervoll. Im Nachhinein konnte sie nicht mehr sagen, ob sie sich gegen ihn gelehnt oder er sie in die Arme gezogen hatte. Plötzlich lag sie an seiner Brust und wurde von ihm gehalten. Eine Hand strich sanft über ihren Rücken. Sie spürte seinen Herzschlag und die Wärme seiner Haut selbst durch die Kleidung hindurch und sie musste sich eingestehen, dass es etwas Tröstliches hatte.

Der Ruf ihres Bruders ließ sie auseinanderfahren. Augenblicke später zeigte er sich an der Kopfseite ihrer Stute. »Da bist du ja. Können wir?«

»Natürlich!« Als sei es selbstverständlich, war es Kieran, der ihr in den Sattel half.

Dinah schaute nicht zurück, als sie durch das Burgtor und über die Zugbrücke ritten. Mit jedem Hufschlag, der sie weiter von Cairidh Castle entfernte, fiel ein wenig von ihrer Anspannung ab. Das Einzige, was sie in Erinnerung behalten würde, waren die drei Mädchen, die sie wirklich ins Herz geschlossen hatte.

Myles ritt an ihrer Seite und zeigte sich erleichtert, dass der ganze Spuk, wie er es nannte, vorbei sei, und versicherte ihr, sie müsse sich keine Sorgen machen, sie würden herausbekommen, wer für den Schlamassel verantwortlich sei.

Seltsamerweise fühlte sie wenig Trost durch seine Worte, daher schwieg sie und quittierte seine Rede lediglich mit einem zaghaften Lächeln. Sie folgte seinem Blick, der sich nachdenklich auf Kierans Rücken heftete.

»Glaubst du, er steckt dahinter?«

»Kieran?« Myles überlegte einen Moment. »Kann ich mir eigentlich nicht vorstellen, welchen Grund sollte er haben?«

Seine Reaktion enttäuschte sie, doch sein Zögern war ihr nicht entgangen, aufmerksam musterte sie ihren Bruder.

»Dann ändert sich nichts an dem Arrangement, das du mit Laird MacTavish getroffen hast?«, wagte sie vorsichtig zu fragen.

»Natürlich nicht! Ich habe Laird MacTavish mein Wort gegeben.«

»Natürlich!«

»Dinah, der Laird ist ein vertrauenswürdiger Mann. Ich weiß, du machst dir Sorgen, weil diese Schurken, die dir das angetan haben, zum Clan MacTavish gehörten, aber er hat mir versichert, den Vorfall genauestens zu untersuchen. Wenn einer seiner Clanmänner darin verwickelt ist, wird er das herausfinden. Umso wichtiger ist es, sich nicht einschüchtern zu lassen und diese Allianz unserer Clans wie geplant durchzuführen.«

»Du meinst, mich mit Kieran MacTavish zu verehelichen, warum sprichst du es nicht klar und deutlich aus?«, fuhr sie ihn an. Die nüchterne Art, wie er mit der Sache umging, ärgerte sie.

»Herrje, Dinah, warum so kleinlich? Wäre dir Laird MacQuarie etwa lieber gewesen? Du solltest dankbar sein, dass es uns gelungen ist, ihn zu überzeugen, dich gehen zu lassen.«

»Und was ist mit Colin MacRay oder diesem Big Con?« Dinah schnaubte und fühlte sich so unverstanden wie nie zuvor in ihrem Leben.

»Damit werde ich mich befassen, sobald du sicher auf Morvich Castle bist. Und sei dir gewiss, es wird keine Ausritte mehr geben, solange die Angelegenheit nicht aufgeklärt ist. Haben wir uns da verstanden?«

»Sicher doch, mein Gebieter«, zischte sie in überzogenem Tonfall und spornte ihr Pferd zu einem schnelleren Ritt an.

Die Landschaft wurde übersichtlicher und allgemein wurde ein schnelleres Tempo angeschlagen, was eine weitere Unterhaltung unmöglich machte. Ihr war das ganz recht. Erst etliche Meilen später, sie befanden sich inmitten von MacRays Ländereien, wurde eine Rast eingelegt, um den Tieren eine Verschnaufpause zu gönnen und sie am nahen Bachlauf zu tränken.

Kieran tauchte neben ihr auf, als sie ins Lager zurückkehrte, nachdem sie sich hinter einem Busch erleichtert hatte.

Er trug ein schelmisches Grinsen im Gesicht. »Myles meint, Ihr seid ein wenig ungehalten und übellaunig. Wie muss ich mir das vorstellen?«

Dinah rollte mit den Augen und schaute in Richtung ihres Bruders, der mit dem Rücken zu ihr stand und sich mit zwei Clanmännern unterhielt. »Mein Bruder kann manchmal ein Hornochse sein, wenn Ihr versteht.«

»O ja.« Kieran lachte. »Ich habe auch einen Bruder.«

Sein Lachen wirkte ansteckend und ihr entfleuchte ebenfalls ein Lachen. Es machte den Mann noch eine Spur attraktiver, wenn er guter Laune war, stellte sie nebenher fest. Innerlich rief sie sich zur Ordnung und wandte, zu ihrer eigenen Sicherheit, den Blick rasch ab.

Schweigend gingen sie am Rande ihres Rastplatzes nebeneinander her. Bald würde er ihr Ehemann sein, das hatte Myles ihr wiederholt verdeutlicht. Bei der Vorstellung wurde ihr gleichzeitig heiß und kalt und sie konnte dieses Chaos an Gefühlen nicht einordnen. Sie war machtlos gegen die Wirkung, die er auf sie ausübte. Der Kuss, der sich in ihre Erinnerung drängte, machte das Ganze noch verwirrender. Zudem spürte Dinah, dass er sie verstohlen musterte, was ihre Nervosität steigerte. Warum reagierte sie so in seiner Gegenwart? Sie musste sich ablenken, schnell, bevor ihr eine peinliche Röte ins Gesicht schoss, oder sie aus Unachtsamkeit auf dem unebenen Boden zu Fall käme und sich lächerlich machte.

»Ihr habt mich gefragt, was Laird MacQuarie Verstörendes zu mir gesagt hat«, begann sie daher zögerlich. Sie musste ihn nicht ansehen, um zu wissen, dass sie seine volle Aufmerksamkeit besaß. »Nun, er hat zugegeben, dass mein Aufenthalt auf seiner Burg Teil irgendeines Plans war. Nur dass er derjenige hätte sein sollen, der mich findet und von meinen Fesseln befreit, um mich anschließend als Belohnung einzufordern.« Den letzten Teil seiner Worte verschwieg sie wohlweislich.

»Was?« Kieran stoppte und zwang sie somit, ebenfalls stehen zu bleiben. »Warum habt Ihr das nicht gleich gesagt?«

»Wann hätte ich das bitte tun sollen? Wir sind unmittelbar danach losgeritten.« Endlich konnte sie ihn ansehen, ohne befürchten zu müssen, etwas von ihrem Inneren preiszugeben.

»Ich hatte Euch zweimal gefragt, was MacQuarie von Euch gewollt hat.« Zu ihrem Erstaunen wirkte er weniger überrascht, als sie erwartet hätte.

»Mein Bruder verheimlicht mir etwas, und ich habe das Gefühl, Ihr alle tut das. Was macht es da schon, wenn ich nicht sofort aufschreie, sobald *mir* etwas zu Ohren kommt?«

Aufmerksam betrachtete Kieran sie und musste ein Grinsen unterdrücken, als er ihren Schmollmund bemerkte, den ihre trotzige Haltung hervorbrachte.

»Aye, wir beide haben das gleiche Ziel, herauszufinden, wer die Männer sind, die Euch entführt haben. Da kann hinter einer unwichtig erscheinenden Kleinigkeit oder einer achtlos geäußerten Bemerkung eine große Bedeutung stecken. Bedenkt das.«

Sie studierte sein Gesicht, sagte aber nichts. Schweigend setzten sie daher ihren Weg fort. Er hatte bislang keine Erklärung, wie der Laird des MacQuarie Clans in die Intrige hineingeraten war, aber er hatte einen Verdacht und dem würde er nachgehen. Es war bekannt, dass der Laird eine Gemahlin und eine Mutter für seine drei Töchter brauchte. Eine Frau, die jung genug war, um ihm den erhofften Erben zu gebären, der ihm nach seinem Ableben als Laird des MacQuarie Clans folgte.

War Laird Colin MacRay derjenige, der dem Mann diese Frau beschaffen wollte, ohne selbst in Erscheinung zu treten? MacRay und MacQuarie waren keine Freunde, das war kein Geheimnis, brächte für MacRay aber sicherlich Vorteile, wenn man die daraus resultierenden verwandtschaftlichen Bande in Betracht zog. MacRays Schwester war mit Myles MacMurray verheiratet, und wenn wiederum Myles' Schwester die Gemahlin von MacQuarie wurde, konnte MacRay diese Verbindung bestimmt in irgendeine Weise für seine Zwecke nutzen.

Dass sein Vater sich des gleichen Prinzips bemächtigte und die arrangierte Ehe mit Dinah sie durch den MacMurray Clan auch mit den MacRays verband, darüber mochte er derzeit nicht nachdenken. Der einzige Unterschied bestand darin, dass Kierans Verbindung mit Dinah für MacRay keine Profite versprach.

Sein Vater hielt dieses Szenario durchaus für möglich. Kieran war weniger überzeugt, ihm dünkte ein ganz anderer Ablauf der Ereignisse, aber das wollte er vorerst für sich behalten, bis er nähere Informationen besaß.

»Ich habe das Gefühl, Myles ist der Auffassung, alles würde von allein wieder gut werden, nachdem wir beide miteinander vermählt wären«, sagte sie neben ihm und wirkte niedergeschlagen.

»Myles hat sich große Sorgen um Euch gemacht, als er von Eurer Entführung erfahren hat«, versuchte er zu trösten. »Und er weiß, dass ich gut auf Euch achtgeben und Euch beschützen werde, wenn Ihr erst mein Weib seid.«

»Aber Ihr wollt mich nicht zur Frau!«

Jetzt bloß nichts Falsches sagen, mahnte er sich selbst und ließ bedächtig seine Atemluft entweichen.

»Es ging um die Sache an sich, Dinah. Kein Mann ist hocherfreut, wenn er plötzlich gesagt bekommt, wen er zu ehelichen hat. Ich dachte zuerst, dass ich noch Zeit hätte, bevor ich mich binde, und zweitens, dass ich die Möglichkeit bekäme, meine Braut selbst zu wählen. Dass dem nun anders sein sollte, war zuerst ein harter Schlag.« Er wusste, dass sie seine Worte genauestens abwog, und schenkte ihr ein selbstbewusstes Lächeln, immerhin war es die Wahrheit.

»Zuerst? Soll das heißen, dass Ihr inzwischen anders darüber denkt?« Schwang da etwa Hoffnung in ihrer Frage mit?

»Die Allianz ist beschlossen, daran ist nichts mehr zu ändern; besser, wir stellen uns beide auf die Situation ein, anstatt sie zu bekämpfen, findet Ihr nicht auch?« Als Antwort erhielt er ein lautes Schnauben.

»Ich für meine Person habe mich mit dem Gedanken angefreundet und nachdem ich Euch ein wenig besser kennengelernt habe«, fuhr er fort, »muss ich zugeben, freue ich mich darauf, Euch bald meine Gemahlin nennen zu dürfen. Ihr seid mutig und klug, besitzt eine rasche Auffassungsgabe, neigt nicht zur Hysterie und seid obendrein ausgesprochen hübsch. Was kann ein Mann sich mehr wünschen?«

Zu seiner Verwunderung starrte sie ihn fassungslos an und fragte ihn, die Hände in die schmalen Hüften gestemmt, ob das alles sei? Er verstand nicht, warum sie verärgert schien, er hatte ihr gerade ein Kompliment gemacht. Kieran erinnerte sich an die Sprüche einiger verheirateter Clanmänner, dass Frauen seltsame Geschöpfe seien, deren Logik für einen Mann manchmal nicht nachvollziehbar sei. Das musste es sein, also ersparte er es sich, näher über ihre Reaktion nachzudenken.

»Wir sollten zu den anderen zurückkehren«, sagte sie kühl.

»Aye!« Er hatte ohnehin bemerkt, dass Myles sie seit einer Weile beobachtete. »Eines noch«, hielt er sie zurück, als sie auf ihren Bruder zusteuern wollte. »Während Eures weiteren Rittes führt Euch bitte die letzten zwei Wochen vor Eurer Entführung genau vor

Augen. Mit wem habt Ihr gesprochen, waren Fremde in Eurer Burg, gab es Streit oder Unstimmigkeiten oder erschien Euch irgendetwas seltsam, das Ihr bisher nicht bedacht habt.«

»Was soll das? Wollt Ihr andeuten, dass Männer meines Clans mir das angetan haben? Niemals! Das würden sie nicht wagen, außerdem hätten sie keinen Grund.«

Kieran unterdrückte ein Stöhnen, er hatte keine Lust zu diskutieren. »Aber jemand sah einen Grund und hat es getan! Also macht einfach, worum ich Euch gebeten habe.«

Sie warf beide Arme in die Luft und funkelte ihn an. »Denkt Ihr, ich bin nicht schon hunderte Male alle möglichen Begebenheiten durchgegangen? Da war rein gar nichts Ungewöhnliches, nur meine Cousine war überraschend auf einen Besuch vorbeigekommen, aber sie ...«

»Gillian?«

»Gillian MacMurray, ja, wer sonst? Im Übrigen ist sie meine einzige Cousine!«

Myles marschierte in ausladenden Schritten den sanften Abhang hinunter auf sie zu, daher ersparte er sich einen Kommentar. Er hatte, was er wissen wollte. Diese kleine Hexe hatte ihm einiges zu erklären. Er überließ Dinah ihrem Bruder und entfernte sich.

Gillians Reaktion, nachdem sie erfahren hatte, dass er mit Dinah vermählt werden sollte, war ihm lebhaft in Erinnerung, hatte doch sie selbst auf diese Position gehofft, aber das stand für ihn niemals zur Debatte. Er stieß ein fassungsloses Schnauben aus. Wie oft war sie um ihn herumscharwenzelt in dem Bemühen, ihn zu verführen. Sie war attraktiv und reizvoll, aber sie war die Tochter seines Nachbarn Brian MacMurray und keine Magd oder Bauernmädchen, mit dem man sich gefahrlos vergnügen konnte. Er dachte, er hätte ihr seinen Standpunkt klar verdeutlicht, doch anscheinend hatte er in dieser Hinsicht versagt.

Gillian fühlte sich offensichtlich zurückgewiesen, was lachhaft war. Verständnislos schüttelte er den Kopf, während er abseits der anderen auf einem großen Findling Platz nahm und seine Gedanken kreisen ließ.

Diese Schlange hatte gezielt ihr Gift versprüht, um ihn vor Dinah schlecht dastehen zu lassen. Kein Wunder, dass Dinah ihn für ein gefühlloses Monster hielt. Er war damals zu verärgert über die Eröffnung seines Vaters gewesen, sodass er die Warnzeichen nicht erkannt hatte. Im Gegenteil, er hatte gegenüber Gillian sogar seinen Frust beteuert und sich in ihren beipflichtenden und mitfühlenden Worten geaalt. Er fluchte lautlos und fuhr sich durch die Haare. Ihre Beweggründe konnte er trotz allem nicht nachvollziehen, sie konnte nicht wirklich glauben, dass er sich ihr zuwenden würde, wenn sie seine Braut nur genügend gegen ihn aufbrachte. Das war absurd! Nichtsdestoweniger, die vermeintliche Rivalin mit erlogenen Geschichten zu verschrecken oder deren Entführung zu planen, waren zwei vollkommen verschiedene Dinge. Er kannte Gillian seit vielen Jahren. Sie lebte bei ihrem Vater, abgeschieden von Morvich Castle, auf einem externen MacMurray Anwesen, welches Dòrnaidh Castle näher war als die Burg der Familie. Brian hatte sich aufrichtig über die anstehende Vermählung ge-

174

freut und nur wohlwollende Worte für diese Verbindung gefunden. Es dürfte ihn schockieren, von den Machenschaften seiner Tochter zu hören.

Kieran befand sich in einer Stimmung, dieser Frau den Hals umzudrehen. Hasste sie ihre Cousine so sehr, dass sie auch bei deren Verschleppung ihre Finger im Spiel hatte? Offen gestanden, hielt er Gillian nicht für klug genug, einen solchen Plan durchzuführen, was aber nicht bedeuten musste, dass sie in dem Punkt unschuldig war. Wer konnte ihr geholfen haben? Die Schurken trugen den *Tartan* seines Clans, gab es doch Verräter unter den MacTavishs?

Gillian war oft auf Dòrnaidh Castle zu Gast gewesen und die Männer seines Clans waren schließlich nicht blind. Ihre Schönheit konnte durchaus dem einen oder anderen Clanmann den Kopf verdreht haben. Aber waren diese Männer sich auch der Konsequenzen ihres Handelns bewusst und was konnte Gillian ihnen angeboten haben, dass sie zu Verrätern wurden? Er versuchte klar und logisch zu denken, doch egal, welche Variante er gedanklich durchspielte, immer passte irgendetwas nicht zusammen.

Doch solange sie unterwegs waren, konnte er nichts ausrichten und musste sich in Geduld üben, was nicht zu seinen Stärken zählte. Unvermeidlich war es jetzt geworden, seinem Vater von der Befürchtung zu unterrichten und das schmeckte ihm gar nicht.

*

»Was wollte Kieran von dir?«, fragte Myles, als Dinah ihn erreicht hatte. »In letzter Zeit treibt er sich auffallend oft in deiner Nähe herum.«

»Entspricht das etwa nicht deinem Wunsch?« Herausfordernd sah sie ihren Bruder an, der über ihre Schulter die besagte Person im Blick behielt. »Immerhin werden wir bald miteinander vermählt werden.«

»Aye!« Er wandte abrupt den Blick ab. »Als ich Laird MacTavish mein Wort gab, wusste ich noch nicht, welchen Ärger ich mir damit einhandele.«

»Was meinst du damit?« Dinah hielt ihn auf, als er sich ohne eine Erklärung entfernen wollte.

»Das weißt du doch am besten, oder stimmt es etwa nicht, dass du deine Entführer an ihrem *Tartan* als MacTavish Clanleute erkannt hast?«

»Ja, schon, aber ...«

»Was aber?«

Verständnislos versuchte sie an seinem Gesicht abzulesen, was in ihn gefahren war. »Ich dachte, Kieran ist dein Freund. Verdächtigst du ihn jetzt etwa?«

»Tust du das nicht?« Sein Ton war kühl und abweisend. »Dann frage ich mich allerdings, warum du dich nicht von ihm nach Morvich Castle hast begleiten lassen, anstatt MacQuaries süßen Worten zu folgen.«

Dinah stieß einen wütenden Laut aus, natürlich konnte sie ihm ihr Gefühlsdilemma nicht erklären, wie auch? Selbst wenn sie es versuchen würde, würde er es höchstwahrscheinlich nicht verstehen, er war ein Mann.

»Was glaubst du, wie ich vor Laird MacQuarie dastand? Du hast mich in eine üble Lage gebracht. Im Grunde hast du es Laird MacTavish zu verdanken, nur durch sein gekonntes Verhandlungsgeschick hat MacQuarie dich letztendlich freigegeben. Wie konn-

176

test du so leichtgläubig sein? Du hast dich tagelang allein in seiner Burg aufgehalten. Verdammt Dinah, ist dir nie der Gedanke gekommen, welchen Eindruck du erweckt hast? Und Kieran hat auch noch zugelassen, dass du mit ihm gehst.«

»Ach, daher weht also der Wind. Bist du deshalb so verstimmt?« Dinah stampfte auf und schnaubte vor Empörung. Gereizt strich sie sich dabei stetig eine Haarsträhne aus dem Gesicht, die der Wind ihr immer wieder vor die Nase blies.

»Wenn MacQuarie behauptet hätte, du hättest in dieser Zeit das Bett mit ihm geteilt, was dann? Dann würdest du jetzt deiner Hochzeit mit dem Laird entgegensehen. Und ich hätte dem MacTavish Clan gleich den Fehdehandschuh vor die Füße werfen können.«

»Hältst du mich wirklich für so dumm? Ich hätte mich niemals mit dem Laird eingelassen!« Seine Worte kränkten sie, aber wenigstens wusste sie jetzt, warum Myles die ganze Zeit so verschlossen und abweisend reagiert hatte.

Myles fuhr sich mit den Fingern durchs Haar und wandte den Blick ab. »Eigentlich kannst du froh sein, dass Kieran dich nach diesen haarsträubenden Gerüchten noch als Gemahlin akzeptiert.« Er schaute zu den beiden Männern hinüber, die in einer intensiven Diskussion vertieft schienen. »Hat er bestimmte Andeutungen geäußert?«

Dinah folgte seinem Blick. Hätte Kieran sie geküsst, wenn er geglaubt hätte, dass sie sich auf diese gewisse Weise vom Laird hatte berühren lassen?

»Er war bloß freundlich, nichts weiter«, antwortete

sie steif, während ihr plötzlich zum Heulen zumute war.

»Nun gut. Er beugt sich auch nur dem Willen seines Vaters und dem ist viel daran gelegen, von meiner Verbindung mit Colin zu profitieren.«

Obwohl Dinah wusste, dass ihr Bruder die Wahrheit sprach, versetzten ihr die Worte einen Stich. Was war nur los mit ihr?

»So wie du Vaters Willen gefolgt bist und Carmen geheiratet hast?« Diese Spitze war heraus, bevor sie sie zurückhalten konnte.

»Das ist nicht dasselbe!« Sein Gesichtsausdruck verhärtete sich augenblicklich und mit einem gemurmelten Fluch wirbelte er herum und stapfte davon.

Für einen Moment war sie versucht, ihm nachzulaufen und sich zu entschuldigen, doch sie ließ es bleiben. Mit einer Frau wie Carmen gestraft zu sein, bedeutete für ihn die Hölle, das wusste sie nur zu gut.

Dinah seufzte schwer und ihr Blick wanderte zurück zu Laird MacTavish und seinem Sohn. Ihr Schicksal war besiegelt, aber sie war nicht wie Carmen. Es war nicht ihre Entscheidung gewesen, aber sie würde ihre Bestimmung annehmen und sich bemühen, Kieran eine gute Ehefrau zu sein und zu tun, was von ihr erwartet wurde. Vielleicht konnten sie auf diese Weise einen freundschaftlichen Umgang mit gegenseitigem Respekt erreichen, auch wenn es hieß, dass sie über viele seiner Verfehlungen hinwegsehen müsste. Aber könnte sie das? Zu sehen, wie die Leute in der Burg hinter ihrem Rücken tuschelten, weil sie im Gegensatz zu ihr wussten, in wessen Bett er sich wärmen ließ?

Womöglich sollte sie von vornherein gewisse Regeln für ihr gemeinsames Leben aufstellen, wie beispielsweise eine, die klar festlegte, dass er keine Liebschaften innerhalb seiner Burg Dòrnaidh Castle pflegen durfte. Würde er sich an eine solche Bedingung halten oder sie auslachen? Und genügte ihr ein solches Zugeständnis oder fragte sie sich jedes Mal, wenn er die Burg verließ, ob er nicht doch zu irgendeinem willigen Frauenzimmer ritt? Resigniert stellte sie fest, dass es niemanden gab, den sie um Rat hätte fragen können.

*

»Ich halte es für klüger, Laird MacMurray gegenüber vorerst nichts von deinem Verdacht zu erwähnen, bis wir Genaueres wissen«, erklärte Aodh MacTavish.

»Da bin ich ganz deiner Meinung, Vater.«

Beide beobachteten sie den jungen Laird, der nach wie vor einen recht reizbaren Eindruck machte.

»Er wird seine Zeit brauchen, bis er die Fußstapfen seines Vaters ausfüllen kann, aber er ist ein aufrichtiger Mann und wird seinen Weg finden. Die Entführung Dinahs und die daraus entstandenen Konflikte sind wie eine Prüfung, aus der er lernen kann, sich als Kopf seines Clans zu behaupten.«

Kieran nickte zustimmend, während er die Hand seines Erzeugers auf der Schulter spürte.

Nachdem Kieran neben Myles und dessen Clanmännern von Morvich Castle aus zu MacQuaries Burg Cairidh Castle aufgebrochen war, war es zu vermehrten Übergriffen zwischen MacMurrays und den vor der Burg postierten MacTavishs gekommen, wie der vor einer Stunde eingetroffene Bote berichtete.

Carrick, ein enger Vertrauter von Kierans Vater, hatte daraufhin die taktisch richtige Entscheidung getroffen und den Rückzug der Männer angeordnet, ohne auf die Rückkehr ihres Lairds oder seines Sohnes zu warten.

»Ich bin erleichtert, dass Myles uns überhaupt in seiner Nähe geduldet hat«, sagte Kieran nachdenklich. »Das ist vermutlich nur auf unserer langjährigen Freundschaft zurückzuführen, und doch spüre ich ein gewisses Misstrauen in seinem Verhalten.«

»Sollte Brians Tochter mit der Sache zu tun haben, wird das harte Konsequenzen haben. Finde heraus, wie viel sie weiß, und bring sie dazu, die Namen ihrer Helfer preiszugeben. Du wirst schon Mittel und Wege finden, sie zum Reden zu bringen. Ich bete, dass wir da keine üble Überraschung erleben werden.«

Das hoffte Kieran auch. Es war ihm unangenehm gewesen, Vater von seinem Verdacht zu erzählen, aber es hatte sich nicht länger vermeiden lassen.

»Was ist mit Fionan, er ist bekannt dafür, von keinem Rock die Finger lassen zu können?«

Kieran dachte einen Moment darüber nach, schüttelte dann aber den Kopf. Fionan war für die Pferde verantwortlich und hatte somit Kontakt mit jedem Besucher von Dòrnaidh Castle.

»Er würde sich nicht von einer Frau wie Gillian um den Finger wickeln lassen. Das riecht nach Ärger und Fionan ist nicht dumm. Er weiß, wo sein Platz ist und dass diese Frau eine Nummer zu groß für ihn wäre.«

»Der Verstand ist schwach, wenn er von niederen Instinkten beherrscht wird. Traue niemals einem hübschen Gesicht, es ist kein Beweis für ein reines Herz.« Sein Vater zwinkerte und klopfte ihm mit einem schiefen Grinsen auf die Schulter.

Die Rast war beendet und es ging weiter. Bis zum Einsetzen der Dämmerung wollten sie ihr Nachtlager erreicht haben. Es war zu gefährlich, bei Dunkelheit durchs unwegsames Gelände zu reiten.

Am Vormittag des nächsten Tages erreichten sie Morvich Castle.

Kieran beobachtete, wie sich Dinahs Laune aufhellte, sobald die Mauern der Burg in Sicht kamen. Er konnte es ihr nicht verdenken. Nach einer angemessenen Pause und einer stärkenden Mahlzeit würden sich er, sein Vater und die mitgeführten Clanmänner ebenfalls auf den Heimweg begeben. Auch er freute sich auf sein Zuhause, doch für ihn würde es wenig Zeit geben, sich zu entspannen.

Shawn hatte sich von seinen Verletzungen erholt und versah neben Flynn wieder seine Arbeit in den Stallungen. Kieran winkte ihn beiseite, nachdem er und Dinah endlich ihre freudige Begrüßung erledigt hatten. An Shawns Stelle war ihr Hund Mòlan dran, der wie ein schwarzer Blitz auf sie zugeschossen kam und unverhohlen seine Freude kundtat. Dinah warf sich auf die Knie und umarmte ihren vierbeinigen Freund innig, der außer Rand und Band schien und dabei fiepsende Töne von sich gab. Bewegt beobachtete Kieran die leidenschaftliche Szene und musste wieder einmal feststellen, dass Dinah eine außergewöhnliche und gefühlsbetonte Frau war. Er riss sich von dem Anblick los und wandte sich Shawn zu, der inzwischen neben ihm stand.

Kieran wollte alles über Gillians letzten Besuch auf Morvich Castle erfahren.

Falls Shawn sich über die Frage wunderte, so zeigte er das zumindest nicht. »Meistens begleitet sie ihren Vater, aber beim letzten Mal kam sie allein, Sir. Sie war äußerst schlecht gelaunt und noch kratzbürstiger als sonst.«

Kieran zog überrascht die Augenbrauen hoch, er hatte Gillian stets als freundlich und liebenswert erlebt. »Gab es denn einen Grund für ihr Verhalten?«

Shawn machte eine wegwerfende Handbewegung. »Den braucht sie nicht. Sie hält sich für was Besseres und behandelt die Menschen um sie herum teilweise wie Ungeziefer. Einer Magd soll sie mal ihren Nachttopf an den Kopf geworfen haben, weil die es wagte, ihr zu widersprechen.«

Kierans Augenbrauen wanderten noch eine Spur höher, was Shawn veranlasste, fortzufahren. »Das hat mir Iain erzählt. Iain ist mir mittlerweile ein guter Freund, und wenn er auf Morvich Castle ist, übernachtet er jedes Mal bei uns in der Kammer über dem Stall und wir erzählen einander die neuesten Vorkommnisse. Iain war im Übrigen einer der Männer, die Miss Gillian begleitet haben. Er sagte, sie wäre über irgendetwas sehr erbost gewesen, als sie zum Aufbruch drängte, und unterwegs hätte sie herumgekeift wie ein altes Waschweib.«

Shawn hatte sich selbst nicht verziehen, dass Dinah in seiner Gegenwart verschleppt worden war, somit war es für Kieran ein Leichtes, alles von ihm zu erfahren, was er wissen wollte. Seine weiteren Aussagen deckten sich mit den Angaben, die er von Dinah wusste. Er hatte gehofft, irgendwas Belastendes in Erfahrung zu bringen, wurde aber diesbezüglich enttäuscht. Anscheinend pflegte Gillian mit niemandem einen engeren Kontakt, schon gar nicht mit dem einfachen Gesinde, das offenbar unter ihrer Würde war.

Dem Anschein nach hatte er sich von dieser Frau blenden lassen, er konnte es selbst kaum glauben.

Nach dem Lunch in der Großen Halle machten sich die MacTavishs zum Aufbruch bereit. Dinah war der Tafel ferngeblieben, was er zwar verständlich fand, ihn aber gleichzeitig enttäuschte, denn gern hätte er sich persönlich verabschiedet.

Kein MacMurray hatte sie offen geschnitten, aber es war unverkennbar, dass mehrere unter ihnen sie argwöhnisch beäugten. Nur zwischen einem ihrer Begleiter und einem MacMurray Clanmann war es auf dem Burghof zu einer Rangelei gekommen, die aber rasch von herbeieilenden Clanmännern beendet werden konnte.

Kieran war froh, wieder die heimatliche Burg Dòrnaidh Castle zu betreten, und doch fühlte er sich von einer inneren Unruhe getrieben. Selbst der überschwängliche Empfang seiner Schwestern Ceana und Kayla konnte dieses Gefühl nicht vertreiben.

Er war länger fort gewesen als erwartet. Was ursprünglich als freundschaftlicher Besuch mit der ganzen Familie gedacht war, hatte sich zu einem Desaster entwickelt. Es hatte seine Freundschaft mit Myles auf eine harte Probe gestellt und das harmonische Gleichgewicht zwischen ihren Clans empfindlich getroffen. Eine Eheschließung mit Dinah würde zwar dieses angekratzte Band kitten und durch die Allianz stärken, womit die Unschuld seines Clans aber nicht bewiesen wäre.

Nach einem erzwungenen Schlaf und einer ausgewogenen Mahlzeit gärte in ihm weiterhin der Unmut. Wider Erwarten musste er sich eingestehen, dass sich seine Einstellung zu diesem Ehebündnis gewandelt hatte. Und das nicht nur, weil er wusste, dass es nach diesen Vorfällen keine andere Lösung gab, um den Frieden zu gewährleisten, sondern weil er diese Verbindung *wollte*. Er selbst hätte nicht schockierter über diese Erkenntnis sein können.

Als sein Bruder Caleb ihn zu einem Übungskampf auf dem Trainingsplatz herausforderte, nahm er dankbar an. Er musste auf andere Gedanken kommen.

»Gott im Himmel«, keuchte Caleb, als er besiegt am Boden lag und Kierans Hand ergriff, die ihn auf die Beine zog. »In einem richtigen Kampf möchte ich niemals dein Gegner sein.«

Lachend schlug Kieran seinem Bruder auf den Rücken, als der, die Hände auf die Oberschenkel gestemmt, nach Luft rang. Auch ihm hatte der Kampf einiges abverlangt, was er sich aber nicht anmerken ließ. Caleb war ein beinahe ebenbürtiger Gegner, aber jede Niederlage würde ihn anspornen, noch besser zu werden, was ihm im Ernstfall das Leben retten konnte.

Zum Anwesen des Brian MacMurray war es nicht

sonderlich weit, den Weg war er schon oft geritten, doch dieses Mal ließ er sich von zwei Clanmännern begleiten. Er befürchtete zwar keine Schwierigkeiten, aber immerhin dürften die derzeitigen Spannungen zwischen den MacTavishs und den MacMurrays auch hier bekannt sein. Seine Begleiter hatte er gezielt gewählt und instruiert, sich unauffällig unter dem Gesinde umzuhören. Einer von ihnen war Eachann, von dem er wusste, dass er dort ein Techtelmechtel mit einer Magd am Laufen hatte.

Brian MacMurray besuche derzeit einen der Pächter, teilte ihnen der Stallbursche mit, als sie auf der Burg eintrafen. Kieran äußerte sein Bedauern, obwohl ihm die Abwesenheit von Gillians Vater sehr gelegen kam. Das gab ihm die Möglichkeit, sie ungestört mit seinem Verdacht zu konfrontieren.

Schwungvoll kam Gillian um die Ecke gerauscht, wie immer perfekt gekleidet. »Kieran, wie schön, dich zu sehen. Ich hoffe, du hast nichts Dringliches mit meinem Vater zu klären, ich erwarte ihn nicht vor Einbruch der Dämmerung zurück.« Sie lächelte zuckersüß und kam ihm dabei näher, als nötig war.

Kieran bemühte sich um ein Lächeln und rang sich ein Kompliment zu ihrem Äußeren ab.

Gillian strahlte, während sie sich bei ihm einhakte und ihn zu einem privaten Raum dirigierte. Er ging auf ihre unverfrorenen Spielchen ein, bis die Magd einen Krug Ale, Becher und die Bannocks auf dem Konsolentisch abgestellt und den Raum verlassen hatte. Früher hatte er ihre wie zufällig arrangierten Berührungen genossen und die Situation bis zu seiner persönlichen Grenze ausgereizt, doch nun fühlte er sich lediglich angewidert.

»Wie war euer Besuch auf Morvich Castle?«, fragte Gillian, während sie die Becher füllte.

»Ich glaube, das weißt du sehr wohl«, entgegnete er schroff. Mit stoischer Miene beobachtete er, wie ihr Gesichtsausdruck von überrascht zu schockiert und schließlich zu abfällig wechselte.

»Ach, du meine Güte, hat sich meine Cousine wieder mal danebenbenommen? Was hat sie dieses Mal angestellt? Man sollte meinen, dass sie allmählich reif genug ist und um ihre Stellung im Leben weiß, aber mir scheint, sie ist und bleibt ein ungehobelter Wildfang.« Sie machte einen Schritt auf ihn zu, um ihm den Becher zu reichen. »Aber ich habe dich ja vorgewarnt, mein Lieber. Was gedenkst du nun gegen diesen absurden Ehebund zu unternehmen?«

»Ich habe ja noch dich, liebste Gillian.«

»Untersteh dich, ich werde nicht die Rolle deiner Geliebten einnehmen! Aber als deine Gemahlin werde ich dir treu ergeben sein. Ich verspreche dir, du wirst niemals einen Grund zur Klage haben. In jeder Hinsicht, wenn du verstehst, was ich meine.« Sie zwinkerte ihm aufreizend zu. »Vergiss nicht, ich bin schließlich auch eine MacMurray. Es ist nicht die Schuld meines Vaters, als jüngerer Bruder geboren zu sein und nie Laird des Clans zu werden, zumal mein Onkel mit Myles einen Sohn und Nachfolger in die Welt gesetzt hat.« Sie stand die ganze Zeit über so nah vor ihm, dass ihre Röcke seine Beine streiften.

Er hatte genug von ihrem unsinnigen Geschwätz, flugs sprang er aus dem Sessel und packte sie bei den Oberarmen. Der Becher Ale, der auf dem Tischchen neben ihm stand, kippte durch den Ruck um, und der Inhalt ergoss sich über die Platte und tropfte auf den ausgetretenen Teppich.

Erschrocken kreischte Gillian auf, und dieses Mal war ihre Emotion echt. Mit aufgerissenen Augen starrte sie ihn an, den Mund sprachlos geöffnet.

»Und aus diesem Grund lässt du deine Cousine entführen und gefährdest die guten Beziehungen zwischen unseren Clans?«

Sie zappelte in seinem harten Griff, während sie stotternd vorgab, nicht zu wissen, wovon er spräche. Tränen bildeten sich in ihren Augen, doch er ließ sich davon nicht beeindrucken, verstärkte sogar seinen Griff, bis sie aufhörte, sich gegen ihn zu wehren. Angewidert ließ er sie los und sie stolperte rückwärts, bis sie ungelenk auf das Sofa plumpste.

»Was ist denn los, Kieran? Warum bist du so wütend?«, schniefte sie und angelte ein Taschentuch aus ihrer Rocktasche.

»Schluss mit deinen Spielchen! Dir scheint nicht bewusst zu sein, welchen Schaden du mit deinen Intrigen angerichtet hast. Was, wenn deiner Cousine ernsthaft etwas zugestoßen wäre? Sie hätte schwer verletzt oder getötet werden können. War es das wert? Und warum das Ganze? Weil du unbedingt meine zukünftige Lairdess werden wolltest? Um eins klarzustellen: Ich würde ein herzloses Frauenzimmer wie dich niemals zum Weib nehmen. Du bist eine Schlange, berechnend, selbstsüchtig und ohne Skrupel.« Er tat, als würde er auf den Boden spucken.

»Du bist ungerecht«, jammerte Gillian. »Ich habe es für uns getan. Du hast selbst gesagt, dass Dinah eine unansehnliche Göre ist und du sie keineswegs zur Frau nehmen wirst. Ich habe dir geholfen und dafür gesorgt, dass sie dich ebenfalls nicht will. Auch wenn das nicht ihre Entscheidung ist, aber wenn sie Myles lange genug damit in den Ohren läge, weiß ich, dass er nachgeben würde. Er könnte seine Schwester nicht leiden sehen. Du musst nur ein bisschen Geduld haben, Kieran, dann erledigt sich die absurde Angelegenheit von selbst.«

Fassungslos starrte Kieran auf sie herab. Wie hatte sie es geschafft, ihren wahren Charakter so lange vor ihm zu verbergen? »Ich brauche deine Hilfe nicht, um meine Angelegenheiten zu klären!«, sagte er kalt. »Du wirst mir augenblicklich verraten, wer dir bei deinem perfiden Plan beigestanden hat. Wer hat dir geholfen, Dinah zu entführen? Ich will Namen!«

»Was redest du dauernd von Entführung? Damit habe ich nichts zu tun!«

Er glaubte ihr kein Wort. Noch vor wenigen Augenblicken, als sein Verhaltensumschwung sie überrascht hatte, war sie erschrocken gewesen, wobei sie versäumte, etwas abzustreiten. Sie war beteiligt gewesen, dessen war er sicher, er wusste nur noch nicht, wie. Er beugte sich vor und stemmte die Hände neben ihren Schultern in die Polster. Gillian bog ihren Rücken durch, um ihm ins Gesicht schauen zu können.

»Ich weiß nichts von einer Entführung! Wie bitte hätte ich das anstellen sollen? Ich habe Dinah bloß ein paar abschreckende Geschichten über dich erzählt, das war alles. Ich weiß, das war nicht richtig, aber ich wusste mir nicht anders zu helfen, ich war verzweifelt, Kieran. Sicher gibt es auch andere Personen, die

188

von der geplanten Verbindung nicht begeistert sind, diese Leute solltest du verhören.«

»Das werde ich tun, sobald ich die Namen habe!«

»Aber letztlich ist es doch egal, wer diese Männer sind. Sie haben dir ... *uns* einen Gefallen getan, nicht wahr, Liebling?« Sie leckte sich mit der Zunge über ihre Lippen und begann, mit den Fingerspitzen seine Brust hinabzufahren.

Angewidert stieß er sich ab und begab sich außerhalb ihrer Reichweite.

Sofort sprang sie auf ihre Füße und zeigte erbost mit dem Finger auf ihn. »Du warst derjenige, der sich bitter bei mir beklagt hat, weil dein Vater dich zu dieser Ehe verdammen will. Ich habe wenigstens gehandelt, um dieses Desaster zu verhindern! Und was hast du unternommen?«

Kieran verschränkte die Arme vor der Brust und fixierte sie herausfordernd. »Vielleicht habe ich ja meine Meinung geändert?«

»Was!?« Mit vor Entsetzen geweiteten Augen starrte sie ihn an. »Das ist hoffentlich ein Scherz! Kieran?«

Wäre die Lage nicht so ernst, hätte er sich über ihren nun folgenden ungezähmten Wutausbruch amüsiert. Bereits zuvor war es aufgrund der Umstände lauter zugegangen, als es bei einer gewöhnlichen Unterhaltung der Fall gewesen wäre. Kieran bezweifelte daher nicht, dass sich hinter der schlichten Holztür längst neugierige Ohren drängten. Allerdings bei ihrem jetzigen Gezeter und Gekeife war sie mit Gewissheit in der ganzen Burg zu hören. Er sah keine Veranlassung, ihren Ausbruch zu unterbinden, sollten diese Menschen ruhig hören, was vor sich ging. Womöglich könnte es den einen oder anderen zum Reden verleiten, immerhin wusste er, dass Gillian beim Gesinde nicht sonderlich beliebt war.

»Mach, dass du hinauskommst! Ich will dich hier nie wieder sehen«, endete sie schließlich, nachdem sie ihm endlos Verwünschungen an den Kopf geworfen hatte. Mit ausgestrecktem Arm wies sie auf die Tür.

Dieser Aufforderung kam Kieran gern nach; er hatte genug von ihrer Schimpfkanonade. Eilige Schritte entfernten sich und wehende Röcke verschwanden hinter der nächsten Biegung des Ganges.

Er hatte keine Namen, aber er war guter Dinge, als er den winzigen Burghof betrat.

Tief sog er die frische Luft ein, als er plötzlich eine flüsternde Frauenstimme neben sich vernahm, die sich hektisch nach allen Seiten umschaute.

»Schnell, folgt mir!«

Kieran inspizierte mit den Augen rasch seine Umgebung, doch keine Menschenseele schien sich in der Nähe aufzuhalten. Alarmiert folgte er der jungen Magd und hoffte, dass er nicht gerade dabei war, in eine Falle zu tappen.

*

Dinah war heilfroh, zurück auf Morvich Castle zu sein, und doch war nichts wie vor ihrer Verschleppung. Durch ihren kindischen Leichtsinn hatte sie nicht nur sich, sondern ebenso andere Menschen in Gefahr gebracht, das hemmte ihre Stimmung.

Auch die widersprüchlichen Gefühle zu Kieran MacTavish beschäftigten sie. Sie musste sich eingestehen, dass sie seine Nähe schmerzlich vermisste. Er war so ganz anders, als sie erwartet hätte, was nicht bedeutete, dass er einen vorbildlichen Gemahl abgeben würde. Warum nur war sie zu feige gewesen, ihn auch auf die anderen Dinge anzusprechen, die sie über ihn zu hören bekommen hatte? Würde er in diesen Punkten ebenfalls eine überzeugende Erklärung parat haben wie im Fall der schwangeren Magd?

Oder war es denkbar, dass ihre Cousine die Ereignisse dramaturgisch ein wenig aufgebauscht oder sogar Unwahrheiten von sich gegeben hatte? Zum ersten Mal blitzte ein solcher Gedanke in ihr auf, andererseits, warum hätte Gillian ihr das antun sollen? Sie dachte eine Weile darüber nach und murmelte dann ein »Nein.« Sie waren wie Schwestern, Gillian hätte sich nicht an ihrer damaligen Verzweiflung ergötzt.

Diese Ehe war beschlossene Sache und Dinah hatte sich mittlerweile geschworen, nicht länger gegen das Arrangement anzukämpfen. Wie ihr der Aufenthalt auf Cairidh Castle verdeutlicht hatte, hätte es sie schlimmer treffen können. Sie erschauerte, als sich Laird MacQuaries Antlitz vor ihr inneres Auge drängte.

Ihre Bestimmung anzunehmen, bedeutete allerdings nicht, gleichzeitig alles hinzunehmen. Wie brachte man einen Mann – *einen Gemahl* – dazu, fremden Betten fernzubleiben und an deren Stelle die eigene Frau zu respektieren und vielleicht sogar zu lieben?

Ihren Bruder konnte sie kaum um Rat fragen; am Morgen hatte es wieder einen lautstarken Streit zwischen ihm und Carmen gegeben. Myles war daraufhin mit ein paar Clanmännern davongeritten und Carmen hatte ihrem Ärger in der Burgküche Luft gemacht. Die Köchin Beitiris war anschließend das heulende Elend gewesen und Dinah hatte alle Mühe, die Arme wieder zu beruhigen.

Es brach ihr buchstäblich das Herz, wenn sie daran dachte, nach ihrer Vermählung all diese lieb gewonnenen Menschen zurückzulassen und sie diesem Drachen von Lairdess auszusetzen. Aber seitdem Carmen Myles Ehefrau war, oblag es nun mal ihr, den Burghaushalt zu führen. Seit Mutters Tod hatte Dinah diese Aufgabe mit Hingabe erfüllt und sich schwergetan, die Arbeiten an Carmen abzutreten, was zu vielen Streitigkeiten zwischen ihnen führte, weil sie sich mit dem strengen Regime der Schwägerin nicht arrangieren konnte.

Laut ihr war dies einer der Gründe, warum Myles sofort auf Laird MacTavishs Vorschlag einer Allianz eingegangen war, damit sie Dinah loswurden. Es würde Ruhe herrschen und Carmen könnte ungehindert ihre Macht ausüben, ohne dass die kleine Schwester ihres Gemahls ihr in die Quere käme. Dinah seufzte schwer, denn da war noch die Frage, was sollte sie auf Dòrnaidh Castle mit ihrer Zeit anfangen, wo doch Kierans Mutter das Zepter noch fest in der Hand hielt?

Da sich ihr Leben, laut Myles' unnachgiebiger Anordnung, nur auf den Bereich innerhalb der Burgmauern beschränkte, spukten etliche wilde Grübeleien in ihrem Kopf herum. Sie langweilte sich, weil es zudem keine Aufgaben mehr für sie auf Morvich Castle gab. Das Gefühl, überflüssig zu sein, schmerzte und stimmte sie höchst traurig. Carmen hatte es geschafft, sie erfolgreich ins Nichts zu drängen, und sie musste es ertragen, wenn sie keine weitere Konfrontation mit ihr ausfechten wollte. Carmen genoss ihren Triumph und brachte den in vielen ihrer spitzen Bemerkungen zum Ausdruck.

Wenigstens konnte sie mit Mòlan auf dem Burghof herumtollen, ein kleiner Lichtblick im trist gewordenen Alltag. Shawn hatte ihr erzählt, wie Kieran ihren Hund zur Suche herangezogen hatte, das ließ Kierans Ansehen in ihren Augen wachsen. Er mochte Mòlan und selbst sie hatte beobachten können, wie er dem Tier oftmals, wahrscheinlich unbewusst, den Kopf kraulte. Ob er ihr wohl gestatten würde, den Hund nach der Hochzeit mitzunehmen?

Dinah war seit vielen Jahren nicht mehr auf Dòrnaidh Castle gewesen und die karge Erinnerung daran längst verblasst.

Gillians Heim befand sich unweit von Dòrnaidh Castle und laut ihren Angaben waren sie und ihr Vater dort oft zu Gast. Sie könnte ihr mehr über die Burg der MacTavishs erzählen. Vielleicht sollte sie Myles bitten, ihr zu erlauben, für ein paar Tage zu ihrer Cousine reisen zu dürfen. Eine Ablenkung von all den Geschehnissen täte ihr sicher gut und sie hätte Gelegenheit, Kraft zu schöpfen, die sie bräuchte, um mit Kieran den Ehebund zu schließen. Zwar war Gillian ebenfalls unverheiratet, aber in ihrer Art offener und lebenserfahrener. Bestimmt hätte sie den einen oder anderen nützlichen Rat für sie.

Entschlossen, ihrem Bruder ihren Plan zu unterbreiten, begab sie sich auf die Suche nach ihm.

Wo zum Teufel steckten die beiden Clanmänner, die ihn begleitet hatten? Kieran folgte der Magd dicht an der Mauer entlang, sodass sie nicht aus einem oberen Fenster der Burg gesehen werden konnten. Sie führte ihn zu einer schmalen, rückwärtigen Tür des Stallgebäudes und lugte hinein. »Aoife? Bist du da?«

»Aye! Hast du ihn gefunden?«, kam es aus dem Inneren zurück.

»Aye!« Die junge Magd drehte sich zu ihm um und gab den Weg frei.

Argwöhnisch trat Kieran ein und sofort schloss sich die Tür hinter ihm. Er brauchte einen Moment, um seine Augen an das schummrige Licht zu gewöhnen.

»Hier sind wir, Kieran.«

Kieran erkannte die Stimme seines Clanmannes Eachann und folgte ihr in einen Verschlag, in dem Futtersäcke und Streu gelagert waren. Eine dort ausgebreitete zerwühlte Decke im Stroh zeigte offenkundig, dass dieser Ort auch als Liebesnest diente. Der etwas derangierte Zustand von Eachann und dieser Aoife bestätigte seine Vermutung.

»Das ist Aoife«, stellte Eachann sein Herzchen vor. »Ich hatte dir von ihr erzählt.«

Kieran nickte höflich und musterte das Mädchen. Sie war durchaus sehr hübsch, rotblondes gewelltes Haar umrahmte ein ebenmäßiges und zartes Gesicht.

»Uns erscheint etwas recht merkwürdig und in Bezug auf die Dinge, die in letzter Zeit passiert sind, denke ich, solltest du das wissen«, riss Eachann ihn

194

von der Betrachtung seiner Liebsten zurück.

»Als ich Aoife das letzte Mal besuchte, nahm ich ein verschnürtes Bündel mit, das Miss Gillian ihr gegeben hatte. Sie wusste, dass deine Familie in ein paar Tagen nach Morvich Castle aufbrechen würde und deshalb wolle sie sich ersparen, extra einen Boten zu schicken. Daher sollte ich mich darum kümmern, dass das Bündel mit auf die Reise geht und der Lairdess ausgehändigt wird.«

Eine steile Falte bildete sich auf Kierans Stirn. »Der Lairdess? Also sollte das Päckchen an Carmen MacMurray und nicht an ihre Cousine Dinah gehen?«

Eachann scharte verlegen mit dem Fuß im Stroh. »Aye! Ich habe es Aislinn übergeben, sie war gerade dabei, die Sachen für deine Schwestern zu packen. Sie sagte, sie würde sich darum kümmern, und damit war die Sache für mich erledigt.«

»Und was ...?« Kieran verstand nicht.

»Miss Gillian sagte ...«, ergriff nun Aoife das Wort, »es würde sich um ihr grünes Kleid aus feinstem Samt handeln, das sie ihrer Cousine vermachen wolle, weil es einen sehr raffinierten Ausschnitt habe. Die Lairdess wollte dafür sorgen, dass es auf Miss Dinahs Maße geändert wird, sie ist ja ein wenig kleiner und nicht so ... ähm, füllig ... obenherum.« Aoife errötete und blickte verlegen zu Boden. »Miss Gillian sagte, ihre Cousine sei ein wenig schüchtern und das Kleid würde ihr helfen ... nun ja ... Euer Interesse zu wecken.«

»Gillian schickt ihrer Cousine ein Kleid, in dem sie mich verführen sollte?«, hakte Kieran ungläubig nach. »Und warum schickt sie es dann an die Schwägerin?«

»Miss Gillian hatte den Verdacht, dass ihre Cousine sich nicht trauen würde, das freizügige Kleid für sich anpassen zu lassen, doch wenn sie das fertige Teil anprobieren und sehen würde, wie perfekt es sich anschmiegt, dann würde sie nicht widerstehen können«, schoss Aoife mit der Antwort heraus.

»Verstehe«, brummte Kieran und sah Eachann fragend an.

Eachann räusperte sich umständlich. »Ich habe Aoife vorhin erzählt, dass du Gillian verdächtigst, mit der Entführung zu tun zu haben, weil sie der Meinung ist, ihr stünde der Platz an deiner Seite zu.«

Kieran verzog mürrisch das Gesicht. Es passte ihm gar nicht, dass seine Clanmänner sich schon bei ihren Geliebten über dieses Thema das Maul zerrissen.

»Mir hat Miss Gillian weismachen wollen, sie sei sehr besorgt um ihre Cousine und wolle nur ihr Bestes. Aber das passt doch nicht zusammen.« Sie schaute verliebt zu Eachann hoch.

»Wohl wahr«, stimmte Kieran zu. »Ich danke Euch für Eure Offenheit, Aoife.« Für ihn war das Thema erledigt und er war im Begriff, auf den Ausgang zuzusteuern, um dem Paar noch die Gelegenheit zu geben, sich zu verabschieden.

»Das ist nicht alles, Sir«, hielt Aoife ihn auf. »Miss Gillian hat mich und Eachann vor einiger Zeit zusammen erwischt, und sie war sehr wütend, weil ich angeblich meine Arbeit durch ihn vernachlässigt hätte, was aber nicht stimmt. Sie verbot mir, ihn weiterhin zu treffen, aber davon haben wir uns nicht abhalten lassen und sie wusste es. Als sie wegen des Päckchens auf mich zukam, sagte sie, sie würde unsere

Treffen fortan ignorieren, wenn ich dafür sorge, dass Eachann es mitnimmt, damit es mit der Familie nach Morvich Castle gelangt und Carmen MacMurray übergeben wird.«

»Und ich habe meine Großmutter nur für drei Tage besucht«, räumte Eachann ein. »Die restlichen Tage habe ich hier zugebracht, um Aoife zu sehen. Deshalb habe ich niemandem gegenüber dieses Bündel erwähnt. Ich hielt es zudem nicht für wichtig, aber jetzt ...« Er sah seine Aoife auffordernd an.

»Vor zwei Tagen entdeckte ich durch Zufall das grüne Samtkleid«, fuhr sie nun fort. »Es war in ein Laken gewickelt und lag versteckt ganz unten in einer der beiden Truhen, die nach oben in den Lagerraum der Dachkammer geschafft werden sollte. Was immer in der Lieferung an die Lairdess enthalten war, es kann keines ihrer Kleidungsstücke gewesen sein, denn die ist vollständig vorhanden. Ich habe es selbst zusammen mit Darcie überprüft. Auch sonst fehlt nichts.«

Kieran wusste nicht recht, was er mit den Informationen anfangen sollte und ob sie überhaupt in irgendeiner Form für ihn relevant waren. Es zeigte lediglich, wie verschlagen Gillian tatsächlich war. Sie hatte die Sehnsucht eines Liebespaares für ihre Zwecke ausgenutzt, nicht die feine Art, aber leider auch nichts, für das er sie zur Rechenschaft ziehen könnte.

»Ich habe Eachann angefleht, das Päckchen mitzunehmen, um nicht Miss Gillians Groll auf mich zu ziehen, versteht Ihr? Und jetzt mache ich mir Vorwürfe, vielleicht in etwas Unrechtes hineingezogen worden zu sein. Was, wenn Miss Gillian wirklich an der

Entführung ihrer Cousine beteiligt ist? Ich möchte auch nicht, dass Eachann meinetwegen Ärger bekommt.«

Diesbezüglich konnte Kieran sie beruhigen. Obwohl er zugeben musste, dass die ganze Sache, so unbedeutend sie auch klang, in der Tat äußerst seltsam war.

»Es ist so, Sir, Mister Brian MacMurray ist ein friedvoller und guter Mann und hat für jeden seiner Leute ein offenes Ohr. Ich arbeite gern für ihn, aber seine Tochter mag eigentlich kaum jemand. Sie ist herablassend, furchtbar launisch und ungerecht, das gleiche erzählt man sich über die Gemahlin unseres Lairds. Aber seine Schwester Miss Dinah wird im Clan sehr geschätzt. Sie war sich nie zu schade, die Pächterfamilien zu unterstützen, wenn sie durch Krankheit oder Missernte in Not gerieten. Sie ist eine gute Seele und wir waren alle sehr erfreut, sie bald als Eure Gemahlin in der Nachbarschaft zu wissen, auch wenn sie dann eine MacTavish ist.«

Ein Schmunzeln entwich Kieran, die Sympathien lagen eindeutig bei Dinah, und das machte ihn stolz. »Unsere Clans werden durch diese Ehe eng miteinander verbunden sein.« Sein Blick schweifte kurz zu Eachann. »Und wie mir scheint, könntet Ihr eines Tages ebenfalls zum Clan MacTavish gehören.« Er grinste, als er sah, wie Eachann bemüht war, seine plötzliche Nervosität zu verbergen.

Ein Geräusch aus dem vorderen Bereich des Stalles erinnerte sie daran, wo sie sich befanden.

»Ich muss gehen«, hauchte Aoife. Sie und Eachann tauschten einen schnellen Kuss, bevor sie flugs durch die Hintertür entschwand.

»Beeil dich, Eachann, es kommen Reiter an.« Das war eindeutig Yorick, der zweite Begleiter. Kieran ersparte sich einen Kommentar, weil dieser offensichtlich wusste, was sein Clanmann hier trieb. Sie waren gerade bei ihren Pferden angelangt, als die Stalltür schwungvoll aufgestoßen wurde.

Die Verwirrung währte nur kurz. »Wo steckt Anand? Er hätte sich um Eure Pferde kümmern sollen.«

»Kein Grund zur Beunruhigung, unsere Pferde sind versorgt worden«, entgegnete Kieran höflich. »Sie aus dem Stall zu holen, schaffen meine Männer und ich auch allein.« Er schwang sich in den Sattel und seine Begleiter taten es ihm gleich. »Meinen Gruß an Brian«, ergänzte er, als er merkte, dass der sich nicht unter den Ankömmlingen befand.

»Aye! Er ist bei den Pitraiths, da gibt's Probleme«, erklärte Hamish, der sich nicht weiter wunderte, immerhin kannten sie einander lange genug.

Gemächlich steuerten die drei den Rückweg an und tauschten dabei ihre Informationen aus.

Kieran ging die Geschichte, die er von Aoife erfahren hatte, irgendwie nicht aus dem Kopf. Konnte es bedeuten, dass Carmen bei Dinahs Entführung mitgewirkt hatte? Dass die beiden Frauen keine Freundinnen waren, war schließlich kein Geheimnis. Hatte sich Gillian daher mit Carmen verbündet, um gemeinsam der Rivalin Herr zu werden? Ausschließen konnte er diesen Gesichtspunkt nicht, doch sollte dem so gewesen sein, könnte sich Dinah in großer Gefahr befinden. Und Myles hatte keine Ahnung, was sich unter seinem Dach abspielte. Aber es waren lediglich waghalsige Vermutungen, zu denen jegliche Beweise fehlten. Wenn er nur wüsste, was sich in dem verschnürten Päckchen befunden haben könnte, das Gillian an Carmen schicken ließ.

Das Verhältnis zwischen ihm und Myles war seit dem Vorfall ohnehin angespannt, da konnte Kieran nicht daherkommen und behaupten, dass die eigene Ehefrau zusammen mit seiner Cousine die Entführung seiner Schwester eingefädelt hatte.

»Kieran! Hörst du mir überhaupt zu?«, beschwerte sich Yorick plötzlich und verdrehte die Augen. »Ich sagte gerade, dass ich mit diesem Iain gesprochen habe, von dem du erzählt hast.«

»Iain, aye«, sofort war Kieran ganz Ohr.

»Hast du gewusst, dass sie auf Dòrnaidh Castle eingekehrt sind, nachdem sie von Morvich Castle aufgebrochen waren?«

»Soviel ich weiß, war Gillian zuletzt in Begleitung ihres Vaters bei uns zu Gast«, bemerkte Kieran zähneknirschend. Es war jener Abend gewesen, an dem sie erfahren hatte, dass er mit Myles' Schwester vermählt werden sollte. Ein Tag, den er wohl nie vergessen würde.

»Iain sagte, es habe zu regnen angefangen und da sie sich zu dem Zeitpunkt knapp zwei Meilen vor Dòrnaidh Castle befanden, hätten sie beschlossen, den Schauer im Schutze der Burg abzuwarten, bevor sie weiterreiten.«

»Kluge Entscheidung«, entgegnete Kieran. »Ich kann mich allerdings nicht erinnern, sie gesehen zu haben.«

»Das muss in der Zeit gewesen sein, als wir mit deinem Vater am Glen Garry waren.«

»Aye, das könnte passen.« Drei Tage waren sie fort gewesen, das würde erklären, warum er nichts von dem spontanen Besuch mitbekommen hatte. Aber das ließe sich rasch klären, zumindest seine Mutter müsste davon Kenntnis haben. Nichtsdestoweniger brachten ihn diese nichtigen Informationen nicht weiter und steigerte nur seine Frustration.

*

Myles' Stimme hallte an den Wänden von Morvich Castle voller Zorn wider, gefolgt von Carmens schrillem Gekeife und dem Knallen mehrerer Türen. Das Burgpersonal huschte gehetzt durch die Gänge, um bloß nicht einem der beiden Streithähne in die Quere zu kommen.

Dinah rollte mit den Augen; die Auseinandersetzungen zwischen ihrem Bruder und der Schwägerin schienen jedes Mal heftiger auszuarten.

Sie seufzte traurig und empfand tiefes Mitgefühl für Myles, aber es führte ihr ebenso vor Augen, dass die Zeit reif war, sich auf ihren eigenen Lebensweg zu konzentrieren. Morvich Castle war nicht länger das Heim, in dem sie sich wohl und geborgen fühlte. Auch wenn sie sich schwertat, die Veränderungen zu akzeptieren, die auf sie zukamen. Alles war besser, als die tagtägliche Lieblosigkeit und Kälte zu spüren, die in dieser Burg Einzug gehalten hatten. Während sie sich an harmonische Zeiten erinnerte, verdrückte sie eine Träne. Wie schön es doch war, als ihre Eltern noch lebten oder auch später, als sie und Myles nach

Mutters Tod vor drei Jahren und Vaters schwindender Gesundheit eine feste Einheit bildeten, um für ihren Clan Stärke zu demonstrieren. Das gehörte nun der Vergangenheit an.

»Was schleichst du hier wie ein Dieb umher?«

Erschrocken blickte Dinah auf und sah sich ihrer Schwägerin gegenüber. Sie war so in ihren Gedanken vertieft gewesen, dass sie ihr Näherkommen nicht bemerkt hatte. Carmens Augen waren gerötet, hatte sie etwa geweint? Eine Gefühlsregung, die Dinah ihr kaum zugetraut hätte.

»Ich habe dich etwas gefragt, also antworte mir gefälligst, anstatt mich anzustarren wie eine dumme Gans.«

»Ich schleiche nicht und bin weder Dieb noch Gans. Dies ist Morvich Castle und ich kann mich bewegen, wo immer ich möchte, denn es ist die Burg *meiner* Familie, meiner Ahnen und Ur-Ahnen«, erwiderte Dinah erhobenen Hauptes.

»Pah!«, schnaubte Carmen. »Aber ich bin diejenige, die dazu auserwählt ist, diese Reihe fortzuführen, nicht du! Denn es wird *mein* Sohn sein, der eines Tages diesen Clan führen wird.«

Erstaunt riss Dinah die Augen auf, sollte das eine Anspielung sein? Bedeutete das, dass sie bereits guter Hoffnung war? Sie spürte einen scharfen Stich des Schmerzes, obwohl sie wusste, dass dieser Fall irgendwann eintreten musste.

»Da kann ich nur hoffen und beten, dass dieses Kind nach Myles gerät und nicht so eine streitsüchtige und berechnende Person wie seine Mutter wird«, erwiderte Dinah bissig.

Carmens Gesicht nahm eine zornig rote Farbe an, während sie wild mit dem Finger in Richtung Dinahs Brust hämmerte. »Du freche, ungezogene Göre!«

Dinah wandte sich um, sie hatte keine Lust, sich das Gezeter dieser Frau länger anzuhören.

»Du solltest niemals die Gelegenheit erhalten, dich aus Laird MacQuaries Fängen zu befreien«, keifte Carmen hinter ihrem Rücken und brachte Dinah dazu, sich ihr doch wieder zuzuwenden. Hatte sie das gerade richtig verstanden?

»Die Position als MacQuaries Gemahlin wäre weit mehr gewesen, als du verdient hättest, und mit deinen Launen wäre er schon fertig geworden. Aber nein, dieser Narr Laird MacTavish war ja der Ansicht, er müsse dich retten. Du hältst dich für was Besseres, aber du dienst auch nur als Mittel zum Zweck, genau wie ich es bin. Indem du die Gemahlin seines Sohnes wirst, verspricht er sich Vorteile bei Geschäften mit meinem Bruder. Alle wollen sich mit dem mächtigen Colin MacRay gut stellen. Aber Fakt ist, dass ihm deine Eheschließung mit MacQuarie wesentlich mehr von Nutzen gewesen wäre, und auch der MacMurray Clan hätte von dieser Allianz profitiert. Doch Myles, dieser sentimentale Trottel, gibt dich lieber seinem Freund zum Weib.« Carmen lachte schrill auf. »Dabei weiß der dieses Geschenk gar nicht zu würdigen. Kieran MacTavish will dich gar nicht! Verständlich, wenn du mich fragst.« Sie hob ihr Kinn ein Stückchen höher und sah Dinah verächtlich an. »Er ist ein gutaussehender Mann mit gewissen Ansprüchen, aber davon verstehst du noch nichts. Im Übrigen gibt es längst eine Frau, mit der er seit Längerem das Bett teilt. Sie ist keine Unbekannte, du kennst sie sogar gut. Ich bin überzeugt, dass er diese Liebelei niemals aufgeben wird, selbst wenn er genötigt werden sollte, dich zu ehelichen.« Selbstzufrieden schnaufte Carmen durch.

Dinah war von der aufgebrachten Gefühlsentladung ihrer Schwägerin derart bestürzt, dass es ihr die Sprache verschlagen hatte. Diese Ansprache war vermutlich die längste, die sie bisher von ihr zu hören bekommen hatte. In ihrem Kopf hallte jeder einzelne Satz nach und beraubte sie der Möglichkeit, auf ihre Äußerungen einzugehen. Sie musste wie ein Fisch auf dem Trockenen aussehen, der verzweifelt nach Atem rang.

»Willst du dir diese Schmach antun?«, fuhr Carmen gemäßigter fort. »Wenn du klug bist, bestehe darauf, Laird MacQuarie zum Manne zu nehmen. Vielleicht ist nicht alles zu spät. Du und ich pflegten bislang kein harmonisches Verhältnis, doch glaube mir, eines Tages wirst du mir für diesen Rat dankbar sein.«

Allmählich erwachte Dinah aus ihrer Erstarrung. Die Spitze mit Kierans Bettgenossin tat mehr weh, als sie sich eingestehen wollte, doch vor Carmen musste sie diese Verletztheit um jeden Preis verbergen. »Es ist mir einerlei, in wessen Bett sich mein zukünftiger Gemahl vergnügt. Als seine Ehefrau werde ich mehr als ausreichend Beschäftigung haben und mich glücklich schätzen, so wenig wie möglich von ihm behelligt zu werden.«

Carmens Augenbrauen schnellten überrascht nach oben. »Bist du dir da sicher?«

»Aber natürlich!« Sie bemühte sich um ein überzeugendes Grinsen. »Bist du nicht auch froh, wenn Myles dich in Ruhe lässt?« Gab es eine Frau, mit der sich ihr Bruder abseits des Ehebettes vergnügte? Sie wusste es nicht.

Carmens Mundwinkel fielen abrupt abwärts. »Du solltest nicht über Dinge reden, von denen du keine Ahnung hast.« Für einen Moment verdüsterten sich ihre Gesichtszüge und sie mied den Augenkontakt.

Dinah verbuchte dies als kleinen Punktesieg für sich und nutzte die Gelegenheit, auf den Anfang von Carmens Ausbruch zurückzukommen.

»Was hast du damit gemeint, als du sagtest, ich hätte niemals die Gelegenheit erhalten sollen, Laird MacQuarie zu entkommen?«

»Was glaubst du denn, Schätzchen?«

Die Miene ihrer Schwägerin strahlte eine Selbstgefälligkeit aus, die Dinah einen Schauder über den Rücken sandte. Ihr Hirn ratterte eine Flut von Gedankengängen herunter. Laird MacQuarie hatte ihr gegenüber bereits gestanden, dass ihm die Rolle des edlen Retters zugedacht gewesen war, und er mit der Entführung an sich nichts zu tun gehabt habe. Auch wenn sie den Mann nicht sonderlich mochte, musste sie einräumen, dass sich seine Anzüglichkeiten lediglich auf Worte oder unangebrachte Blicke bezogen, denen keine Handlungen gefolgt waren. *Sucht in Euren eigenen Reihen*, hatte er ihr als wohlgemeinten Rat mit auf den Weg gegeben. In ihren eigenen Reihen ... die Erkenntnis traf Dinah wie ein Fausthieb ins Gesicht.

»Du! ... Du steckst dahinter? ... Warum?« Fassungslos stolperte sie einen Schritt zurück. Sie spürte, wie ihr die Farbe aus dem Gesicht wich. »Was habe ich dir getan? Ich habe Stunden bewusstlos auf dem Pferderücken zugebracht, während diese Schurken mit mir durch die Highlands geritten sind. Ich hätte hinunterfallen und unter die Hufe geraten können ... verdammt, Carmen, ich hätte sterben können!«

»Herrje, jetzt jammere nicht herum. Dir ist schließlich nichts geschehen, oder?«

Ungläubig schüttelte Dinah mit dem Kopf. »Weiß mein Bruder, was du getan hast?«

»Wozu? Er kann dir auch nicht mehr helfen. Myles ist überzeugt, dass deine Eheschließung mit dem MacTavish die Angelegenheit wieder in Ordnung bringen wird, aber das wird nicht passieren – im Gegenteil. Denk nach, du selbst hast bestätigt, dass es sich bei deinen Entführern um Männer vom MacTavish Clan gehandelt habe. Was glaubst du, wer sie geschickt hat? Ich werde es dir verraten, es war dein zukünftiger Gemahl höchstpersönlich! Und deshalb wirst du schön deinen Mund halten, wir wollen doch beide nicht, dass Myles etwas zustößt, wenn er die Wahrheit erfährt und im Zorn seine Krieger gegen die MacTavishs ausziehen lässt.«

Dinahs Herz raste, sollte sie sich tatsächlich in Kieran so sehr getäuscht haben? Sie war bereit gewesen, ihr Schicksal anzunehmen, und hatte sich geschworen, alles zu tun, um ihm eine gute Gemahlin zu sein, auf die er stolz sein konnte. »Warum hätte Kieran das tun sollen?« Es fiel ihr schwer, Gleichgültigkeit vorzutäuschen und sich ihre Gefühle nicht anmerken zu lassen. »Es gab für ihn keinen Grund, mich loswerden zu wollen. Außerdem hat er mir erklärt, dass er vom Plan seines Vaters überrumpelt worden sei und er deshalb so abschätzig reagiert habe. Er war überzeugt gewesen, ausreichlich Zeit zu haben, bevor er sich eine Gemahlin nehmen müsse.«

Carmen rollte mit den Augen. »Kannst du es nicht verstehen oder willst du es nicht verstehen? Kieran MacTavish wird sich schon sehr bald eine Frau nehmen, aber das wirst nicht du sein, sondern diese Bettgefährtin. Für sie nimmt er all die Risiken auf sich, denn offensichtlich liebt er diese Person sehr. Also tu uns allen einen Gefallen und nimm MacQuarie zum Manne. Der arme Myles darf nie erfahren, wozu sein vermeintlicher Freund fähig ist. Denkst du, für mich war es leicht, als dieser Kieran vor mir stand und mich um Hilfe bat, die Ehe, die sein Vater und Myles vereinbart hatten, zu verhindern? Ich war gezwungen, meinen eigenen Ehemann zu hintergehen, aber ich wusste, dass es in einer Katastrophe enden würde, wenn ich es nicht täte. Und jetzt liegt es an dir, das Richtige zu tun für den Frieden zwischen unseren Clans. Vergiss nicht, Myles hat den MacRay Clan hinter sich, außerdem könnte MacQuarie auf Rache sinnen, er wurde schließlich gedemütigt. Das wären düstere Zeiten für den Clan MacTavish.«

Dinah schwirrte der Kopf, sie wusste nicht mehr, was sie glauben oder denken sollte. Das Richtige tun, nur was war das Richtige? Zu ihrem Leidwesen klang Carmens Version durchaus einleuchtend. Es könnte so zugegangen sein und würde erklären, warum niemand aus dem MacTavish Clan als Täter überführt werden konnte – weil diese Männer auf Kierans Befehl handelten. Sie waren ihm treu ergeben und würden niemals einen Befehl infrage stellen.

Ein Dolch bohrte sich durch ihre Brust und ein Klumpen, hart wie ein Felsbrocken, rebellierte in ihren Magen und zwang sie fast in die Knie.

»Bedauerlich, dass du es auf diese Weise erfahren musstest, aber das Leben ist hart.« Carmen streckte sich und schritt hoheitsvoll voran. Auf gleicher Höhe blieb sie stehen und neigte sich ihr zu. »Aber ich kann versuchen, bei Myles ein gutes Wort für dich einzulegen, und ihm aus Sicht einer Frau erklären, warum du lieber den MacQuarie zum Manne hättest. Du musst es nur sagen.«

»Du und Kieran, ihr beide zusammen habt also meine Entführung geplant?«

Aber Carmen hatte ihr bereits den Rücken zugewandt.

»Entführung.« Die Schwägerin gestikulierte mit der Hand in der Luft, ohne sich umzudrehen. »Das klingt alles so furchtbar dramatisch. Es war schließlich alles zu deinem Besten.«

»Zu meinem Besten?«, echote Dinah. Reflexartig schoss sie auf die Frau zu, zerrte an ihrem Arm und zwang sie, sie anzusehen. »Zu meinem Besten?«

»Aye! Leider ist einiges schiefgelaufen, sonst wärst du nicht hier. Der MacTavish und sein Liebchen sind nun gezwungen zu handeln. Fortan wirst du nirgendwo mehr sicher sein. Sieh dich also lieber zweimal um, sobald du deine Kammer verlässt. Man weiß nie, wer einem auflauert. Und Gillian ist keine Frau, die man unterschätzen sollte.«

»Gillian?« Dinah keuchte.

»Ups ... jetzt ist es mir doch herausgerutscht. Ach,

was soll's, irgendwann hättest du es ohnehin erfahren.« Carmen setzte ihren Weg fort und dieses Mal ließ Dinah sie ziehen.

Gillian! Konnte das möglich sein? Ihre Cousine war Kierans Geliebte? Ihr Körper zitterte unkontrolliert und hektisch griff sie nach etwas, das ihr Halt geben konnte. Die Utensilien auf dem kleinen Wandtisch schwanken und klirrten aneinander, als sie sich abstützte und nach Luft rang.

Wusste Myles von dieser Beziehung, oder ahnte er zumindest etwas? Immerhin waren er und Kieran Freunde gewesen, die womöglich mit ihren Frauengeschichten protzten, wenn der Whisky reichlich floss. War das der wahre Grund, warum diese Freundschaft Schaden genommen hatte? Und hatte Myles ihr deshalb strikt untersagt, die Cousine für ein paar Tage zu besuchen? Dinah stöhnte laut auf, das ergab alles keinen Sinn. In dem Fall hätte Myles in diese Ehevereinbarung niemals eingewilligt. Oder fühlte er sich von Laird MacTavish genötigt, dem zuzustimmen? Der Laird musste in der Lage sein, starke Argumente vorzubringen, immerhin war es ihm gelungen, sie aus MacQuaries Fängen zu befreien.

»Geht es Euch nicht gut?« Der Arm einer Magd legte sich mitfühlend auf ihre Schulter.

»Ich ... ich bin nur gestolpert, es ... es geht schon wieder.« Sie richtete sich auf und rang sich ein Lächeln ab, doch die junge Frau schien nicht überzeugt.

»Soll ich Euch nach oben begleiten und Seonag zu Euch schicken?«

Nein, die Heilerin konnte ihr nicht helfen, niemand konnte das. Sie bedankte sich für die Fürsorge und eilte in ihre Kammer; sie musste nachdenken.

*

Kieran fand seine Mutter im gemütlich eingerichteten Wohnzimmer der Familie vor, wo sie zusammen mit den Mädchen Ceana und Kayla über eine Handarbeit gebeugt saß. Ein Schmunzeln entfuhr ihm, als er sah, wie konzentriert und bemüht sich Ceana beim Besticken eines Kissenbezuges zeigte, während die Jüngere verdrießlich schaute und vor sich hin murrte.

»Oh, du bist schon zurück? Ich habe nicht vor dem Abendessen mit dir gerechnet. Geht es den MacMurrays gut?«, erkundigte sich seine Mutter.

»Brian war nicht zu Hause, ich habe lediglich Gillian angetroffen. Stimmt es, dass sie hier war, als Vater und ich am ... du weißt schon, waren?«

»Aye, sie waren auf dem Rückweg von Morvich Castle und es hatte zu regnen begonnen.« Sie legte ihre Handarbeit auf dem kleinen Tisch neben sich ab. »Warum fragst du?«

»Es könnte wichtig sein.« Er wollte ihr keine Details sagen oder sie von seinem Verdacht wissen lassen. »Wie lange war sie hier?«

Verwundert sah Nathaira MacTavish zu ihrem Sohn auf. »Wir haben Tee zusammen getrunken und dann hatte sie es mit einem Male sehr eilig. Der dicke Schauer war zwar vorüber, aber es nieselte noch. Ich riet ihr, ein wenig länger abzuwarten, doch sie meinte, ihr Vater würde sich sonst Sorgen machen. Das konnte ich natürlich verstehen, ich an seiner Stelle hätte meiner Tochter ohnehin niemals erlaubt, bis Morvich Castle zu reiten. Das ist viel zu gefährlich, man sieht doch, was der armen Dinah kurz darauf

210

passiert ist.«

Kieran nickte nachdenklich. »Hat Gillian sich mit jemand anderem außer dir unterhalten oder war sie eine Weile allein?«

»Ich verstehe die Fragerei nicht«, klagte sie irritiert. »Ich habe sie kurz ins vordere Gästezimmer gelassen, weil sie ihren Rock wechseln wollte. Ihre restliche Kleidung war durch den Umhang zum Glück von der Nässe verschont geblieben. Und danach haben wir, wie gesagt, Tee getrunken.«

»Sie kam aber aus der Webkammer, als ich sie gesehen habe«, mischte Kayla sich ein.

»Kayla!«, ermahnte sie die Mutter. »Du sollst nicht ...«

»Nein, lass sie bitte erzählen.« Aufmunternd sah er seine kleine Schwester an. Er war hellhörig geworden, zumal die Webkammer am anderen Ende lag und dort nur Burgbewohner Zugang hatten. Kieran ließ sich auf die Armlehne des Sessels nieder, in dem Kayla saß, und ermahnte sie eindringlich, die Wahrheit zu sagen.

»Aber das ist die Wahrheit«, protestierte sie beleidigt, »sie ist aus der Webkammer gekommen! Sie sagte, sie wäre durch den Regen und dem kalten Wind durchgefroren, sodass Aislinn ihr zwei Decken zum Aufwärmen gegeben hat. Dann hat sie sich einen *Breacan feile* um die Schultern gelegt, sich das andere vor die Brust gedrückt und ist ganz eilig an mir vorbeigelaufen und im Gästezimmer verschwunden.«

»Sie trug aber keines unserer Plaids um ihren Körper gewickelt, als sie zu dir zum Tee herunterkam, Mutter?«, erkundigte er sich.

»Nein, nur einen anderen Rock, den sie sich von einem ihrer Begleiter aus ihrer Satteltasche hatte bringen lassen. Kieran, was geht hier vor?«

Kieran schnaubte. »Ich glaube, wir haben soeben das Rätsel gelöst, warum Dinahs Entführer *Breacan feiles* unseres Clans getragen haben.«

Nathaira MacTavish schlug sich entsetzt die Hand vor den Mund. »Du denkst, dass Gillian ... dass sie ... großer Gott. Das kann ich schwer glauben.«

»Hast du Aislinn ebenfalls gesehen?«, wandte er sich an Kayla. Die verneinte so heftig, dass ihre Löckchen wild umherwirbelten.

Nathaira sprang aus dem Sessel und hastete zur Tür. »Schickt Aislinn zu mir, sofort!« Ihr Befehl hallte kraftvoll durch die Gänge von Dòrnaidh Castle.

Es dauerte nur wenige Augenblicke, bis Aislinn, leicht außer Atem, vor ihnen stand. Ein wenig irritiert blickte sie in die Runde.

»Aislinn«, begann die Lairdess, »Du erinnerst dich an den Tag, als Miss Gillian bei uns Halt machte, nachdem sie vom Regen überrascht wurden?«

Aislinn nickte bestätigend.

»Bist du mit ihr in unserer Webkammer gewesen?«

»Nein!« Verwirrung zeichnete ihre Gesichtszüge. »Ich habe sie, wie Ihr mir gesagt habt, zum Gästezimmer geführt, wo sie sich umkleiden wollte. Dann bin ich hinuntergeeilt und habe von ihrem Clanmann das trockene Kleidungsstück entgegengenommen und ihr gebracht; das war alles. Anschließend habe ich meine Hilfe angeboten, aber die hat sie ziemlich unfreundlich abgewiesen, also bin ich wieder hinuntergegangen.«

»Dann hat sie unsere Plaids also geklaut?«, warf Kayla vorlaut ein.

Einige Sekunden herrschte Totenstille. Kieran presste die Lippen zu einer Linie zusammen, eigentlich war es ihm gar nicht recht, dass seine Schwestern bei dem brisanten Gesprächsthema anwesend waren, aber ohne Kaylas Äußerung würde diese Unterredung gar nicht stattfinden. Und er wusste genau, würde er sie hinausschicken, würde die Jüngste ihn anschließend dermaßen mit Fragen löchern, dass er keine ruhige Minute mehr hätte. Also duldete er notgedrungen ihre Gegenwart.

»Hast du später die beiden Plaids im Gästezimmer vorgefunden?«, hakte die Lairdess trotzdem nach, obwohl die Antwort auf der Hand lag.

»Eachann hat dir ein Päckchen übergeben, das er von Gillian für Carmen MacMurray bekommen hat, ist das richtig?«, fuhr Kieran fort und lenkte alle Augen auf sich.

»Aye, das stimmt. Es enthielt ein Kleid, das für Miss Dinah geändert werden sollte.«

»Hast du das Kleid gesehen?«

»Nein, es war ja äußerst gut verpackt gewesen.«

»Und du hast dafür gesorgt, dass es zusammen mit unserem Gepäck nach Morvich Castle gelangt?«

»Aye! War das falsch von mir?« Aislinn schaute verwirrt in die Runde.

Nathaira MacTavish schritt nun im Zimmer auf und ab, mit den Fingern nachdenklich an die Lippen tippend, während die Mädchen mit kugelrunden Augen stocksteif dasaßen und das Geschehen verfolgten.

»Nein!«, knurrte Kieran. »Du wurdest getäuscht,

ebenso wie zuvor Eachann und ein paar andere. Niemand macht euch einen Vorwurf.«

»Oh, so ein durchtriebenes Luder«, entfuhr es der Lairdess, die abrupt stehen blieb. »Sie hat uns alle schamlos benutzt. Wenn ich sie in die Finger bekomme, kann sie sich auf was gefasst machen.«

»Ist dir an dem Päckchen irgendetwas sonderbar vorgekommen, Aislinn?«, fragte Kieran.

Die Magd überlegte. »Nun, es erschien mir für ein einzelnes Kleid ein wenig schwer, aber ich habe mir nichts weiter dabei gedacht. Ich vermutete, dass wahrscheinlich Unterröcke, Mieder und vielleicht passende Accessoires beigefügt waren.« Ihre Stimme war immer leiser geworden und Tränen traten in ihre Augen. Auch sie begriff langsam, was sich wirklich in der ominösen Fracht befunden haben musste. »Es tut mir so leid ...«

Betretenes Schweigen.

»Vorerst kein Wort zu irgendjemandem, das gilt für alle in diesem Raum!« Kieran wandte sich an seine Schwestern. »Auch für euch!« An seine Mutter gerichtet, fügte er hinzu: »Ich werde jetzt Vater aufsuchen und mit ihm alles Weitere besprechen.«

Die Lairdess nickte, immer noch schockiert von den Enthüllungen. »Ich verstehe nicht, wie Gillian uns so etwas antun konnte. Sie und ihr Vater waren uns immer gute Nachbarn und gern gesehene Gäste auf Dòrnaidh Castle. Ein solcher Verrat, ich kann es nicht fassen. Unsere überstürzte Abreise aus Morvich Castle, und einige MacMurrays sind uns nach wie vor feindlich gesinnt, weil sie glauben, dass unsere Leute der armen Dinah das angetan haben, dabei war es ihre eigene Cousine, unfassbar.«

»Gillian will verhindern, dass Kieran und Dinah heiraten«, mischte sich Ceana ein. »Habt ihr nicht bemerkt, wie sie Kieran jedes Mal anschmachtet, wenn sie hier ist?« Sie klimperte mit den Augen und imitierte Gillian in überzogenen Gesten.

»Kieran ist nicht so dumm, auf dieses alberne Getue hereinzufallen«, protestierte Kayla vehement. »Nicht wahr, Kieran?«

Kieran konnte ein Schmunzeln nicht unterdrücken, enthielt sich aber wohlweislich eines Kommentars und wuschelte stattdessen mit der Hand über das Haar seiner kleinen Schwester, bevor er den Raum verließ. Es galt, eine Entführung aufzuklären.

*

Dinah war zu aufgewühlt, um zur Ruhe zu kommen. Gefühlt lief sie seit Stunden in ihrem Zimmer auf und ab und versuchte Herr ihrer verwirrten Gedanken zu werden. Mòlan lag auf seiner Decke; den Kopf zwischen den ausgestreckten Pfoten abgelegt, folgten seine Augen jeder ihrer Bewegungen. Nur gelegentlich hob er den Kopf und betrachtete sie eingehender, bevor er wieder in die dösende Haltung zurückfiel.

Draußen hatte längst die Dämmerung eingesetzt und das Mobiliar im Raum war nur noch schemenhaft auszumachen.

Selbstverständlich wollte sie keine Fehde zwischen den MacMurrays und den MacTavishs heraufbeschwören, aber ebenso wenig wollte sie sich geschlagen geben und den MacQuarie zum Gemahl nehmen.

Das konnte und durfte nicht die Lösung sein. Sie fühlte sich alleingelassen, zählten ihre Gefühle denn gar nicht? Ungewollt drängte sich Kierans Antlitz vor ihr inneres Auge und sie verdrängte es gewaltsam. Nach allem, was sie nun erfahren hatte, konnte und durfte sie Kieran niemals heiraten. Ihr Dasein wäre eine einzige Katastrophe und sie müsste stets damit rechnen, dass einer der beiden ihr nach dem Leben trachtete. Die Enttäuschung lag schwer auf ihren Schultern. Warum hatte keiner von beiden ihr die Wahrheit anvertraut? Gillian war ihr immer wie eine große Schwester gewesen, warum all die Lügen? Warum hatte sie ihr nicht gesagt, dass sie und Kieran sich liebten und von einem gemeinsamen Leben träumten? Sie hätte es verstanden, sie hätten gemeinsam nach einer Lösung gesucht, einer Lösung, mit der alle glücklich gewesen wären. Gillian, ihre eigene Cousine, hatte sie schändlich verraten und ihren möglichen Tod in Kauf genommen.

Ein Versuch, mit Myles über die Angelegenheit zu reden, war kläglich gescheitert. Er hatte gelacht, als sie ihm zu erklären versuchte, dass Kieran und Gillian ein Liebespaar wären. Carmen hatte sie fürs Erste außen vor gelassen, schließlich war Myles mit dieser Person verheiratet und musste weiterhin irgendwie mit ihr auskommen. Auch Kierans Namen erwähnte sie nicht, um keine neue Konfrontation zwischen den Clans zu schüren, so blieb vorerst nur Gillian als Übeltäterin übrig.

Ihr Bruder schloss zwar nicht aus, dass Gillian an Kieran interessiert sein könnte, doch alles andere fand er lächerlich und aus der Luft gegriffen. Stattdessen argumentierte er, dass sie sich damit abfinden müsse, dass ein Mann bereits vor der Ehe über gewisse Erfahrungen verfüge und daran nichts verwerflich sei.

Als ob sie das nicht selbst wüsste, aber darum ging es überhaupt nicht. Dinah ballte ihre Hände zu Fäusten, sie musste doch etwas tun können. Kieran wäre ihr Verderben, aber niemand wollte es sehen. Sie brauchte handfeste Beweise, nur woher die nehmen? Bislang gab es einzig Behauptungen vonseiten ihrer Schwägerin, doch denen allein durfte sie nicht trauen. Nur leider passten ihre Äußerungen zu genau ins Bild.

Jetzt war ihr klar, warum Gillian so bemüht war, Kieran als abgrundtief schlechten Menschen dazustellen. Nicht aus Mitgefühl für ihre bedauernswerte Cousine, wie sie Dinah glauben ließ, sondern weil sie ihn für sich beanspruchte. War ihr spontaner Besuch auf ihrem Mist gewachsen oder hatte Kieran sie vorausgeschickt, damit er es einfacher haben würde, wenn er mit seiner Familie auf Morvich Castle ankam?

Sie stieß einen Wutschrei aus. Fast hätte sie sich von seinen Worten betören lassen, hatte wahrlich glauben wollen, dass er angestrengt nach ihr gesucht habe. Verflucht, sie hatte sich sogar von ihm küssen lassen. Wie sehr musste er über ihre Dummheit gelacht haben.

Aber wusste Gillian von dem Kuss oder konnte sie das gegen sie verwenden? Sie musste alle Möglichkeiten durchspielen, ihr Leben könnte davon abhängen. Die kuriosesten Aktionen fielen ihr ein, doch letztlich verwarf sie sie alle wieder; die Rolle des Racheengels stand ihr nicht.

Sie setzte sich ans Fußende ihres Bettes und betrachtete das bisherige Geschehen noch einmal nüchtern und sachlich.

Irgendwann griff sie nach ihrem Umhang, den sie achtlos auf den Boden geworfen hatte, und stürmte zur Tür. Mòlan war sofort auf den Beinen und erreichte zeitgleich mit ihr den Ausgang. Einen Moment zögerte Dinah und war gewillt, ihn zurück auf seinen Platz zu schicken, doch dann gab sie nach und ließ zu, dass er an ihrer Seite war. Der Hund würde sie beschützen, was immer auch passieren mochte.

Ihr Bruder hatte sich nicht als hilfreich erwiesen, also musste sie selbst tätig werden. Ihre guten Freunde aus Kindertagen waren ihre letzte Hoffnung. Shawn und den anderen konnte sie vertrauen und sie musste sie überzeugen, ihr zu helfen, denn sie hatte einen Plan gefasst.

Sie musste mit Laird MacTavish, Kierans Vater, sprechen. Er schien ein vernünftiger Mann zu sein und ahnte vermutlich nichts von dem, was sein Spross hinter seinem Rücken trieb. Dinah war überzeugt, der Laird wusste, was zu tun wäre und auch in der Lage, unverzüglich zu handeln. Eine Fehde mit seinen Nachbarn, den MacMurrays, würde er nicht riskieren wollen.

Kieran wäre wahrscheinlich ziemlich wütend, wenn er herausfand, dass sie sich an seinen Vater wandte, aber darauf konnte sie keine Rücksicht nehmen. Es ging um mehr als seinen Stolz und seine Liebelei mit Gillian; es galt, die Freundschaft und den Frieden zwischen ihren Clans zu erhalten. Die Schwierigkeit

218

bestand darin, zum Laird vorgelassen zu werden, ohne dass Kieran etwas von ihrem Besuch mitbekam. Nicht auszudenken, was geschehen könnte, sollte es Kieran gelingen, sie abzufangen.

Aber zunächst musste sie ihre Freunde von ihrem Vorhaben überzeugen, damit sie es überhaupt aus Morvich Castle herausschaffte. Alles musste heimlich geschehen, denn Myles' Anweisungen waren unmissverständlich.

Als Kinder hatten sie oft alle gemeinsam auf dem Boden über den Stallungen zugebracht, heute war es nicht mehr dasselbe. Sie war zur Frau gereift und die Jungen hatten sich zu Männern entwickelt. So waren die ersten Minuten ihres Treffens wider Erwarten von peinlicher Verlegenheit überschattet.

»Das ist viel zu gefährlich«, fuhr Shawn auf, nachdem Dinah ihren Plan vorgetragen hatte. Die anderen nickten zustimmend.

»Habt ihr etwa eine bessere Lösung?«, blaffte Dinah.

»Wir könnten einander abwechseln und unsere Lairdess auf jeden ihrer Schritte beobachten«, bot Flynn an, der in dieser Gruppe der Jüngste war.

»Ihr könnt nicht jeden Winkel der Burg im Auge haben, das ist unmöglich. Ich muss zu Laird MacTavish!«

Alle redeten durcheinander, gaben nützliche Hinweise und weniger einfallsreiche Vorschläge zum Besten, übten Kritik oder taten allgemein ihre Meinung kund. Von heimlich davonstehlen, einen Boten schicken, bis ihren Laird von der Wichtigkeit der Mission zu überzeugen, war alles dabei. Nach einer Stunde waren sie keinen Schritt weiter.

»Also gut!«, stoppte Shawn die Diskussion und sah Dinah scharf an. »Ich werde nach Dòrnaidh Castle reiten und dem Laird alles berichten, was du wünschst.«

»Ich komme mit!«

»Nein! Auf keinen Fall! Dein Bruder macht mich einen Kopf kürzer, wenn ich dich erneut in Gefahr bringe. Ich reite bei Tagesanbruch.«

»Was ist mit dem Sohn des Lairds?«, warf Conan ein, der Älteste und Besonnenste unter ihnen.

»Was, wenn er dich erkennt? Er wird wissen, dass Dinah dich geschickt hat, und sollte nur etwas am Vorwurf unserer Lairdess dran sein, dann bist du in größter Gefahr.«

»Aye«, bestätigten einige der achtköpfigen Truppe.

»Das Risiko muss ich eingehen.« Er straffte den Rücken und ließ demonstrativ seine Muskeln spielen, die jedoch denen erfahrener Krieger noch weit unterlegen waren. »Doch wie ich bereits sagte, ich bin nicht überzeugt, dass Kieran MacTavish hier das Übel ist.«

»Ich ebenfalls nicht«, gestand Flynn, während er Mòlans Kopf kraulte, der auf seinem Oberschenkel ruhte. »Ich bin mit ihm, zwei weiteren MacTavishs und Mòlan auf Spurensuche gewesen. Er hätte das nicht tun müssen, aber er hat darauf bestanden, weil er dich finden wollte.«

Dinah senkte den Kopf und starrte zu Boden. Diese Aktion hatte sie mächtig beeindruckt und sie hoffen lassen. Doch was, wenn das alles Teil einer Täuschung gewesen war? Sie wusste nicht mehr, was sie denken oder glauben sollte; selbst ihren Gefühlen konnte sie nicht mehr trauen. Allein der Gedanke, dass sich Kieran mit Gillian vergnügen könnte, peinigte ihre Sinne und raubte ihr das logische Denkvermögen. Diesen Teil der Geschichte verschloss sie tief in ihrem Inneren und verbarg sie vor ihren Freunden.

»Trotzdem können wir nicht sicher sein, womöglich hat er uns alle getäuscht«, sagte Conan dann auch schon. »Es wäre Leichtsinn, Shawn.«

»Wollt ihr Männer sein oder seid ihr Schwächlinge?«, provozierte Dinah, was sogleich regen Protest auslöste.

»Ich möchte mich ungern vom Breitschwert eines MacTavishs zweiteilen lassen«, donnerte Conan und sorgte damit für sofortige Ruhe. »Wir wissen nicht, was der MacTavish Clan im Schilde führt. Warum haben diese Männer dich wirklich verschleppt? Nicht wenige von uns sind bereit, diese Frage mit ihren Waffen zu klären, während andere an der Loyalität und Unschuld dieses Clans festhalten. Selbst dein Bruder ist verunsichert, das sollte dir zu denken geben.«

Dinah schluckte betreten. Sie hatte es sich einfacher vorgestellt, ihre Freunde für ihren Plan zu gewinnen, aber sie waren eben keine Kinder mehr, die für jeden Unsinn zu haben waren.

»Mein Bruder beharrt darauf, dass mit einer Allianz zwischen unseren Clans alle Differenzen ein für alle Mal bereinigt wären.«

»Womit er grundsätzlich auch recht hat«, sagte Shawn trocken.

»Aber doch nicht, wenn der Bräutigam selbst das

Problem ist.« Hilflos warf sie die Arme in die Luft. »Danke, dass ihr mir zugehört habt. Ich denke, ich muss die Sache allein klären. Shawn, sorge bitte dafür, dass *Doineann* bei Sonnenaufgang gesattelt bereitsteht.«

Alle starrten sie entsetzt an.

Shawn fand als Erster seine Sprache wieder. »Nein! Du wirst nicht allein nach Dòrnaidh Castle reiten!«

»Du könntest dich als Mann verkleiden, dann käme niemand auf die Idee, dass du es bist«, schlug Flynn vor. »Auch ein MacTavish nicht, sollte jemand die Burg beobachten.«

»Bist du vollkommen verrückt geworden, ihr noch mehr Unsinn einzureden?« Shawn sah aus, als würde er ihm gleich an die Gurgel gehen wollen.

»Beruhigt euch«, ging Ennis dazwischen. »Ich habe einen Vorschlag. Wenn wir zu mehreren reiten, ist es sicherer für alle und ich finde Flynns Idee gar nicht so abwegig. Ich weiß von meinem Bruder, dass der Laird am frühen Morgen mit einigen Männern die Burg in Richtung Glenelg verlassen wird. Das verschafft uns ausreichend Zeit, um ungehindert Dòrnaidh Castle zu erreichen, und wenn wir erst dort sind und Dinah Erfolg hat, ist es ohnehin egal, sollte er von unserem Ausflug erfahren, bevor wir zurück sind.«

Dinah konnte ihre plötzliche Euphorie kaum zügeln und wäre ihm am liebsten um den Hals gefallen, konnte sich aber im letzten Moment bremsen. Ennis war im selben Alter wie Conan, beide waren sie gute Kämpfer, die regelmäßig mit den erfahrenen Kriegern ihr Können trainierten. Neben Ennis und Conan schloss sich auch Fergus an, sodass Shawn überstimmt war und zähneknirschend, mit äußerst säuerlicher Miene, dem Unternehmen zustimmte. Shawn wäre neben Dinah das schwächste Glied der Gruppe, da er erst seit Kurzem mit den gestandenen Männern des Clans an den Kampfübungen teilnahm und es ihm noch an Techniken mangelte; das hielt ihn aber nicht davon ab, sie begleiten zu wollen.

Somit waren sie zu fünft, was die Gefahr eines Überfalles erheblich reduzierte – nicht, dass Überfälle besonders häufig vorkamen, aber seit ihrer Entführung musste man mit allem rechnen.

Ennis turtelte seit geraumer Zeit mit der Küchenmagd Isla, die ebenfalls eingeweiht werden sollte; schließlich brauchte Dinah Hilfe, um ungesehen die Burg zu verlassen, und auch auf die Unterstützung von Roya würde sie vertrauen können.

Dinah war guter Dinge, als sie ihre Freunde und den Dachboden verließ.

*

Kieran ahnte, dass das Gespräch mit seinem Vater unangenehm werden würde, dementsprechend nervös war er. Äußerlich gelassen hörte Laird MacTavish seinem Bericht zu; nur an der tiefer werdenden Falte über seiner Nasenwurzel und den gelegentlich hochgezogenen Augenbrauen war seine wachsende Bestürzung zu erkennen.

»Kayla hat sie aus der Webkammer kommen sehen und sie hatte zwei unserer Plaids bei sich, die anschließend nicht gefunden wurden. Damit dürfte klar sein, wohin sie verschwunden sind«, endete Kieran.

Es war so unnatürlich still im Raum geworden, bis der Laird kraftvoll mit der Faust auf den Tisch schlug und einen derben Fluch ausstieß. »Soll das heißen, dass wir selbst dem Feind die Waffen gereicht haben, die uns richten sollten?«

Kieran räusperte sich. »Wenn du mit Waffen unsere *Breacan feiles* meinst, die Dinahs Entführer getragen haben, dann lautet die Antwort ja.«

Der Laird lief zornesrot an. »Wie zum Teufel konnte das passieren? Warum hat sich niemand vom Inhalt des Päckchens überzeugt? Ich will sofort mit Eachann sprechen, denn wenn er seinem Schwanz das Denken überlässt, ist er unter meinen Männern fehl am Platz!«

»Vater, es ist nicht Eachanns Schuld! Gillian hat das Paar für ihre hinterlistigen Zwecke benutzt. Keiner von ihnen konnte ahnen, was sie im Schilde führte.«

»Wir haben uns von einem Weibsbild an der Nase herumführen lassen, wir stehen da wie die letzten Vollidioten.« Er gestikulierte wild mit den Armen.

»Von *zwei* Weibsbildern«, korrigierte Kieran trocken, »vergiss Carmen MacMurray nicht.«

»Das würde bedeuten, das Mädchen wurde womöglich von ihren eigenen Clanleuten entführt und wir MacTavishs sollten den Kopf dafür hinhalten! Wie will dieser Laird einen Clan führen, wenn er nicht mal in der Lage ist, seine eigene Frau unter Kontrolle zu halten?« Sein Vater sah ihn wutschnaubend an. »Ich werde aus ihm herausbekommen, inwieweit er selbst in die Angelegenheit verwickelt ist!«

»Du glaubst nicht ernsthaft, dass er mit der Entführung seiner eigenen Schwester zu tun hatte?«, verteidigte Kieran seinen Freund. »Ich kenne ihn, er würde sie niemals absichtlich in Gefahr bringen, unter keinen Umständen!«

»Umso schlimmer«, murrte der Laird. »Das beweist, dass dieser Narr keine Ahnung hat, was sich unter seinem Dach abspielt.«

»Womöglich hegte er einen Verdacht, wir wissen es nicht. Doch wenn dem so wäre, wäre ich an seiner Stelle auch bemüht, dass nichts nach außen dringt.«

Der Laird gab ein Grunzen von sich. »Eine Frage, mein Sohn, und ich verlange eine schonungslos offene und ehrliche Antwort. Hast du Brians Tochter jemals Hoffnungen oder irgendwelche Versprechungen gemacht? Hast du sie unsittlich berührt oder mehr, ihr beigelegen?«

»Vater!« Kieran sah seinem Erzeuger fest in die Augen, ohne mit der Wimper zu zucken. »Bei meiner Ehre: Nein, das habe ich nicht! Unsere Verbindung ging nie über eine harmlose Tändelei hinaus.«

Aodh MacTavish musterte ihn schweigend und gründlich, bevor er kraftvoll einen Schwall Atemluft ausstieß und ihm auf die Schulter klopfte. »Gut!«

Kierans Anspannung löste sich ein wenig und er tat einen tiefen Atemzug. Nachdenkliche Stille breitete sich aus.

»Der Laird des MacQuarie Clans muss etwas gewusst oder zumindest geahnt haben«, sagte der Vater schließlich. »Ich dachte, er bezog sich auf Laird Colin MacRay, als ihm in seiner Aufregung der Name MacRay herausrutschte, aber was, wenn er nicht ihn, sondern seine Schwester gemeint hat?«

Kieran, der selbst gerade komplexen Gedanken nachhing, brauchte einen Moment, bis er begriff, wo-

rauf er sich bezog – das Gespräch der drei Lairds, als
es darum ging, MacQuarie klarzumachen, dass Dinah
MacMurray bereits ihm versprochen war.

»Auch wenn Carmen inzwischen eine MacMurray
ist, unter ihrem Geburtsnamen MacRay dürfte sie
dem MacQuarie vertrauter sein«, murmelte Kieran.

»Aye.« Der Alte kratzte sich bedächtig am Kopf.
»Dein Mädchen erwähnte, dass dieser Big Con der
Anführer sei und so weit ich gehört habe, hat Big Con
bereits mehrfach für Laird MacRay gearbeitet. Carmen könnte ihn kennen aus der Zeit, als sie noch unter dem Dach ihres Bruders lebte.«

»Dann könnten es ebenso gut MacRay Clanmänner
gewesen sein, die Dinah gefangen genommen haben«,
sprach Kieran seinen Gedanken laut aus.

»Mmmh«, brummte sein Vater. »Und die Antwort
kann uns nur die Lairdess geben.«

»Was für ein Schlamassel«, Kieran stöhnte. »Wie
gehen wir jetzt vor?«

Der Laird ließ sich mit seiner Antwort Zeit. »Laird
MacMurray wird die Suppe gar nicht schmecken«,
sagte er dann, »und niemand kann mit Bestimmtheit
sagen, wie er auf die pikanten Enthüllungen reagieren
wird. Ich will versuchen, gemeinsam mit ihm eine
friedliche Lösung des Problems zu finden, vorausge-
setzt, ich kann ihn überzeugen, dass er mir überhaupt
zuhört und uns nicht der Verleumdung bezichtigt. Ich
muss unsere Männer zusammenrufen und sie über
die neue Lage aufklären; sie sollen sich bereithalten.
Wir sollten auf jeglichen Ärger vorbereitet sein.
Hauptsache, wir halten uns den MacRay so lange wie
möglich vom Hals. Sobald er Wind davon bekommt,

226

was wir seiner Schwester vorwerfen, könnte es verdammt ungemütlich werden.«

»Aye, Vater. Vor allem, weil dieses Großmaul von Anfang an gegen uns gewettert hat. Der wartete doch nur auf eine Gelegenheit, gegen uns vorzugehen.« Er mochte den Kerl nicht, aber das war nicht von Belang. Colin MacRay war nun mal Myles' Schwager, und er selbst würde sich in absehbarer Zukunft ebenfalls so nennen.

»Ich will bei dem Gespräch mit Myles dabei sein«, sagte er. »Vielleicht gelingt es mir, beruhigend auf ihn einzuwirken.« Er hoffte natürlich auch, Dinah zu sehen und sich davon zu überzeugen, dass es ihr gut ging. Sie musste wissen, wie weit ihre Schwägerin bereit war zu gehen, um ihr zu schaden, und dass sie sich vor ihr in Acht nehmen musste.

Sein Vater setzte zu einer Antwort an, doch ein plötzlicher Tumult, der vom Eingang der Burg herrührte, ließ ihn verstummen.

Schon flog die Tür auf und eine verschreckte Magd stürzte herein. »Laird, Ihr solltet sofort kommen. Mister Brian MacMurray ist mit seiner Tochter eingetroffen und reichlich ungehalten.«

*

Ein dünner brauner Schal war fest um ihren Kopf gewickelt und hielt ihr Haar gebändigt, damit nichts unter der grauen *Bonnet*-Mütze herauslugte. Das war der einfachere Teil ihrer Verkleidung. Die geborgten abgetragenen Stiefel waren ein wenig zu groß, ragten aber bis ans Knie und das Plaid endete fast zwei

Handbreit unterhalb. Trotzdem fühlte Dinah sich unwohl in ihrer Aufmachung und trug zur Sicherheit zusätzlich ein paar Kniehosen unter dem *Breacan feile*. Einen Satz Damenbekleidung verbarg sie in einem Beutel, der am Sattel befestigt war.

Niemand hatte von ihr Notiz genommen und es war ihr gelungen, die Burg unbehelligt zu verlassen. Sie konnte nur hoffen, dass die Lüge, sie fühle sich nicht wohl und habe sich hingelegt, jeden Burgbewohner davon abhielt, etwas von ihr zu wollen.

Ein mulmiges Gefühl beschlich sie, wenn sie an Myles dachte. Sobald er zurückkehrte, würde die Sache zwangsläufig auffliegen, denn er würde sich nicht von Roya davon abhalten lassen, nach ihr sehen zu wollen. Ihr Bruder würde fuchsteufelswild werden, wenn ihm aufging, dass sie alle getäuscht hatte. Entschieden verdrängte sie die Konsequenzen, die ihr Handeln möglicherweise zur Folge haben könnte. Alle ihre Hoffnungen lagen nun auf Laird MacTavish und ihrer Vermutung, dass er der Einzige wäre, der das drohende Unheil noch abwenden konnte. Doch was, wenn sie den Laird auf Dòrnaidh Castle nicht antrafen und zum Warten verdammt wären? Das erhöhte das Risiko, dass Kieran von ihrem Eintreffen Wind bekam. Wie sollte sie ihm ihre Anwesenheit erklären, ohne dass er Verdacht schöpfte?

Vielleicht war er aber gar nicht zugegen, weil er sich mit seiner Gillian traf, um die nächsten Schritte zu besprechen. Ein schmerzhafter Stich durchzuckte ihr Herz bei dieser Vorstellung und beschwor zu ihrem Übel die Erinnerung an den Kuss herauf. Sie fluchte unterdrückt und wünschte diesen Mann zum Teufel.

Viel schlimmer wäre, sollte Myles sie einholen, bevor sie die Möglichkeit bekam, mit dem Laird zu sprechen.

»Du siehst angespannt aus«, bemerkte Ennis, der sein Pferd neben sie lenkte, als sie gerade einen Abhang hinabritten.

»Wundert dich das?«, konterte sie.

»Eigentlich nicht«, gab Ennis zu. »Für dich steht viel auf dem Spiel. Dieser Kieran wäre ein Dummkopf, wenn er deinen Wert nicht erkennt.«

Dinah begnügte sich mit einem Schnauben, sie wollte nicht über Kieran sprechen. Sie musste einen klaren Kopf behalten und sich auf ihre Mission konzentrieren. »Sollte mir der Laird nicht glauben und seinen Sohn in Schutz nehmen, kann es für uns alle sehr ungemütlich werden. Und ich bin diejenige, die euch in diese Sache hineingezogen hat.«

»Du hast uns nicht gezwungen. Wir haben freiwillig beschlossen, dir zu helfen. Er wird dir zuhören, ganz bestimmt, auch wenn ihm nicht gefallen wird, was du über seinen Sohn zu berichten hast.«

Dinah nickte und schenkte ihm für den Versuch des Trostes ein anerkennendes Lächeln.

Sie hatten das Gefälle hinter sich gelassen und konnten wieder ein schnelleres Tempo anschlagen, wofür sie dankbar war. Ein paar Meilen vor Dòrnaidh Castle würden sie einen letzten Halt einlegen, wo sie ihre Verkleidung ablegen und wieder in ihre eigenen Sachen schlüpfen könnte. Ihre nervöse Unruhe ließ sich nicht so einfach abstreifen; sie wuchs mit jeder Meile, die sie der MacTavish Burg näherkamen. Aus unerklärlichem Grund nahm auch das ungute Bauchgefühl zu und sandte unheilvolle Vorahnungen voraus, die sie nicht in Worte fassen konnte.

*

»Der hat uns gerade noch gefehlt!« Laird MacTavish rollte die Augen. Er wechselte einen gestrengen Blick mit seinem Sohn, als sich der aufgebrachte Brian MacMurray auch schon energisch an der Magd vorbei, ins Zimmer drängte.

»Ich habe sofort mit Euch zu sprechen!«, polterte der los, ohne sich mit einem Wort des Grußes aufzuhalten, seine Tochter Gillian im Schlepptau. Sein gehetzter Blick streifte vom Laird zu Kieran und seine Gesichtsfarbe verdunkelte sich eine Spur mehr, als er mit ausgestrecktem Zeigefinger auf ihn zumarschierte. »Kieran MacTavish, wie konntest du es wagen? Ich hatte dich immer für einen anständigen Kerl gehalten. Warum? Ich fasse es nicht, was zum Teufel ist in dich gefahren, dass du dich auf so unwürdige Weise an meiner Tochter vergreifen musstest?«

Kieran klappte die Kinnlade herunter, hatte er das gerade richtig verstanden? Er starrte Gillian an, die ungewohnt passiv dastand und die ganze Zeit den Kopf gesenkt hielt.

»Drückt Euch klarer aus, was soll mein Sohn getan haben?«, hörte er seinen Vater scharf nachhaken, was ihm die Zeit verschaffte, sich zu sortieren.

»Was an meinen Worten war unverständlich, Laird MacTavish?« Brian wandte seine Aufmerksamkeit ihm zu, während er verständnislos den Kopf schüttelte. »Ich fand meine Tochter in Tränen aufgelöst am

Boden kauernd und mit zerrissenen Kleidern vor, weil dieser Schweinehund«, er wies auf Kieran, ohne ihn anzusehen, »sich rücksichtslos genommen hat, was sie ihm freiwillig nicht geben wollte. Nicht mehr, seitdem sie erfahren hat, dass er meine Nichte Dinah heiraten wird. Gillian könnte ein Kind empfangen haben, ich verlange, dass er die Konsequenzen für sein Handeln übernimmt.«

»Indem er stattdessen Eure Tochter Gillian zum Weib nimmt?« Laird MacTavish zog überrascht die Augenbrauen hoch. »Und dadurch hätte sie doch noch ihr Ziel erreicht, nachdem ihr Plan mit der Entführung nicht funktioniert hat«, sagte er lauernd und schaute Gillian an, die scheinbar unbeteiligt zu Boden sah. »Zurückweisung und verletzter Stolz sind ein scharfes Schwert, das kann ich nachvollziehen, aber du bist entschieden zu weit gegangen, Gillian MacMurray.« Seine Stimme bebte nun vor unterdrücktem Zorn. »Du wirst für dein Vergehen zur Rechenschaft gezogen werden, ebenso wie Myles' Gemahlin, mit der du dich verschworen hast, um Unheil zwischen unseren Clans zu stiften.«

Irritiert sah Brian von einem zum anderen. »Verdammt, wovon sprecht Ihr?« Er zerrte heftig am Arm seiner Tochter. »Wovon sprechen die? Hast du mir irgendetwas verschwiegen?«

Gillians Körper schlackerte wie eine Marionette, jedoch starrte sie weiterhin zu Boden.

»Na los, erzähl deinem Vater, was du getan hast«, verlangte Kieran in eisigem Tonfall. »Wir wissen sowieso schon das meiste. Was uns noch interessieren würde, wer hat die Männer ausgesucht, die Dinah entführen sollten? Warst du es oder hast du diese Aufgabe Carmen überlassen?«

Brian MacMurray stolperte einen Schritt rückwärts. Vollkommene Verwirrung zeichnete seine Gesichtszüge.

»Wir erklären Euch gern die Zusammenhänge, sobald Ihr Euch beruhigt habt«, sagte der Laird sachlich.

»Gillian hat Euch belogen«, ergänzte Kieran. »Sie hat uns alle belogen!«

Erneut packte Brian seine Tochter und schüttelte sie. »Ist das wahr? Antworte mir! Du hast mir erzählt, Kieran sei wie ein wildes Tier über dich hergefallen.«

Kieran entwich ein empörtes Schnauben, doch Brian ignorierte es.

»Ich will jetzt sofort von dir wissen, ob es die Wahrheit war oder nicht.«

Offensichtlich wollte Gillian ihrem Vater nicht antworten, sie schwieg weiterhin beharrlich.

»Es ist vorbei, Gillian!« Allmählich verlor Kieran die Geduld.

»Es ist alles deine Schuld!« Ihr Kopf schoss ruckartig nach oben und sie sah ihn direkt an, Tränenspuren zeichneten ihr Gesicht und die Augen waren gerötet.

Kieran spürte keinerlei Mitleid mit ihr. Sie war ein kaltherziges, intrigantes Frauenzimmer. Er konnte nicht fassen, dass er einst ihre Gesellschaft genossen und sie für begehrenswert gehalten hatte.

»Alles ist nur deine Schuld«, wiederholte sie schrill. »Du hast mich nie als Frau wahrgenommen, egal, was ich versucht habe. Und dann kamst du daher und beklagtest dich bei mir, dass du Dinah heiraten sollst.« Sie lachte unfroh auf. »Ausgerechnet Dinah, meine unscheinbare Cousine. Aber endlich hatte ich deine Aufmerksamkeit und dafür musste ich weiterhin kämpfen, denn du gehörst mir! Mir!«

»Nein, Gillian! Ich gehöre dir nicht. In meinen Augen warst du ein gern gesehener Gast auf Dòrnaidh Castle, eine liebe Freundin und nette Unterhaltung, nicht mehr. Und das weißt du, weil ich dir bereits vor langer Zeit meinen Standpunkt erklärt habe.«

»Pah! Du und deine verfluchte Ehre. Sieh dich an, wohin sie dich geführt hat.« Sie machte Anstalten, auf ihn loszugehen, doch ihr Vater schob sich zwischen ihnen und drängte sie zurück.

»Kind, ich frage dich zum letzten Mal: Hat Kieran getan, was du mir erzählt hast, ja oder nein?«, donnerte Brian MacMurray. Von dem sonst so gelassenen und friedfertigen Wesen des Mannes war nicht mehr viel vorhanden.

»Au, du tust mir weh«, klagte Gillian, als ihr Erzeuger sie packte und schüttelte.

»Antworte mir gefälligst!«

Kieran und sein Vater wechselten einen vielsagenden Blick.

Nach einigem Gezappel und Gemurre gab Gillian schließlich auf. »Nein Vater, das hat er nicht. Aber ich wünschte, er hätte es getan.« Gillian nahm wieder ihre anfängliche, demütige Haltung ein, starrte zu Boden und schniefte leise vor sich hin.

Kieran entwich ein erleichtertes Aufatmen, während Brian keuchte und aussah, als hätte er gerade einen harten Schwertkampf um Haaresbreite für sich entschieden.

»Laird MacTavish, Kieran, ich bitte um Vergebung

für meine im Zorn geäußerten Worte.«

Der Laird nickte erhaben, schritt zur Tür und bellte zwei Namen. Augenblicke später stürmten die Männer herein.

»Nehmt diese Frau in Gewahrsam, so lange, bis wir hier fertig sind. Weicht nicht von ihrer Seite und lasst sie nicht aus den Augen. Sie darf mit niemandem sprechen und es werden ihr keinerlei Gefälligkeiten gewährt.«

»Vater, es tut mir leid«, bettelte Gillian, als die Männer sie hinaus eskortierten. »Es hätte vollkommen anders laufen sollen. Ich kann nichts dafür, dass ...«

»Halt deinen Mund! Ich will kein Wort mehr hören!«

Stille herrschte im Raum, noch Augenblicke, nachdem die Tür hinter Gillian geschlossen worden war.

»Ich wusste, dass sie eine Schwäche für dich hat, Kieran«, begann Brian schließlich, »aber ich ahnte nicht, dass es in Besessenheit ausarten könnte.« Er straffte die Schultern und fuhr sich mit der Hand durch sein vom Ritt zerzaustes Haar. »Na schön, ich will jede Einzelheit hören, die meiner Tochter zur Last gelegt wird. Großer Gott, ich bete, dass sie sich nicht an der Entführung meiner Nichte schuldig gemacht hat.«

»Aye.« Der Laird räusperte sich und wies auf die Sitzgelegenheit. »Ihr sollt alles erfahren, aber es wird Euch nicht gefallen.«

*

Die Wachposten am Burgtor winkten sie durch. Männer kamen herbeigeeilt, um sich um ihre Pferde zu kümmern, nachdem sie im Burghof aus dem Sattel gestiegen waren. Conan hatte das Reden übernommen, wofür Dinah dankbar war, da sie befürchtete, ihre Stimme würde zittern.

Laird MacTavish befand sich in der Burg, versicherte einer der Männer. Sie wappnete sich innerlich und legte sich ihre Worte zurecht.

»Es wird Euch freuen zu hören, dass sich Eure Cousine und Euer Onkel derzeit ebenfalls auf Dòrnaidh Castle aufhalten«, plauderte der junge Mann unbefangen, der sich ihrer Stute annahm.

»Was? Seit wann?« Entsetzt sah sie zu Conan hinüber, der sich nichts anmerken ließ.

»Oh, sie sind vor etwas über einer Stunde eingetroffen«, berichtete der Stallbursche weiter. Von ihrer schockierten Reaktion bekam er nichts mit.

Panik drohte Dinah zu übermannen. Gillian war hier … und *er* höchstwahrscheinlich auch. Bedeutete das, dass der Laird von dieser Liaison wusste und sie billigte? War sie vollkommen umsonst hierhergekommen?

»Was machen wir jetzt?«, zischte sie Conan zu, der gerade Shawn informierte.

»Es ist zu spät, um den Rückzug anzutreten«, antwortete Conan gelassen. »Du wirst mit dem Laird reden, wie geplant.«

»Nein, das kann ich nicht, das geht nicht.« Ihre Stimme kippte fast vor aufkommender Furcht. Wie töricht, dass sie nicht einen Gedanken darauf verwendet hatte, dass ihre Cousine hier sein könnte. Sie wollte dieser hinterhältigen Schlange nicht begegnen.

»Das ist dumm gelaufen, aber Conan hat recht, du musst jetzt da durch.« Unauffällig schob Shawn sie vorwärts, um dem Mann zu folgen, der sie in die Burg führte.

Wie in Trance setzte sie einen Fuß vor den anderen. Ihre Beine fühlten sich weich und zittrig an, als gehörten sie nicht zu ihrem Körper, sondern gehorchten einem fremden, unbekannten Befehl. Was hatte sie sich nur dabei gedacht, nach Dòrnaidh Castle zu reiten? Myles würde zu Recht verdammt wütend auf sie sein.

»Ihr könnt so lange in der Großen Halle warten«, sagte der Mann. »Unser Laird führt gerade eine äußerst wichtige Unterredung. Ich werde Euch holen lassen, sobald ...«

»Unser Anliegen ist ebenfalls von größter Wichtigkeit, sonst wären wir nicht hier«, unterbrach Conan ihn resolut. »Also bitte informiert Euren Laird, sofort!«

Der Mann starrte ihn an, als wisse er nicht, ob er erstaunt oder verärgert sein sollte.

»Willkommen auf Dòrnaidh Castle.« Die Stimme, die plötzlich zu ihrer Linken ertönte, kam Dinah irgendwie bekannt vor, aber in ihrer Aufregung konnte sie sie nicht zuordnen. Ihr Kopf flog herum, doch seine Gestalt wurde durch Ennis verdeckt.

Der Mann, der sie hineingeführt hatte, flüsterte dem Ankömmling etwas zu, während Ennis beiseitetrat und ihre Sicht nicht länger behinderte.

Caleb! Es handelte sich um Caleb, Kierans jüngeren Bruder. Ihre Blicke trafen sich. Er sah gut aus, sein Haar war ein wenig heller als das seines Bruders und seine Gesichtszüge wirkten weicher. Caleb lächelte freundlich und Dinah zwang sich, es zu erwidern.

Er nahm ihre Begleiter in Augenschein. »Wo ist Euer Bruder? Hat er Euch nicht begleitet?« Abwartend sah er sie an.

Shawn versetzte ihr einen leichten Stoß mit dem Ellenbogen in die Rippen.

»Ähm ... er ... er war verhindert«, stammelte sie. Dann riss sie sich zusammen und sagte mit fester Stimme: »Ich muss sofort mit dem Laird sprechen.«

»Soweit ich weiß, spricht er gerade mit Eurem Onkel, aber Kieran wird sicher Zeit für Euch finden.«

»Nein!« Die Antwort kam zu forsch und klang zu panisch. Sie merkte es an seiner verdutzten Reaktion und schluckte nervös. Auf keinen Fall wollte sie jetzt Kieran begegnen. »Nein, damit wäre mir nicht geholfen, er ist nicht Laird dieses Clans«, kaschierte sie ihren Fauxpas. »Ich muss mit Eurem Vater sprechen, unverzüglich!«

»Verstehe.«

Das bezweifelte sie stark, doch sie bemühte sich, beharrlich und selbstsicher aufzutreten. Er musterte sie einen Moment mit einem seltsamen Ausdruck im Gesicht, bevor er wieder sein Lächeln präsentierte.

»Dann führe ich Euch zu ihm.« Mit einer einladenden Geste bat Caleb sie, ihm zu folgen.

Er versuchte höflich, Konversation mit ihr zu treiben, aber sie war zu angespannt, um sich darauf einzulassen. Er stoppte vor einer dunklen Holztür, klopfte und öffnete sie sogleich.

»Jetzt nicht!«, hörte sie den Laird poltern, doch Caleb ließ sich davon nicht beeindrucken.

»Vater, soeben sind Besucher von Morvich Castle eingetroffen und *sie* möchte unbedingt sofort mit dir sprechen.«

Die sonderbare Betonung, die Caleb auf das Wörtchen *sie* gelegt hatte, missfiel ihr. Sie strafte ihn mit einem scharfen Blick und ignorierte sein Grinsen, als sie mit durchgestrecktem Rücken an ihm vorbeirauschte.

Abrupt stoppte Dinah, als sich vor ihr drei Gestalten erhoben, Laird MacTavish, ihr Onkel Brian und ... *Kieran*. Sie schluckte schwer und ihre hart erkämpfte Selbstsicherheit drohte in sich zusammenzufallen. Kieran, sie starrte ihn an, als sei er ihr als Geist erschienen.

»Dinah? Mädchen, was tust du hier?« Ihr Onkel kam auf sie zu. »Ist etwas passiert? Und wo ist Myles?« Er zog sie in eine rasche Umarmung und hielt sie dann auf Armeslänge vor sich, um sie zu begutachten.

Sie liebte ihren Onkel, aber warum war er hier? Ging es um Gillian und Kieran?

»Myles ist nicht hier, ich bin allein gekommen. Freunde haben mich begleitet.« Sie entzog sich seiner Fürsorge und atmete durch.

»Das hat Myles zugelassen? Nach allem, was dir zugestoßen ist? Ich fasse es nicht!«

»Bitte *Bràthair* [Onkel], Myles weiß nicht, dass ich hier bin.« Sie schaute an ihm vorbei, wobei sie sich bemühte, nicht Kierans Blick zu begegnen. »Laird MacTavish, bitte entschuldigt mein ungebetenes Erscheinen, aber ich muss in einer äußerst dringlichen Angelegenheit mit Euch reden.«

Neben ihr erregte sich der Onkel immer noch über ihre Worte und verlangte Details zu erfahren. Es brach ihr das Herz, wenn sie daran dachte, dass das, was sie dem Laird zu sagen hatte, für ihn sehr schmerzhaft sein würde.

»Aye.« Der Laird kam näher. »Setzt Euch zu uns und erzählt, was Euch bedrückt.«

»Allein! Ich muss allein mit Euch sprechen, bitte.« Jetzt begegnete sie doch Kierans Blick. Er hatte seine Emotionen gut unter Kontrolle, ihm war nicht anzumerken, ob er beunruhigt war.

»Nun gut, dann soll es so sein«, gab Laird MacTavish nach.

»Hat es mit Gillian zu tun?«, hakte Onkel Brian vorsichtig nach. »Ich weiß inzwischen Bescheid, wenn es das ist.«

Erstaunt sah Dinah ihn an. Wusste er, dass Kieran und Dinah ein Liebespaar waren? Es war so viel mehr, also was sollte sie ihm darauf antworten?

»Kommt!« Kieran war mit einem Mal neben ihnen und legte die Hand auf die Schulter ihres Onkels. »Wir können uns so lange woanders weiter unterhalten.«

Er wagte es, ihr währenddessen zuzuzwinkern.

Dinah hielt die Luft an, wie konnte dieser Mann nur so unverschämt gut aussehen?

Widerstrebend ließ Onkel Brian sich von ihm zur Tür führen und sie befand sich endlich mit dem Laird allein im Raum.

*

Kieran fühlte sich keineswegs so gelassen, wie er nach außen hin bemüht war, auszustrahlen. Etwas hatte sich zwischen ihm und Dinah verändert. Es mochte täuschen, aber heute erschien sie ihm fast verängstigt. Was hatte das ausgelöst? Er war kurz davor, sich Gillian zu schnappen und so lange zu schütteln, bis sie ausspuckte, was er wissen wollte. Doch mit Rücksicht auf Brian konnte er das nicht tun und das machte ihn reizbar.

In der Großen Halle sahen sie Dinahs Begleiter, die gerade von zwei Mägden mit Ale und einer kleinen Stärkung versorgt wurden.

Brian stürmte sofort auf seine Clanleute zu, um sie zur Rede zu stellen, warum sie Dinah das Unterfangen nicht ausgeredet oder ihren Bruder über ihr Vorhaben informiert hatten. Kieran konnte nichts tun, außer ihm zu folgen.

Während Brian mit dem Redenführer debattierte, beobachtete Kieran Shawn, der stets entgegenkommend gewesen war und nun offenbar Schwierigkeiten hatte, ihm ins Gesicht zu sehen. Was war geschehen, seit er Morvich Castle verlassen hatte?

Frauen waren komplizierte Wesen, aber er hatte das Gefühl gehabt, dass Dinah ihm gegenüber etwas zugänglicher geworden war. Doch das passte nicht zu ihrem heutigen Verhalten, und warum wollte sie seinen Vater unbedingt allein sprechen und ihn nicht dabeihaben? Vater würde ihm sicher anschließend von dem Gespräch berichten, aber Geduld war derzeit nicht seine Stärke.

Gillian hatte sich auf dem Anwesen ihres Vaters befunden, also konnte sie nicht für Dinahs Aufruhr verantwortlich sein, blieb also ihre Schwägerin Carmen.

Brian war inzwischen weitgehend über Gillians Verfehlungen informiert worden, von den infamen Lügen und Schmähungen, die sie ihrer Cousine aufgetischt hatte, bis hin zu dem Diebstahl der MacTavish Plaids, die sie unter Vortäuschung nobler Absichten, es handle sich um ein aufreizendes Kleid, an Carmen überbringen ließ.

Das bedeutete, dass Dinahs Entführung bereits fester Bestandteil ihrer Intrige gewesen war. Mit dem Ziel, den MacTavish Clan als Schuldigen hinzustellen und bewusst die freundschaftlichen Beziehungen zwischen ihren Clans zu zerstören, nur um die geplante Allianz durch das Ehebündnis platzen zu lassen. Fast hätte dieser gottlose Plan tatsächlich funktioniert und es wäre eine Fehde zwischen ihren Clans entstanden, die im schlimmsten Falle viele unschuldige Menschenleben gekostet hätte. Und alles wegen einer Frau, die von eifersüchtigen Rachegedanken gegenüber ihrer eigenen Cousine zerfressen war. Hatte sie bei der ganzen Aktion einmal an ihren armen Vater gedacht? Und glaubte sie ernsthaft, sie könne nach all dem problemlos seine Gemahlin werden? Schließlich war sie selbst eine MacMurray, auch wenn sie als Verwandte der Lairdfamilie nicht das Gewicht wie die Tochter eines Lairds besaß. Mit düsterer Miene und vor der Brust verschränkten Armen ließ sich Kieran diesen Wahnsinn durch den Kopf gehen, während er Brian und die Männer beobachtete.

Sie waren an jener Stelle durch Dinahs Erscheinen unterbrochen worden, als es darum ging, welche der beiden Frauen für welchen Teil der Geschichte verantwortlich war. Doch im Grunde war es gleichgültig. Tatsache war, Gillian hatte gezielt diesen Diebstahl begangen, nachdem sie sich bei seiner Mutter zum Tee eingeschmeichelt hatte, und später benutzte sie Eachann und Aoife, um die Tat zu vollenden. Carmen musste daraufhin die Entführer mit den gestohlenen Plaids ausgestattet haben. Blieb die Frage, was für sie dabei heraussprang, doch das zu klären fiel in Myles' Zuständigkeit, ebenso, jene Männer zu fassen, die Carmen angeheuert hatte, ob es sich nun um MacMurrays oder MacRays handelte. Laut Laird MacRay dürfte auch Big Con im Laufe der kommenden Woche von dem Viehtrieb in die südwestlichen Highlands zurückkehren und könnte endlich zum Geschehen befragt werden. Der Einzige, der bislang vollkommen ahnungslos war, war Laird Myles MacMurray, das musste sich schleunigst ändern. Durchaus möglich, dass er bald hier aufkreuzte, um nach seiner abtrünnigen Schwester zu suchen.

»Brian, ich denke, wir sollten unser Gespräch fortsetzen.«

Gequält sah der Ältere ihn einige Sekunden schweigend an, bevor er schwerfällig nickte. Er sah wie ein gebrochener Mann aus, der seit seiner Ankunft um Jahre gealtert war. Kieran hätte ihm gern die Pein erspart, die er in der letzten Stunde erlitten hatte, aber das lag leider nicht in seiner Hand.

»Aye, wenn du mir einen starken Whisky anbietest? Den könnte ich jetzt vertragen.«

»Ich auch«, gestand Kieran und meinte es auch so.

»Und ich möchte, dass meine Tochter bei dem Gespräch dabei ist. Sie soll mir ins Gesicht sagen, was sie gemacht hat«, setzte Brian leiser hinzu.

Kieran zögerte, er wollte nicht, dass diese hinterhältige Person ihm wieder unter die Augen trat. Resignierend stimmte er jedoch zu, winkte einen Clanmann heran und gab ihm den Auftrag, Gillian zum privaten Salon zu führen, da sein Vater und Dinah sich im separaten Verhandlungszimmer befanden. Aus dem Augenwinkel entdeckte er Verwirrung in Shawns Gesichtsausdruck. Shawn war Brian am nächsten und hatte vermutlich jedes Wort verstanden. Irgendwas stimmte nicht, aber mit dem jungen Mann musste er sich später befassen.

*

Aus Furcht, der Laird könne ihr nicht bis zum Ende zuhören wollen, redete Dinah so schnell, dass sie zwischendurch sogar das Luftholen vergaß und sich mehrmals verhaspelte. Der Plan, den sie sich zurechtgelegt hatte, um ihm das Dilemma schonend und trotzdem respektvoll vorzutragen, hatte sich in dem Moment in Wohlgefallen aufgelöst, als sie dem Mann ins Gesicht gesehen hatte. Jeder strukturierte Gedanke war plötzlich wie ausgelöscht und so plapperte sie wild drauflos, teils wirr und zusammenhangslos, was ihr in dem Augenblick als das wichtigste Detail erschien.

Sie konnte nicht ausmachen, ob Laird MacTavish ihr überhaupt folgen konnte. Seine Miene blieb durchgehend neutral und ließ keinerlei Emotionen durchblicken. Er zuckte nicht mal mit den Wimpern, als sie ihm von Kierans und Gillians Liebe berichtete, selbst als sie ihm sagte, dass Kieran persönlich die Entführer ausgewählt und unterwiesen hatte und jene Männer aus diesem Grund auch nicht ermittelt werden konnten.

Als sie der Meinung war, alles gesagt zu haben, worauf es ankam, gestattete sie sich, durchzuatmen. Erwartungsvoll schaute sie den Laird an, er schwieg ausdauernd, musterte sie. Hielt er sie jetzt für eine Irre? Warum sagte er nichts?

»Es ist so, Laird MacTavish«, fuhr sie fort. »Ich bin nicht zu Euch gekommen, weil ich einen Groll gegen Euren Sohn hege, weil er mich entführen ließ und hoffte, mich an den Laird des MacQuarie Clans abschieben zu können.« Ein zischender Laut entfuhr ihr. »Es hätte ja fast funktioniert, wenn Ihr den Mann nicht überzeugt hättet, von diesem Vorhaben Abstand zu nehmen.« Sie wurde immer nervöser, weil er nach wie vor schwieg. »Von mir aus soll Kieran Gillian heiraten, wenn ihn das glücklich macht. Ich habe nichts dagegen einzuwenden.« Das war eine Lüge und sie senkte rasch den Blick, um ein verräterisches Erröten zu vermeiden. Aber sie konnte noch sehen, dass ihr Gegenüber erstaunt die Augenbrauen hochzog, seine erste Reaktion, seit sie mit ihrer Geschichte begonnen hatte.

»Ich bin zu Euch gekommen, weil Ihr sicher wisst, was jetzt zu tun ist. Mein Bruder darf niemals erfahren, was Euer Sohn getan hat. Es würde die guten Beziehungen zwischen unseren Clans zerstören und ich will nicht der Grund für den Ausbruch einer Fehde zwischen unseren Clans sein. Das darf nicht passieren!« Flehend schaute sie den Laird nun an.

»Wie viel von dem, was Ihr mir erzählt habt, habt Ihr Eurem Bruder erzählt?«, fragte er schließlich.

»Nur dass Kieran und Gillian ein Paar sind, aber er hält es für ein Hirngespinst.«

Der Laird schmunzelte, was er rasch durch ein Räuspern kaschierte und den Blick zur Seite wandte. Warum amüsierte ihn das? Verdutzt starrte Dinah ihn an.

»Was es auch ist!«, bekräftigte er. »Euch wurde ein Lügenmärchen aufgetischt, zugegeben, taktisch und zielführend durchdacht, um sicherzugehen, dass Ihr es schlucken würdet, aber dennoch ist es das, was Euer Bruder schon sagte, ein Hirngespinst.«

Dinahs Frustration stieg ins Unermessliche und sie sackte auf dem zuvor angebotenen Stuhl in sich zusammen. Solange sie geredet hatte, war sie zu aufgeregt gewesen, um sich zu setzen; der Laird hockte lässig auf der Ecke des massiv gezimmerten Eichentisches, mit einem Fuß fest auf dem Boden.

»Ihr glaubt mir nicht, dann habe ich es also vollkommen umsonst auf mich genommen, hierherzukommen?« Sie war den Tränen nahe.

»Wie man es nimmt.« Der Laird erhob sich und kam auf sie zu. »Auch wir waren in der Zwischenzeit nicht untätig.« Seine Stimme war ruhig und hatte einen beruhigenden sonoren Klang, der Kieran so ähnlich war. »Die Wahrheit wurde für Euch ein wenig verdreht. Nicht Kieran hat sich mit Eurer Schwägerin gegen Euch verbündet, sondern Eure Cousine Miss Gillian. Sie hat seit Längerem eine Schwäche für meinen Sohn und konnte den Gedanken nicht ertragen, dass er Euch ehelichen wird.«

Eine nachdenkliche Falte bildete sich auf Dinahs Stirn. »Aber jene Männer, die mich überwältigten, trugen den *Tartan* Eures Clans ...«

»Aye! Die sich Eure Cousine aus unserer Webkammer besorgte, als sie auf dem Rückweg von Morvich Castle bei uns Halt machte. Meine Jüngste hat sie mit den Plaids ertappt. Leider haben wir das erst vor Kurzem erfahren ...« Der Laird sah bedauernd an ihr vorbei zu Boden, bevor er ihr den weiteren Weg beschrieb, den die Plaids genommen hatten.

Dinahs Gedanken überschlugen sich, hieß das, Kieran war unschuldig? Sie war sich nicht sicher, was sie fühlen sollte. Freude, dass Kieran nichts Unrechtes getan hatte, Scham, dass sie ihn beschuldigt hatte, oder Erleichterung, dass die Gefahr einer Clanfehde nicht länger gegeben war, schließlich gehörte Gillian ihrem eigenen Clan an.

Plötzlich riss sie schockiert die Augen auf. »Was ist mit meinem Onkel? Weiß er Bescheid?«

»Wir haben ihn gerade darüber in Kenntnis gesetzt, bevor Ihr eingetroffen seid.«

Dinah nickte betrübt, nachdenklich. Sie mochte ihren Onkel sehr, einen solchen Tiefschlag verdiente er nicht. Wie konnte Gillian ihm das antun? Sie seufzte, auch sie war von ihr bitter enttäuscht worden. Es saß tief, wie Gillian das entgegengebrachte Vertrauen ausgenutzt und sie ohne Skrupel belogen und hintergangen hatte. Ob sie jemals ein schlechtes Gewissen verspürte? Die neuen Informationen waren ebenso schwer verdaulich wie jene, an die sie bis vor wenigen Augenblicken noch geglaubt hatte. Gillian hatte große Schuld auf sich geladen, war sie sich dessen überhaupt bewusst?

Betreten erhob Dinah sich und glättete fahrig ihre Röcke. Sie wagte kaum, dem Laird in die Augen zu sehen, nachdem, was sie über seinen Sohn gesagt hatte. »Ich habe meine Cousine bei meiner Ankunft nicht gesehen, aber ich hörte, dass sie mit nach Dòrnaidh Castle gekommen sei. Ich werde zu ihr gehen, sie soll es mir ins Gesicht sagen.« Jetzt, wo sie nicht mehr befürchten musste, Gillian in eindeutiger Pose mit Kieran zu ertappen, fühlte sie sich gefestigt genug, um ihr gegenüberzutreten.

»Das würde ich an Eurer Stelle unterlassen«, empfahl MacTavish. »Außerdem wird sie von meinen Männern bewacht, damit sie keinen weiteren Unfug anstellen kann. Da sie mit ihren Machenschaften für Clan übergreifenden Unfrieden gesorgt hat, obliegt es Eurem Bruder, als Laird ihres Clans, zu entscheiden, was mit ihr geschehen soll.«

Menschen waren für ähnliche Vergehen von ihren Clans ausgeschlossen worden und fristeten seither ein Leben unter den Outlaws. Dinahs Mitgefühl hielt sich jedoch in Grenzen, obwohl Gillian als Verwandte kaum ein derartiges Schicksal drohte.

*

Ein Bote wurde nach Morvich Castle entsandt, um den Laird zu informieren, dass sich seine Schwester wohlbehalten auf Dòrnaidh Castle befände und sie in zwei Tagen unter Laird MacTavishs Führung sowie in Begleitung von Brian MacMurray und dessen Tochter dort eintreffen würden. Laird Myles MacMurray möge dafür Sorge tragen, dass sich sein Schwager Laird MacRay ebenfalls dort einfand. Er wurde zudem gebeten, absolutes Stillschweigen über den Erhalt dieser Nachricht und die darin enthaltenen Anweisungen zu wahren, auch wenn sie keine Details enthielt.

Derweil waren Dinah und ihrem Onkel bequeme Gästezimmer auf Dòrnaidh Castle zugeteilt worden. Gillian war in einem anderen Trakt der Burg untergebracht. Nur der Magd, die ihr die Mahlzeiten brachte, war der Zugang gestattet, zudem gab es zwei Wachposten vor ihrer Tür. Dinahs Begleiter nächtigten in der Großen Halle.

Kieran war schlechter Laune, da es ihm oblag, sich um die Streitigkeiten von zwei Pächternachbarn zu kümmern, die die Burg aufgesucht hatten. Beide Parteien pochten vehement darauf, im Recht zu sein. Ein Vorgeschmack auf seine spätere Position als Laird. Normalerweise regelte sein Vater solche Angelegenheiten, aber er war anderwärtig beschäftigt, also musste Kieran das Problem aus der Welt schaffen. Dabei hatte er zurzeit gar keinen Kopf für derlei Nichtigkeiten, er hatte seine eigenen Probleme und konnte sich kaum auf die Argumente der beiden Kontrahenten konzentrieren. Heilfroh stieß er die Luft aus, als die Pächter zwar murrend, aber einen weiten Bogen umeinander machend, aus der Halle stapften.

Brian MacMurray war zu seinem Anwesen geritten, um für sich und seine Tochter ein paar Sachen für den Ritt nach Morvich Castle zusammenpacken zu lassen, Gillian war währenddessen in ihrer bewachten Kammer verblieben.

Brian zeigte sich sehr kooperativ und war zutiefst

bestürzt über das, was seine Tochter durch ihr unbedachtes Handeln angezettelt hatte. Im Gespräch war sie schließlich unter dem Druck eingeknickt, hatte unter Tränen alles gestanden und ihn und ihren Vater mehrfach um Verzeihung angefleht.

Doch ihre Beteuerungen, die Tränenflüsse und das Gelöbnis, künftig solche Aktionen zu unterlassen, stießen bei Kieran nicht auf fruchtbaren Boden. Er fühlte keinerlei Mitleid, zudem traute er ihrem Schauspiel nicht. Sie war zu verschlagen, als dass sie sich plötzlich in die Sanftmütigkeit in Person verwandeln könnte. Zu seiner Überraschung war selbst Brian standhaft geblieben und hatte sich nicht erweichen lassen, auch wenn ihm der Kummer deutlich ins Gesicht geschrieben stand, aber als Bruder des einstigen Clanführers war ihm auch bewusst, welche Haltung von ihm erwartet wurde.

Dinah hatte Kieran während der Mahlzeit kaum angesehen. Es drängte ihn, zu ihr zu gehen und mit ihr zu sprechen. Sein gesunder Menschenverstand sagte ihm jedoch, dass er ihr eine gewisse Zeit zugestehen müsse, um die vielen Informationen zu verarbeiten und für sich Wahrheiten und Lügen voneinander zu trennen. Also hielt er sich eisern zurück und begnügte sich damit, sie aus der Distanz zu betrachten.

Aus Shawn hatte er herausbekommen, aufgrund welcher Ungeheuerlichkeit Dinah sich genötigt sah, unbedingt mit seinem Vater sprechen zu müssen. Er konnte nicht umhin, ihren Mut und ihr Engagement zu bewundern. Diese Frau war in keiner Weise selbstsüchtig, sie machte sich Gedanken und bedachte stets das Für und Wider. Sie besaß ein großes Herz und handelte im Interesse des Clans, sogar ohne auf ihre eigene Sicherheit zu achten. Dinah würde einst eine vortreffliche Lairdess abgeben, die sein Clan lieben würde.

Nach einer Weile wurde ihm bewusst, dass er die ganze Zeit wie ein Honigkuchenpferd vor sich hin grinste. Verstohlen schaute er sich um, ob ihn jemand bei seinen Tagträumen beobachtet hatte, bevor er mit zügigen Schritten die Große Halle verließ. Es gab schließlich noch einiges zu erledigen, bevor sie sich auf den Weg machten.

*

Die Voraussetzungen waren nicht ideal für einen längeren Ritt durch die Highlands. Das Wetter zeigte sich an diesem Tag äußerst trübe und wolkenverhangen, zudem wehte ein scharfer Wind.

Kritisch beäugte Dinah den Himmel, es lag durchaus im Bereich des Möglichen, dass sie auf ihrem Weg nach Morvich Castle einen kräftigen Regenguss abbekommen könnten. Den Männern unter ihnen schienen die Wetterbedingungen nichts auszumachen, sie verzogen keine Miene. Sie riskierte einen Blick zu ihrer Cousine, die teilnahmslos hinunter auf die Zügel in ihrer Hand starrte und wie eine Marionette mit den Bewegungen ihres Reittieres hin und her schwankte, obwohl sie eigentlich eine gute Reiterin war.

Da es bereits am Vortag heftig geschüttet hatte, kamen sie nur langsam voran, weil der Boden an bestimmten Stellen aufgeweicht und daher besonders glitschig war.

Kieran ritt neben seinem Vater und war offenbar mit einem ernsten Thema beschäftigt. Er hatte sie nur von Weitem gegrüßt, ansonsten bisher kaum ein Wort mit ihr gewechselt. Sie konnte ihm nicht verübeln, dass er ihr grollte, nachdem sie das Schlimmste von ihm angenommen hatte. Carmens Worte fügten sich einfach zu perfekt in die Geschehnisse ein, weswegen Dinah ihre Zweifel beiseitegeschoben hatte. Im Grunde hätte sie wissen müssen, dass sie der Schwägerin niemals trauen, geschweige denn irgendetwas glauben durfte.

Annähernd zwei Stunden mussten sie in der Scheune einer Pächterfamilie ausharren, bis die Gewitterfront vorüber gezogen war. Da der Platz nicht ausreichte, mussten einige mit dem angrenzenden Ziegenstall vorliebnehmen. Die freundliche Pächterfrau bot den beiden Frauen an, das Unwetter im Warmen der Kate abzuwarten, was Laird MacTavish sofort vereitelte, indem er dankend ablehnte. Auch wenn Dinah fror, war sie froh über die Entscheidung, denn zusammen mit Gillian die Gastfreundschaft des Paares anzunehmen und zu tun, als wäre zwischen ihnen nichts Erwähnenswertes geschehen, behagte ihr nicht.

Gillian hingegen beklagte sich beim Laird, da sie sich schließlich auf MacMurray Clangebiet befänden. Brian zerrte sie verärgert am Arm zur Seite und es entbrannte eine hitzige Diskussion zwischen Vater und Tochter. Obwohl sie versuchten zu flüstern, war es unvermeidlich, Teile davon mitzubekommen.

Peinlich berührt schielte Dinah hin und wieder zu ihnen hinüber, während die anderen darüber schwadronierten, wann der Himmel wohl wieder aufklaren möge. Zufällig streifte ihr Blick Kieran und sie bemerkte, dass er sie beobachtete, während er lässig an einem der Stützbalken lehnte. Scheu schenkte sie ihm ein kleines Lächeln und war überrascht, dass er es erwiderte.

Wegen der Unterbrechung erreichten sie Morvich Castle später als geplant. Dinahs Nerven waren zum Zerreißen angespannt, als sie inmitten des Gefolges die Zugbrücke überquerte und in den Burghof einritt. Kaum war ihr Pferd zum Stehen gekommen, sah sie aus dem Augenwinkel bereits, wie ihr Bruder in den Hof gestürmt kam. Er hatte vermutlich schon ungeduldig in der Großen Halle ihre Ankunft erwartet.

»Das wird ein Nachspiel haben, verlass dich darauf«, zischte Myles ihr erbost zu, bevor er zu Laird MacTavish und seinem Sohn hinüberging und sie steif begrüßte.

»Kopf hoch, er beruhigt sich wieder«, tröstete Shawn und half ihr aus dem Sattel.

Ihre Freunde führten die eigenen Tiere selbst in den Stall, zwei andere Burschen kümmerten sich um die übrigen Pferde und im Nu stand Dinah allein mit den MacTavishs, dem Onkel und Gillian auf dem Burghof ihrem aufgebrachten Bruder gegenüber. Von allen Seiten wurden sie neugierig beäugt und es wurde getuschelt, denn inzwischen dürfte jeder mitbekommen haben, dass sie sich heimlich aus der Burg davongeschlichen hatte. Und nun wurde sie von einem Familienmitglied und den MacTavishs zurückgebracht. Wie das für die Burgbewohner aussehen musste, darüber hatte sie sich vorher keine Gedanken gemacht. Nervös nagte sie an ihrer Unterlippe und war dankbar, dass sich Onkel Brian an ihre Seite gesellte und dem Vorhaltungen ausstoßenden Myles Einhalt gebot.

Sie spürte Kierans Blick in ihrem Rücken und wagte einen vorsichtigen Blick über ihre Schulter. Aufmunternd nickte er ihr kaum merklich zu, worauf sie ein Schmunzeln nicht unterdrücken konnte, doch Myles hatte den stummen Kontakt bemerkt.

Wild flog sein Blick zwischen ihnen hin und her. »Hure«, zischte er, bevor er wutentbrannt auf Kieran zustürmte und blitzschnell seine geballte Faust in dessen Gesicht schnellen ließ.

Fassungslos schlug Dinah beide Hände vors Gesicht. Ein allgemeines Raunen war zu vernehmen und für einen Moment schien die Welt stillzustehen. Kieran strauchelte, konnte sich aber auf den Beinen halten, machte jedoch keine Anstalten zurückzuschlagen und bevor Myles einen zweiten Schlag platzieren konnte, war Brian bei ihm und hielt ihn zurück.

Mehrere Clanmänner stürmten herbei, die Hände an ihren Waffen, wild entschlossen, ihrem Laird zu Hilfe zu kommen.

»Haut ab, verschwindet!«, brüllte Brian. »Das hier ist eine Familienangelegenheit!«

Da jeder wusste, dass er der Bruder ihres verstorbenen Lairds Arailt MacMurray war, reagierten sie zwar zögerlich, zogen sich aber zurück, ohne auf einen bestätigenden Befehl des Lairds zu warten.

Hinter ihr vernahm Dinah ein Glucksen. Gillian fand die peinliche Szene anscheinend amüsant. Dinah warf ihr einen vernichtenden Blick zu, woraufhin die

Cousine das Kinn vorschob, eine selbstgerechte Miene aufsetzte und mit den Lippen wortlos das Wort *Hure* formte. Schnaubend presste Dinah die Lippen aufeinander, ihr war danach, auf die einst so geschätzte Verwandte loszugehen, aber sie hielt sich krampfhaft zurück, um den Burgbewohnern kein weiteres Schauspiel zu liefern.

»Wird das hier eine Prügelei?«

Dinah entdeckte ihn, nachdem sie ihre Augen wieder nach vorn gerichtet hatte. Vergnügt schlug er seine rechte Faust in die flache Hand seiner linken. »Ich hatte schon lange keine anständige Prügelei mehr.«

»Halts Maul, Colin!«, knurrte Myles.

Dinah rollte mit den Augen, Laird Colin MacRay, ausgerechnet der. Hinter ihm stand ein großer, breitschultriger Kerl mit ausgeprägten Muskeln, sonnengebräunter Haut und langem weißblondem Haar. Auf seinem Haupt trug er nicht die typische *Bonnet-Mütze* der Highlander, sondern einen Hut mit Krempe. Obwohl sie sicher war, ihm nie begegnet zu sein, sandte sein Anblick ihr einen kalten Schauder über den Rücken. Als wüsste er, dass sie ihn anstarrte, wandte er plötzlich den Kopf in ihre Richtung und ihre Blicke verharrten für Sekunden stumm ineinander. Und sie wusste es – er kannte *sie*.

Ein Kloß bildete sich in ihrer Kehle, als sie sich schließlich allesamt im Verhandlungsraum neben der Großen Halle einfanden. Am liebsten wäre Dinah gewesen, sie könnte sich in die Vertrautheit ihrer Kammer zurückziehen, aber das war nicht möglich.

Onkel Brian nahm Myles zur Seite, offensichtlich,

um ihm eine kurze Übersicht der Ereignisse mitzuteilen. Das Gesicht ihres Bruders war noch immer vor Ärger gerötet, als die beiden wieder zu ihnen traten.

Mägde kamen herein und verteilten rasch Becher und Krüge mit Ale.

»Sagt meiner Gemahlin, wir haben Gäste und sie möge bitte unverzüglich zu uns stoßen«, wies Myles eine von ihnen an. »Aber nennt keine Einzelheiten.«

Colin MacRay machte seinem Unmut laut Luft über die »Geheimniskrämerei«, wie er es nannte. »Was soll das hier werden? Erst werden wir ohne Angabe von Gründen hier her beordert und dann wird sich in Schweigen gehüllt. Glaubt ihr, ich habe nichts Besseres zu tun?«

»Übt Euch in Geduld, MacRay«, wies Laird MacTavish ihn zurecht. »Ihr werdet es gleich erfahren, sobald alle beteiligten Personen anwesend sind.«

»Myles? Was hat das zu bedeuten, warum empfängst du in diesem Raum Gäste?« Die Lairdess rauschte herein, stockte dann und blickte sich um.

Dinah hatte das Gefühl, dass sie bei jedem Gesicht, das sie ausmachte, eine Spur blasser wurde, und als ihr Blick schließlich auf den blonden Hünen fiel, war sie aschfahl und schluckte sichtbar.

»Guten Tag, verehrte Lairdess MacMurray«, sagte der, überzogen gekünstelt. »Ich habe nicht erwartet, dass wir uns je wiedersehen. Schon gar nicht unter diesen misslichen Umständen.« Erneut spürte Dinah einen Schauder über ihren Körper rieseln, sie erkannte diese Stimme.

Schlagartig wusste sie, wer er war – Big Con! Der Kopf ihres Entführertrios, der Mann, der sich im Hintergrund hielt, während der eine ihr nachsetzte und der andere dem armen Shawn zusetzte.

Der Mann kniete neben ihr, als sie auf dem feuchtkalten Boden zu sich kam, aber vorgab, weiterhin ohnmächtig zu sein. *Die Kleine ist immer noch bewusstlos. Musstest du so fest zuschlagen?* Sie erinnerte sich genau an seine Worte, sie waren an seinen Kumpanen gerichtet gewesen, der sie überwältigt und mit einem gezielten Hieb außer Gefecht gesetzt hatte.

»Woher kennst du diesen Mann, Carmen?«, fragte Myles argwöhnisch.

Sie tat, als habe sie die Frage nicht vernommen.

Laird MacTavish ergriff das Wort, indem er sich zuerst bei Myles bedankte, dass er der in seiner Botschaft verfassten Bitte nachgekommen war und nun alle unter einem Dach versammelt wären. Er nickte Laird MacRay und seinem Begleiter respektvoll zu.

Verstohlen schaute Dinah in die Runde, alle Aufmerksamkeit richtete sich auf Laird MacTavish, ausgenommen Gillians, sie schmachtete Kieran an, der allerdings nichts zu bemerken schien.

Dinah versuchte, eine Reaktion von ihrem Bruder zu erhaschen, doch er ignorierte sie und starrte stattdessen an allen Köpfen vorbei auf einen imaginären Punkt an der Wand. Hatte er tatsächlich geglaubt, sie habe Morvich Castle verlassen, um sich in Kierans Arme zu flüchten und mit ihm womöglich ... sie wagte nicht, diesen anzüglichen Gedanken zu Ende zu denken. Wie konnte er etwas Derartiges nur annehmen?

»Kommt auf den Punkt, MacTavish«, forderte MacRay. »Ich habe nicht den ganzen Tag Zeit.«

»Wie Ihr wollt.« MacTavish sah den Laird scharf an. »Ich habe vor, die Verantwortlichen zu entlarven, die für Miss Dinahs Entführung verantwortlich waren.«

MacRay zog einen Mundwinkel schief nach oben. »Aye, habt Ihr endlich in Eurem Clan aufgeräumt und die Kerle ausfindig gemacht?«

»Ihr nehmt den Mund reichlich voll«, erwiderte MacTavish ungerührt. »Ich habe von Anfang an erklärt, dass mein Clan nichts mit der Entführung von Miss Dinah zu tun hatte.« Er wurde lauter und eindringlicher, als MacRay Luft holte, um zu einer Antwort anzusetzen. »Falls Ihr nun auf die *Breacan feiles* unseres Clans zu sprechen kommen wollt, wird Miss Gillian Euch gern erklären, was es damit auf sich hat.«

Alle Augen richteten sich auf Gillian, die jedoch beharrlich schwieg. Sie bewahrte ungebrochen eine stolze Haltung, doch ihr Blick war beharrlich zu Boden gesenkt.

Schließlich ergriff Brian das Wort. »Meine Tochter hat mir gegenüber gestanden, die Plaids bei einem Besuch auf Dòrnaidh Castle aus der Webkammer der Burg gestohlen und an Myles Ehefrau weitergegeben zu haben, die daraufhin Dinahs Entführung organisierte.«

»Das ist eine infame Unterstellung«, kreischte Carmen, während ihr Gesicht deutlich Farbe annahm. »Mit solchen Dingen habe ich nichts zu schaffen!«

»Pah, wenn ich untergehe, gehst du mit unter«, schnaubte Gillian, in die endlich Bewegung kam. »Du hast mir versichert, du hättest alles unter Kontrolle, und niemand würde uns auf die Schliche kommen.«

»Halt den Mund, du dumme Gans!«, zischte Carmen.

»Dann stimmt es also?« Myles baute sich vor seiner Gemahlin auf. »Ich wollte es nicht glauben, als Brian mir eben davon erzählte. Du hast es gewagt, *meine* Schwester, *deine* eigene Schwägerin, von skrupellosen Kerlen verschleppen zu lassen?« Er betonte jedes einzelne Wort mit Nachdruck.

»Natürlich nicht, was denkst du denn von mir?« Sie strich sich eine Haarsträhne zurück hinters Ohr und sah ihrem Gatten unverfroren ins Gesicht.

»Sie lügt!« Dinah konnte Carmens Gebaren nicht länger ertragen. »Sie hat es mir gegenüber selbst bestätigt, allerdings hat sie behauptet, dass Kieran MacTavish ihr Verbündeter gewesen sei und ich eine Clanfehde auslösen würde, wenn ich nicht täte, was sie verlangt. Ich sollte Laird MacQuarie heiraten, wie es von Anfang an geplant gewesen war. Damit sie mich los wäre und Kieran frei für Gillian sei.«

»Verflucht noch mal, warum bist du nicht zu mir gekommen?«, beschwerte sich Myles.

»Das habe ich ja versucht, aber du wolltest mir nicht zuhören, wenn du dich erinnerst.« Dinahs Augenmerk lag gebannt auf ihren Bruder, der sichtlich mit sich haderte. Im Hintergrund waren die aufgeregten Stimmen der Männer zu hören, die miteinander diskutierten oder stritten, und neben ihnen keiften sich Carmen und Gillian an.

»Himmel Herrgott, dieses weibische Gezeter und Gekreische kann ja kein Mensch ertragen«, meldete sich der Hüne zu Wort. »Ihr seid wahrlich nicht zu beneiden, Laird MacMurray.«

Überrascht verstummten alle und starrten ihn an,

als sähen sie ihn zum ersten Mal.

»Ich werde das Drama an dieser Stelle abkürzen«, er sah zu Laird MacTavish. »Ich glaube, aus diesem Grund habt Ihr in Eurer Botschaft darauf bestanden, dass ich Laird MacRay hierher begleiten soll.« Big Con wirkte, als spüre er keinerlei Unrechtsbewusstsein.

»Also, es war Eure Gemahlin, Laird MacMurray, die mich aufsuchte. Eure Schwester sollte für eine Weile verschwinden und es sollte so aussehen, als wären es Männer vom Clan MacTavish gewesen. Dafür überließ sie mir zwei Plaids im Tartan des Clans und ich solle nicht fragen, woher sie sie habe. Sie entlohnte mich großzügig, damit ich ihren Plan durchführe und zudem dafür sorge, dass Laird MacQuarie die Kleine findet und befreit.«

Ein heilloses Durcheinander brach los.

Carmen beteuerte weiterhin ihre Unschuld und bezichtigte Big Con der Verleumdung, Myles drohte und beschimpfte Big Con wegen der Entführung, Gillian versuchte mit hektischen Gesten auf ihren Vater einzuwirken, wobei sie immer wieder auf Carmen wies, während MacRay und MacTavish sich ein heftiges Wortgefecht lieferten.

»Ruhe, zum Teufel!«, dröhnte es plötzlich markerschütternd durch den Raum. Brian MacMurray verschaffte sich Gehör. »Ich denke, der Fall ist geklärt und die Schuldigen sind gefunden.« Er sah seine Tochter mit traurigem Blick an. »Ich werde mit meinem Neffen klären, wie wir mit dem entstandenen Schaden umgehen.« Er schaute Myles an, der tief Luft holte und sie wieder ausstieß.

»Nicht so schnell ...«, MacRay drängte deutlich verärgert nach vorn auf Big Con zu.

»Ihr arbeitet für mich. Wie konntet Ihr Euch auf dieses krumme Geschäft einlassen? Ihr hättet bedenken
müssen, dass der Verdacht auf mich und meinen Clan
fallen könnte.«

Big Con zuckte verwundert mit den Schultern.
»Weshalb das? Es war ein lohnendes Geschäft, nichts
weiter, und der Kleinen sollte nichts geschehen. Hätte
Eure Schwester mich beauftragt, die Kleine zu beseitigen, hätte ich das abgelehnt.«

»Hört auf, mich Kleine zu nennen«, beschwerte sich
Dinah. »Habt Ihr überhaupt kein Gewissen? Ich habe
Todesängste ausgestanden, schließlich war Euer
Kumpan nicht gerade zimperlich.«

»Das bedaure ich, er war ein Idiot.«
Dinah schnaubte.
»Waren das Männer, die zu Euren Treibern gehören?«, hakte MacRay nach.

»Aye, was sonst? Keiner Eurer Clanleute, falls das
Eure Sorge ist, aber ich konnte das schließlich nicht
allein durchziehen.«

»Nur dumm gelaufen, dass Euer Opfer während der
Gefangenschaft Euren Namen aufgeschnappt hat,
was?«

»In der Tat, das hätte nicht passieren dürfen. Aber
die beiden hatten ohnehin nicht viel im Hirn.«

MacRays Gesicht rötete sich vor unterdrückter Wut.
»Mir ist vollkommen gleichgültig, wie viel diese Kerle
im Hirn haben. Mister Conchobhar Donnelly oder Big
Con, wie Ihr Euch zu nennen pflegt, Ihr entführt die
Schwester meines Schwagers, während Ihr für mich

arbeitet. Was zum Teufel dachtet Ihr Euch dabei?«

»Das eine hat nichts mit dem anderen zu tun. Ich habe ebenso für Euren Nachbarn, Laird MacQuarie gearbeitet, ich habe viele Quellen, aus denen ich schöpfe.« Endlich schien auch seine Gelassenheit zu bröckeln. »Was wollt Ihr eigentlich? Habe ich Euren Viehtrieb nicht zu Eurer Zufriedenheit ausgeführt? Und wir haben kein einziges der Tiere auf dem Weg verloren. Meine Dienste sind käuflich, wenn der Preis stimmt, das wusste anscheinend auch Eure werte Schwester. Sonst hätte sie sich nicht die Mühe gemacht, mich mit ihrem Plan zu beauftragen.« Big Con sah grinsend zur Lairdess hinüber, die schockiert nach Luft schnappte. »Das Angebot Eurer Schwester konnte ich schwer ablehnen, es war ein zu einfacher Auftrag. Nur leider konnte ich mich nicht länger um die Kleine kümmern, weil Ihr mir bereits im Nacken gesessen habt wegen Eures Viehtriebes, also musste ich sie der Obhut meiner beider Männer überlassen, die, wie erwähnt, nicht gerade mit Klugheit beseelt waren.«

»Warum?« Colin stürmte auf seine Schwester zu, die erschrocken einen Schritt zurückwich.

»Anscheinend haben sich alle gegen mich verschworen, ich habe nichts getan«, log sie weiterhin unverschämt.

»Nichts getan«, echote er, »und warum beschuldigen dich gleich mehrere Personen in diesem Raum?«

»Du konntest meine Schwester noch nie leiden«, war von Myles zu vernehmen.

»Warum? Antworte mir gefälligst, Carmen!«

Carmen zuckte zusammen, sagte aber nichts.

»Sie hat es nicht ertragen, dass ich einen liebevollen und persönlichen Kontakt zum Dienstpersonal pflege, schließlich habe ich seit dem Tod unserer Mutter den Burghaushalt geleitet«, fühlte sich Dinah verpflichtet, aufzuklären. »Die Leute respektieren mich, kamen aber mit ihrer herrischen, gestrengen Art nicht zurecht und suchten immer wieder Rat und Trost bei mir.«

MacRay bedachte sie lediglich mit einem abschätzigen Blick, aber Carmen sprang auf ihre Worte an. Sie beschuldigte Dinah, dass sie von Anfang an gegen sie agiert habe, sie bewusst schlecht machte und es genossen hätte, weil sie sich nicht damit abfinden wollte, dass ihr Bruder jetzt eine Frau habe, der nun diese Aufgaben obliege.

»Blödsinn!« Dinah winkte ab.

Entsetzt starrte Colin seine Schwester an, während Myles zwei Meter daneben stand und mit fassungsloser Miene den Kopf schüttelte.

»So ein Kinderkram!«, brüllte MacRay.

»Du verstehst das nicht, Colin«, jammerte Carmen und blickte ihn Mitleid heischend an.

»Ich frage dich zum letzten Mal und wage es nicht, mir auszuweichen. Ist es wahr, wessen dich hier alle beschuldigen? Hast du das Mädchen entführen lassen, ja oder nein?«

»Sie ist ebenso schuldig wie ich. Wir hatten eine Vereinbarung, ich habe meinen Teil erfüllt und sie ihren. Niemandem wäre etwas geschehen und jeder von uns hätte gewonnen, auch meine Cousine«, warf Gillian ein und erntete einen bitterbösen Blick der Mitverschwörerin.

Dinahs Einwand auf diese Aussage ging im Tohuwabohu unter.

»Gillian brachte mich erst auf die Idee«, wehrte sich Carmen schließlich, »als sie sich bei mir beklagte, dass Dinah ihr den Mann nehmen würde, der ihr gehörte. Da sah ich die Gelegenheit, mich an ihr zu rächen. Ich sorgte dafür, dass sie MacQuarie in die Hände fällt, ich wusste, dass er nicht abgeneigt sein würde, sobald er Dinah sieht. Immerhin sucht er eine Frau, die jung genug ist, um ihm Söhne zu gebären, das hast du selbst gesagt.« Sie streckte sich, als hätte sie mit ihrem Handeln eine gute Tat vollbracht.

»Nur hast du vergessen, dem Laird zu erzählen, dass dein Gatte mich bereits einem anderen Mann versprochen hat«, giftete Dinah. »Er war nicht begeistert, als er davon erfuhr.« Aus dem Augenwinkel bemerkte sie, dass Kieran an ihre Seite trat. Sie spürte ein aufgeregtes Flattern in ihrer Magengegend aufsteigen, wagte aber nicht, sich zu ihm zu drehen und ihn anzusehen.

»Ich kann mir nicht vorstellen, dass sich MacQuarie so ohne Weiteres auf diesen Kuhhandel eingelassen hat«, fuhr Colin argwöhnisch und mit wutverzerrter Miene seine Schwester an.

Carmen druckste herum. »Aye, anfangs nicht, er wollte sie erst sehen und sich dann entscheiden. Doch als er erfuhr, dass ich deine Schwester bin, verlangte er für sein Stillschweigen einen ... ähm ... zusätzlichen Preis.«

Es war mucksmäuschenstill im Raum, nur Colins schnaubender Atem war zu hören.

Dinah fühlte, wie ihre Knie weich wurden, als Kierans Arm ihren Rücken streifte, obwohl sie durch die Schichten ihrer Kleidung die Berührungspunkte nur erahnen konnte. Noch immer traute sie sich nicht, ihn anzusehen. Schließlich hatten sie bislang nicht über die Anschuldigungen gesprochen, die sie nach Dòrnaidh Castle getrieben hatten.

»Was für einen Preis?«, fragte Colin gefährlich leise.

»Nun, aye ... wenn er von dir das Land am Fluss bekäme, über das ihr seit Längerem streitet, dann würde er vergessen, dass es kein Zufall wäre, dass er das *arme Opfer* gerettet hätte, und würde für immer schweigen. Ich habe ihm zugesagt, dass ich mein Möglichstes dafür tun werde.«

»Du hast *was*?«, donnerte Colin. »Und wann gedachtest du, mir davon zu erzählen?«

»Mein Gott, es ist nur ein Streifen Land«, sie wedelte lapidar mit der Hand durch die Luft, »Land, das Jahrhunderte zum MacQuarie Clan gehörte, bevor es unser Urgroßvater im Kampf an sich gerissen hat.«

Es war nicht vorhersehbar und ging blitzschnell. Laird Colin MacRay holte aus und schlug Carmen so heftig ins Gesicht, sodass sie zu Boden ging. »Ich pflege meine Geschäfte ohne deine Einmischung zu erledigen! Es hat seinen Grund, warum ausschließlich ein Mann Macht haben sollte. Man stelle sich vor, man überließe einer Frau die Führung, jeder Clan würde jämmerlich zugrunde gehen«, stieß er verächtlich aus.

Erschrocken über Colins Rage war Dinah zurückgewichen und fand sich nun in Kierans Armen wieder, wobei ihre Finger auf seiner Brust ruhten. Sie fühlte die Wärme, die von ihm ausging und konnte seinen kräftigen Herzschlag unter ihrer Hand spüren, während die seine tröstend über ihren Rücken strich.

Laut schniefend und ihre Wange reibend, rappelte Carmen sich auf. »Myles, er hat mich geschlagen. Du bist mein Gemahl, das kannst du ihm doch nicht durchgehen lassen.«

»Hat er? Entschuldige, aber ich habe nichts dergleichen gesehen. Und wenn dem so war, hast du es sicher verdient. Du kannst froh sein, dass ich kein Mann bin, der die Hand gegen eine Frau erhebt.«

Colin überging die Worte der Eheleute. »Du hast nicht nur Schande über den Clan deines Gemahls gebracht, sondern auch über den MacRay Clan. Du bist nicht länger meine Schwester! Statt dich in Sachen einzumischen, die dich nichts angehen, solltest du dich lieber auf deine Pflichten als Ehefrau besinnen. Dein Bauch ist noch so platt wie der Boden, auf dem ich stehe.«

»Dieses Thema hat hier nichts zu suchen«, ermahnte Myles ihn scharf.

»Aye, da hast du recht, das ist dein Problem. *Sie* ist dein Problem! Ich bin hier fertig!« Wutentbrannt stürmte er zur Tür, wo er sich noch einmal umdrehte. »Was ist, Big Con, reicht es Euch noch nicht?«

»Oh, schon lange!« Der Kerl wagte es, zu grinsen,

»Mit Euch befasse ich mich später, glaubt bloß nicht, dass Ihr ungeschoren davonkommt.«

Nach einem knappen Lüften seines Hutes und einem Nicken zur versammelten Runde folgte Big Con ihm durch die aufgehaltene Tür, die hinter ihnen mit einem Knall ins Schloss krachte.

Für gefühlte Minuten lag ein Schweigen über dem Raum, das nur von Carmens Schniefen durchbrochen wurde.

Langsam und eher widerwillig löste Dinah sich aus Kierans Armen, es war nicht angebracht, so vertraulich dazustehen, doch niemand schien sich daran gestört zu haben – mit Ausnahme ihrer beiden Geschlechtsgenossinnen.

»Er hat ein übergroßes Mundwerk, provoziert gern und fällt vorschnell sein Urteil, aber wenn es darum geht, einen Irrtum zuzugeben, zieht er den feigen Abgang vor«, sagte Laird MacTavish in die Stille hinein.

»Ihr wagt es, ihn einen Feigling zu nennen?« Mit aufgerissenen Augen sah Carmen ihn an und vergaß für den Moment sogar ihr Gewimmer.

»Das habe ich nicht gesagt! Lediglich, dass Euer Bruder nicht die Größe hat, sein Fehlurteil einzugestehen, schließlich war er von Anfang an von der Schuld meines Clans überzeugt und wurde heute eines Besseren belehrt.«

»Aber er hat doch ...«

»Schweig still, Weib! Und geh mir aus den Augen, du widerst mich an«, bellte ihr Gemahl und brachte sie damit zum Verstummen.

»Myles, ich verstehe, dass du momentan aufgebracht bist. Aber letztendlich waren meine ...«, Carmen schaute zu Gillian und korrigiert sich »... *unsere* Absichten gar nicht so schlimm, wie es sich zur Stunde anhört. Es ist nicht alles so reibungslos gelaufen wie geplant, aber am Ende wäre Dinah mit einem Laird vermählt gewesen, Gillian hätte ihren Liebsten geehelicht und ich hätte ohne Einmischung auf Morvich Castle frei walten und dir beweisen können, was in mir steckt. Und in ein paar Jahren hätte kein Hahn mehr danach gekräht.«

Myles schnaubte zornbebend, doch mit einer Antwort kam ihm ein anderer zuvor.

»Mit dem Unterschied, dass ich niemals Gillians Liebster war und, Gott bewahre, auch niemals sein wollte«, warf Kieran ein. »Und im Übrigen scheint ihr zwei zu vergessen, dass ihr mit eurer Intrige den Verdacht gezielt auf unseren Clan gelenkt habt. Was habt ihr erwartet, dass wir darüber einfach hinwegsehen würden?«

Carmen wich seinem Blick aus. »Das tut mir leid, es war notwendig gewesen, damit Myles sein Wort gegenüber Eurem Vater zurücknimmt.«

»Schon klar! Doch um die möglichen Folgen habt Ihr und Gillian euch offensichtlich nicht geschert und wohlwissentlich in Kauf genommen, damit eine Feindschaft zwischen zwei Clans zu schüren.«

Carmen antwortete nicht.

»Gedankenlos und unverantwortlich!«, brummte stattdessen Brian mehr zu sich selbst.

Myles war zwischenzeitlich zum Ausgang marschiert, wo er in der halb geöffneten Tür Anweisungen an die Bediensteten erteilte. Alle Augen waren auf ihn gerichtet, als er zurückkam. Seine aufrechte Haltung und der forsche Gang wurden dem eines Clanoberhauptes gerecht. »Laird MacTavish, Kieran, *Bràthair* [Onkel], ich bin euch zu großem Dank verpflichtet, dass es euch gelungen ist, das Geschehene aufzudecken, auch wenn mich das Ergebnis zutiefst schockiert und mich fassungslos zurücklässt. Aber ich muss zugeben, dass ich erleichtert bin, dass der

MacTavish Clan nichts mit der Sache zu tun hat. Ich entschuldige mich, falls ich zwischendurch einen anderen Eindruck vermittelt haben sollte.« Er lenkte sein Augenmerk auf seine Ehefrau. »Carmen, ich habe soeben angeordnet, dass deine Gemächer geräumt werden. Du wirst bis auf Weiteres die beiden Kammern im Turm des Ostflügels beziehen, zudem wirst du deine Mahlzeiten nicht länger an der Tafel der Familie einnehmen, sondern mit den anderen Männern und Frauen in der Großen Halle oder du speist allein in deiner neuen Räumlichkeit.«

Carmen sog keuchend die Luft ein. »Das kannst du nicht machen, das ist beschämend.«

»Ich kann und ich werde«, entgegnete Myles ungerührt. Er schaute Dinah an. »Ich werde später eine Ansprache an alle Burgbewohner halten und sie über die veränderten Verhältnisse informieren. Dinah, während deiner verbleibenden Zeit auf Morvich Castle wäre ich dir dankbar, wenn du dich um den reibungslosen Ablauf unseres Haushaltes kümmern würdest und die gute Beitiris in ihre zukünftigen Aufgaben einweisen könntest. Sie wird nach deinem Fortgang die Küche in Eigenverantwortung übernehmen. Denkst du, dass sie mit der Verantwortung zurechtkommen wird?«

»Auf jeden Fall!« Dinah strahlte. »Beitiris ist ein Organisationstalent. Aber du brauchst auch jemanden, der außerhalb der Küche die Beschäftigten anleitet.«

»Ich bin mir sicher, da wirst du die Geeignetste auswählen.«

»Und was soll ich unterdessen machen, wenn du mir jegliche Befugnis nimmst?«, beschwerte sich

Carmen, kleinlaut geworden.

»Das ist mir vollkommen gleichgültig.«

»Aber ich bin deine Frau!«

»Aye, das lässt sich leider nicht ändern, alles andere aber schon. Du kannst jetzt gehen.«

Natürlich wollte Carmen nicht einfach gehen, erst als Myles drohte, die Wachen kommen zu lassen, rauschte sie mit dem letzten Rest an Würde davon.

Gillian wurde ebenfalls Augenblicke später, von einer Magd begleitet, aus dem Zimmer geführt.

Dinah war stolz auf das Durchgreifen ihres Bruders, auch wenn es ihr in der Seele wehtat, dass er sein Leben lang an Carmen gebunden sein würde. Gillian würde zusammen mit ihrem Vater auf ihr Anwesen zurückkehren und was dann aus ihr wurde, stand in den Sternen.

Sie und Gillian wären Nachbarn, sobald sie mit Kieran vermählt wäre. Es stimmte Dinah traurig, dass ihre einst schwesterliche Beziehung so endete, vielleicht konnten sie sich irgendwann wieder annähern, aber derzeit stand ihr nicht der Sinn danach.

Neben ihr und Myles befanden sich jetzt noch Onkel Brian sowie die beiden MacTavishs im Raum. Man ging dazu über, sich zu setzen und nach dem Ale zu greifen, von dem bisher nur Brian sich einen Becher genehmigt hatte.

Endlich wagte Dinah es, zu dem Mann an ihrer Seite aufzusehen und bemerkte, dass er sie offenbar schon länger eingehend betrachtete. Sein Blick war warm und beinah zärtlich.

»Es tut mir leid, dass ich Euch falsch eingeschätzt habe«, flüsterte sie.

»Ich verzeihe dir, Liebes«, raunte er ihr ins Ohr. Sein warmer Atem sandte ein angenehmes Kribbeln durch ihren Körper, auch war ihr der vertrauliche Ton und das Kosewort nicht entgangen. Er schob ihr einen Stuhl zurecht und setzte sich neben sie.

»Ich verstehe dich, Junge, aber wie gedenkst du unter diesen Umständen einen Erben zu bekommen, der nach deinem Ableben den Clan führt?«, sagte der Onkel gerade.

»Selbst Laird MacQuarie hat noch keinen Erben und er ist an die zwanzig Jahre älter als ich, also entschuldige, wenn das momentan mein kleinstes Problem ist«, wehrte sich Myles.

Kieran bedachte sie mit einem eindringlichen Blick, schmunzelte und zwinkerte ihr zu. Dinah bildete sich ein, dass er womöglich auch gerade über Nachwuchs sinnierte, und ihr schoss die Röte ins Gesicht.

Von den weiteren Gesprächen, die ihr Bruder, Onkel Brian und Kierans Vater am Ende des Tisches miteinander führten, bekam sie nichts mehr mit und Kieran schien es ebenso zu ergehen. Er rückte näher an sie heran und leise sprachen sie zum ersten Mal über eine gemeinsame Zukunft, von der Dinah inzwischen überzeugt war, dass sie wundervoll werden würde.

Das Klacken der Tür ließ beide aufsehen und sie stellten fest, dass sich alle anderen aus dem Raum gestohlen hatten.

»Wie rücksichtsvoll.« Kieran grinste, sprang auf, zog sie mit hoch und in seine Arme.

»Finde ich auch«, hauchte Dinah, bevor ihre Lippen sich zu einem verzehrenden Kuss zusammenfanden.

Epilog

»Kieran!«, schimpfte Dinah lachend. »Jetzt lass mich endlich aufstehen, ich muss mich fertigmachen. Myles wird bald hier sein, oder willst du, dass ich meinem Bruder im Nachthemd gegenübertrete?«

»Ich glaube, er wird sich denken, dass ich meine Finger nicht von dir lassen konnte«, erwiderte Kieran vergnügt und drückte ihr einen weiteren Kuss auf, bevor es ihr gelang, ihn wegzustoßen und schleunigst aus dem Bett zu krabbeln.

»Aye, sowie das gesamte Burgpersonal und deine Eltern.«

Sie warf ihm ein Kissen ins Gesicht, als er es wagte, lauthals über ihren Vorwurf zu lachen.

Im Nebenzimmer, das mit einer Verbindungstür zu ihrem Schlafzimmer versehen war, waren bereits die mahnenden Worte der Kinderfrau zu vernehmen, die ihren kleinen Wildfang ermahnte, sich in Geduld zu üben.

Heute war Farlans dritter Geburtstag und vor lauter Aufregung war er schon seit zwei Tagen kaum zu bremsen. Ihr Sohn hatte das unverkennbare Aussehen seines Vaters geerbt, aber das Temperament seiner Mutter. Seine kleine Schwester Myra hingegen kam vom Aussehen mehr nach Dinah, besaß aber die Gelassenheit der MacTavishs, sofern man das bei der knapp Einjährigen beurteilen konnte.

Dinah und Kieran waren ein glückliches Paar und verliebt wie am Tag ihrer Vermählung.

Lange Zeit betrübten Dinah jedoch die Verhältnisse auf Morvich Castle. Nachdem sie die Freuden des

Ehebettes kennengelernt hatte, wurde ihr das Leiden ihres Bruders umso bewusster, weil er dieses Glück niemals erleben durfte.

Carmen bewohnte weiterhin zwei einfache Zimmer im Ostflügel, die nicht viel komfortabler ausgestattet waren als die Unterkünfte der Bediensteten, nur mit dem Unterschied, dass sie allein dort wohnte, während sich das Personal mit mehreren eine Kammer teilte.

Sie war seine Gemahlin, aber sie begegneten einander kaum und sprachen auch nicht miteinander.

Die Burgbewohner mieden sie, so gut es ging, und so fiel ihr Verschwinden erst zwei Tage später auf. Da sich auch die Stute, mit der sie gewöhnlich lange Ausritte unternahm, nicht im Stall befand, und niemandem etwas von einem längeren Aufenthalt außerhalb von Morvich Castle bekannt war, begab man sich auf die Suche.

Sie fanden das Pferd schweißnass und mit gebrochenem Vorderlauf am Boden liegend vor. Offenbar hatte es sich bis dort hingeschleppt, wo es dann erschöpft zusammengebrochen war. Einer der Männer erlöste das arme Tier von seinen Qualen.

Knapp drei Meilen entfernt entdeckten sie Carmens Leiche. Was genau geschehen war, ließ sich nur erahnen. Anscheinend hatte ihr Pferd sich vor irgendetwas erschreckt und sie abgeworfen, wobei sie mit der Schläfe auf den Stein aufgeprallt sein musste, der von ihrem Blut befleckt war.

Der Vorfall ereignete sich, als Dinahs und Kierans Sohn Farlan gerade zehn Monate alt gewesen war.

So fatal die Umstände auch waren, Myles war endlich frei. Nach und nach wandelte er sich in den Bruder zurück, den Dinah kannte und der er gewesen war, bevor ihm Vater die Ehe mit Carmen aufdrängte. Auch reduzierte er den übermäßigen Konsum von Whisky, der in den dunkelsten Stunden seines Lebens zum Trost geworden war.

Seit einiger Zeit gab es nun eine junge Frau, die offenbar sein Herz erobert hatte. So weit Dinah wusste, handelte es sich um die Tochter eines der Pächter, die er kennengelernt hatte, als er und seine Männer dort die jährliche Pacht eintrieben. Im Clan wurde bereits gemunkelt, dass bald eine Hochzeit anstehen könnte.

Dinah freute sich von Herzen, dass ihr Bruder eine Frau gefunden hatte, die ihn glücklich machte, und hoffte, sie möge sie bald kennenlernen.

Cousine Gillian wurde fünf Monate nach der schicksalhaften Zusammenkunft auf Morvich Castle auf Myles' Bestreben als Laird des Clans und in Übereinkunft mit ihrem Vater Brian dem Laird MacQuarie zur Frau gegeben.

Anfangs stieß diese Entscheidung bei Gillian auf heftige Gegenwehr und sie sah die Verbindung als unzumutbare Strafe an. Mit der Zeit jedoch arrangierte sie sich mit ihrem neuen Leben und meisterte ihre Aufgaben nach bestem Wissen und Gewissen. Wie Dinah von ihrem Vater erfuhr, sei sie seitdem ausgeglichen und mit sich und der Welt im Reinen. Zwischenzeitlich war sie selbst Mutter eines kleinen Jungen geworden, dem ersehnten MacQuarie-Erben.

Gelegentlich erhielt Dinah einen Brief der Cousine, in der sie um ein persönliches Treffen bat, um die

Schatten der Vergangenheit zu begraben. Bisher hatte
Dinah sich nicht überwinden können, der Bitte nach-
zukommen, aber vielleicht irgendwann, es hatte keine
Eile.

Weitere Bücher von Emilia Doyle

Highlanderromane:

Die entführte Braut des Highlanders
Das Medaillon der Highlands - Zeitreise
Das Kleid der Highlanderin - Zeitreise
Im Bann des Schotten

Südstaatenromane:

Dunkle Schatten über Meadowfield
Ball der Hoffnung
Entgegen aller Vernunft
Ruf des Südes - Zeitreise

Romantic-Fantasy:

Der Fluch der Greystokes
-Die Suche
-Verbotene Gefühle
-Macht der Liebe
(Jedes Buch ist in sich abgeschlossen.)

Die entführte Braut des Highlanders

Roarke MacKinnon befindet sich auf dem Weg zum Clan MacCauley, dessen Laird ihm eine Botschaft von besonderer Dringlichkeit sandte.
Doch Roarke und seine Männer kommen zu spät. Der Laird sowie seine Begleiter wurden unter mysteriösen Umständen getötet.
Beim Versuch herauszufinden, was geschehen ist, stellt er fest, dass offenbar kein MacCauley über die Absichten des Lairds informiert schien.
Eine Intrige? Oder wollte jemand ihre Zusammenkunft unter allen Umständen verhindern?
Gleichzeitig gerät auch der Clan MacKinnon vermehrt ins Visier von MacCauleys Feinden.
Als Roarke entdeckt, dass Shona, die Tochter des ermordeten Lairds, eigene Pläne verfolgt, sieht er sich gezwungen einzugreifen, und entführt sie.
Allerdings wundert ihn das kühne Auftreten der jungen Frau, die ihm nicht mehr aus dem Sinn gehen will. Zudem ahnt er lange nicht, dass sie der Schlüssel zu sämtlichen Vorkommnissen ist und seine Welt auf den Kopf stellen wird.